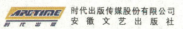

有一种遇见*在岭南* | You Yizhong Yujian
Zai Lingnan ·

时代出版传媒股份有限公司
安徽文艺出版社

　　陈华清，全国十佳教师作家、广东省作家协会会员、中国散文学会会员、广东教师继续教育学会专家库成员、广东省湛江市作家协会副主席。

　　她是个行者。她崇尚"在文字中行走，于山水间阅读"，以"走读大地，丰富人生"为座右铭。她几乎走遍了祖国的大江南北，也领略了异国风情。

　　她是个作者。她喜欢用镜头定格瞬间，也喜欢用文字记录旅行中的心动。她的旅行散文散见于《人民日报》《散文选刊》《散文百家》等国内外报刊，在全国性的文学大赛中多次获奖。旅行文化散文集《有一种生活叫"江南"》广受好评，在当当网、京东网热卖，被评为"人气好书"。

　　她还写小说，写童话等，已出版《海边的珊瑚屋》《走出"孤岛"》《爱到卑微处，才是看清自己时》等九部文学作品。

有一种遇见在岭南

You Yizhong Yujian
Zai Lingnan

陈华清◎著

时代出版传媒股份有限公司
安徽文艺出版社

图书在版编目（ＣＩＰ）数据

有一种遇见在岭南/陈华清著. —合肥：安徽文艺出版社,2018.4
（2023.4重印 ）
（远方书系）
ISBN 978-7-5396-6001-1

Ⅰ．①有… Ⅱ．①陈… Ⅲ．①游记－作品集－中国－
当代 Ⅳ．①I267.4

中国版本图书馆 CIP 数据核字(2017)第 007359 号

出 版 人：姚 巍
责任编辑：李 芳 姚 衍　　装帧设计：褚 琦

出版发行：安徽文艺出版社　　www.awpub.com
地　　址：合肥市翡翠路 1118 号　　邮政编码：230071
营 销 部：(0551)63533889
印　　制：山东百润本色印刷有限公司　　(0635)3962683

开本：710×1010　1/16　印张：20.5　字数：350 千字
版次：2018 年 4 月第 1 版
印次：2023 年 4 月第 2 印刷
定价：56.00 元

序言：

心灵体验的精彩

女作家陈华清诗意行走江南，在出版散文集《有一种生活叫"江南"》之后，即将出版这本关于岭南的散文集。

我觉得陈华清这本散文集的特点是以心灵的真诚打动读者，让岭南的山水和人物闪耀着迷人的光亮。粤海逐梦，广西追寻，椰岛思念，港澳铭心，写得情真意切，细腻到位，和读者的心靠得很近。陈华清重视从自我内心感悟出发，拥抱岭南。她的感悟是心灵的全方位体验。在这个过程中，有深厚文化的浸润、特殊美感的发现、真挚情感的酝酿以及多彩神思的飞扬。陈华清很重视心入岭南，寻找深厚的岭南文化。岭南，原是指中国南方的五岭之南的地区，现在特指广东、广西、海南、香港、澳门。作家涉猎岭南的历史文化，走访岭南的部分地域，深知岭南文化的多元、开放、包容和海洋性特质。她赴港澳，走广西，奔海南，在2000多年前汉武帝最早开辟海上丝绸之路的徐闻流连忘返。

陈华清在山水的幽远历史中，常抱好奇之心，善于在自己的心中叩问，引起读者的好奇。如《大汉三墩：风过"海上丝路"始发港》中，对风雨中的西汉海上丝绸之路始发港徐闻有描述也有叩问，描述中隐含着叩问。此文一开始就带着叩问的好奇心："徐闻港，这个古代海上丝路的始发港，如今是否繁华依旧，令人流连忘返？抑或是，它只是一处静静的港湾，两千多年的风浪，早已化作一港的寂寞？汉时的瓦，汉时的砖，据说在此处俯拾皆是。我能不能捡到一片汉时月光吻过的瓦？我能不能拾起一段被岁月掩埋的汉朝时光？"这种叩问也代表了千万读者的心。当然作家运用了多种手法回答了种种叩问。历史与现实交错,想象与实景融和,叙述与抒情相随,回答了所有的叩问。这就是陈华清细腻的笔触。

写作中,作家披襟剖心,真诚叙说,把个性、志趣、涵养、学识等融于字里行间。如《中国大陆最南端:珊瑚因你而美丽》中对珊瑚的描述,比较详尽、灵动。一写颜色:"各种珊瑚的颜色组合在一起,简直是一场视觉'盛宴'。红宝石的红彤彤、蓝精灵的蓝幽幽、雪山的白晃晃、皇冠的黄灿灿、春草的绿油油……五彩斑斓,给人极大的视觉冲击。赤橙黄绿青蓝紫,珊瑚持着彩练在海底舞动着,给人以美的享受。"二写形状:"珊瑚的形状像木耳,像鹿角,像树枝,像吸管,像苔藓,像蜂巢,像大脑纹层,像千年灵芝,千姿百态,仪态万方。"为启发读者联想,三写别名:"于是珊瑚有了叫人浮想联翩的名字:海星、海葵、鹿茸、木耳珊瑚、蓝宝石珊瑚、绿色珊瑚……"四写诗歌:"珊瑚实在是美,美得像一首歌,像一首诗。自古以来,无数诗人被它的姿容陶醉,为它吟咏。光是唐朝诗人,就留下无数芳香之作。"又如写亚龙湾的海,并进一步比喻说:"碧绿的一层,像湿润的翡翠,又像春天漫山遍野的绿草;深蓝的一层,像打翻了的蓝颜料,像周庄染坊里铺展的蓝绸缎,典雅而古老……海水浅清,犹如鸡蛋清,清澈、透明、光亮。"心之所动,心的比喻,心的想象,坦诚地和读者分享。

陈华清还重视回归心灵的本源,与读者的心源血脉相连。这本旅游散文集以灵魂漫游追寻奇异光景和内在美的感觉并加以生动的再现,引起读者心灵的感悟,一样的血脉搏动。如《白鹭:坡正湾的诗行》中对白鹭的倾诉,感人肺腑:"今天,我和同事在那个叫坡正湾的村庄见到你,人间四月的你,春天的你,我梦中的白鹭","你长得真美啊!身披洁白如雪的外衣,长着长而尖的铁色喙,细而长的青色腿。美得恰如其分,美得无可挑剔。碧水旁,你是临水而立的美人;苍山中,你是高贵的白雪公主。"如果说,写白鹭清晨醒来,"你洁白的身影与万道朝霞齐飞,诗情带梦惊飞起,搅动蓝天几片云"是翱翔美,那么,归来的白鹭便是和谐美,"当夕阳西下,黄昏来临,你披着满天的霞光,画着欢快的弧形,从四面八方飞回家","一只、两只、三只、四只……很快,枝枝丫丫间,苍翠的树冠上,停歇着一个个白色的身影,'一树梨花落晚风','千树万树梨花开'。你如同五线谱上流动的音韵,你恍若平平仄仄的诗句。'一日不见如隔三秋',合家团圆,情侣重聚,这是你最快活的时光"。这种心的感悟,给读者以心灵的愉悦。陈华清凭着心源的感悟,发现了雷州西湖的灵性美,惠州西湖的爱情美,观音山佛道并存的和谐美及感恩美,杨贵妃故里的神秘美,漓江晨的朦胧美等等。

陈华清尤其注意心灵对外辐射,其指向是岭南不少重大历史事件和伟人。作者以诚挚的心去回忆历史,缅怀伟人。如写《广州:风雨百年大元帅府》时,作者深情地描述了孙中山晚年在这国民革命大本营的伟绩。作者写道:"百年大元帅府,风雨百年,见证了历史的变迁、社会的发展、人物的悲欢。对后人来说,它是了解近代中国史、接受爱国主义教育的重要基地。"在《大新:归来之美》中,作者这样写道:"我在53号界碑拍到这样的画面:两个中国男子坐在界碑前,面朝中国,脚踏在中国的土地上,背对越南。他们缓缓回头望向界碑上的'中国'二字,神情庄重。我的镜头定格在这一画面上。这是我在中越边境行拍到的最美、最满意的画面。"是的,心灵深处有我祖国,有我民族之魂,就会有新的、有意义的发现。作者在《澳门:让我抚摸你的沧桑》中说:"阳光很猛烈,晒得我要眯着眼,不敢睁开。可是我不能闭上眼睛,我要睁大眼睛,好好看看大三巴,品味它的辉煌、它的沧桑。"这一细节体现了作者的心灵深处对祖国的爱恋。这正是"情以物兴""物以情观"的体现。

认真写出心灵微妙的体验,拉近了作者与读者的距离,显得特别亲近,特别亲切,这是陈华清旅游散文的一个重要特色。在写作中,把读者看作旧雨新知,行文就伴随着一股春风徐徐吹来,让读者心情舒畅起来。这使散文更有人情味。

洪三泰

(广东省人民政府文史研究馆馆员、文学院院长,国家一级作家)

目 录 Contents

广西:千万里把你追寻

有一种遇见在岭南
YOU YIZHONG YUJIAN ZAI LINGNAN

广东:涛声椰风逐梦来

有 一 种 遇 见 在 岭 南

中国大陆最南端的珊瑚海

中国大陆最南端：珊瑚因你而美丽

    题记：在中国大陆最南端，见到美丽的海底活珊瑚，用詹伯的话说，实在是太有福气，太幸运了。

◇ 春到中国"好望角" ◇

这是山寺桃花始盛开的人间四月天,天气不冷不热,正好。来自西部的友人静云等人想去祖国大陆最南端看看,我欣然当向导。广东省徐闻县角尾乡的灯楼角位于大陆最南端,被称为中国的"好望角"。

我们先从徐闻县城坐班车到迈陈镇。由于灯楼角比较偏僻,游客较少,没有专车到达,我们只好包了一辆当地人开的小面包车去灯楼角。司机是迈陈人,讲当地的雷州话,普通话讲得不太灵光。而静云他们一句雷州话都听不懂,简直是鸡跟鸭讲话。懂几种方言的我,便当起他们的翻译。司机得知他们从遥远的西部跑来大陆最南端,又喜欢摄影,一路上很热情地介绍沿途所见:珊瑚屋、盐田、海滩、风车、作业的渔船……司机不时停车叫他们拍摄。

早上9点多钟,我们到达灯楼角。这里三面环海,东临南海,西濒北部湾,南傍琼州海峡与海南岛隔海相望。这里是中国大陆最南端的尖角,是祖国大陆四个端点之一。灯楼角是因法国殖民者在此建灯塔而得名。清宣统三年的《徐闻县志》这样记载:"灯楼,县西南九十里,在角尾咀,光绪十五年(1889年)法国殖民者建立,夜间虽大风雨,灯火常明,轮船来往看之定方向。"

进入灯楼角,便见一座高耸入云的六角棱形灯塔。塔身竖排着"中国大陆最南端"七个醒目的蓝底白字。塔高36米,共10层,最高一层安置半球状的航标灯。航标灯用先进的太阳能发电装置,自动明灭。塔的外围全部镶嵌着白色的瓷砖,层与层之间用蓝色瓷砖相隔。这座建于1994年的新灯塔意义非凡,既是中国大陆最南端的标志物,具有地理意义,又是北部湾、琼州海峡和南海诸岛唯一的航标灯。我想,这座名为"滘尾祥光"的航标灯,为在茫茫大海夜航的船只,不仅指明了方向,还带来了家的温暖。在新塔的旁边有一座建于1980年的圆筒形的灯塔,现已停用。

灯楼角有重要的地理位置、地标意义,曾引起法国以及其他帝国主义国家

灯楼角的新旧灯塔

的垂涎。19世纪末,法国在此建起铁架结构的水银导航灯塔,以垄断北部湾和南中国海区。这座灯塔后来被强拆而毁坏。

在灯楼角,除了这两座一新一旧的灯塔,最惹人注目的建筑是一座3层高的小哨楼。楼外墙有一块蓝底白字的四方形牌子,上书"渡琼作战指挥所"。在哨楼外面的海沙上,有一块水泥石碑,上面写着"中国人民解放军渡海作战解放海南的启渡点",并介绍了这次战役的过程。1950年3月5日,中国人民解放军的勇士们,乘坐木帆船,从灯楼角启航,打响了解放海南岛的第一枪。这座哨楼见证了人民子弟兵以及徐闻人民为解放海南做出的巨大贡献。

灯楼角种满了木麻黄树、相思树、椰子树,还有仙人掌、灌木丛、海草花等。海韵、椰风、密林、灯塔、祥光,灯楼角美丽的景色,深深吸引了游人,他们拿着照相机拍个不停。

走在厚厚的洁白的海沙里,深一脚,浅一脚,海沙老是钻进我们的鞋子里,硌着脚,我们不得不放慢速度。心急的静云干脆脱掉皮鞋,赤脚走在海沙里。我也脱下鞋子,光脚走路。那吸饱了阳光的海沙,踩下去烫得我几乎跳起来。大步流星走在前面的静云,醉心于美丽的海景,完全忘记了脚下滚烫的海沙,听见我

中国大陆最南端,后面的小楼是"渡琼作战指挥所"旧址

尖叫,他转身说:"你就当是沙疗吧,免费!"

◇走进珊瑚礁自然保护区◇

我们从海树林中走到海边沙滩上,见到一块石碑立于岩石堆中。碑上写着"合水线"。原来这里就是传说中的琼州海峡与北部湾的分水线。只见两股不同海域的波浪,在这个岬角相向交锋,激情拥抱、亲吻,形成蔚为壮观的"十"字形的线浪。大自然的杰作,令人叹为观止。

下到海里,我们站在合水线处,面对十字浪,脚踏两片海,感受不同海域的温度。从脚底传出的信息告诉我们:两股海水温度不一样!

我们玩得正欢,一个上了年纪的男人走过来,说哪个游客要看珊瑚赶快跟他走。一听说能够看海底活珊瑚,我们欣喜万分,立即响应。

男人让我们叫他詹伯。他是徐闻珊瑚礁自然保护区的管理员。没想到我们不经意间走进了珊瑚礁保护区。

我记得《广东徐闻西岸珊瑚礁》一书曾介绍过,从灯楼角到大井海军码头被划入"徐闻珊瑚礁自然保护区"。这个区域有鹿角珊瑚丛生带、蜂巢珊瑚-鹿角珊瑚-滨珊瑚-海葵生长区,蜂巢珊瑚-鹿角珊瑚稀疏带、蜂巢珊瑚稀疏带和软珊瑚生长区。这个保护区后升级为国家级珊瑚礁自然保护区,是目前我国大陆架浅海连片面积最大、种类最多、保存最完好的珊瑚礁海区。此海区的珊瑚礁是大陆沿岸唯一的现代珊瑚礁。2005 年,在"寻找广东最美丽的地方"评选活动中,徐闻珊瑚礁被《中国国家地理》杂志评为"广东最美的海岸"。

徐闻珊瑚礁自然保护区的海底珊瑚

詹伯的小船在等我们

我们随詹伯穿过一片沙滩，一艘小艇早在海边等我们。小艇比较旧了，很小，仅能坐四五个人。

海水十分清澈，就像纯净水。我见过不少海，国内国外的都有，像灯楼角海水这般纯净的并不多见。我赞赏海水的纯净。詹伯说这是由于珊瑚的净化作用。

詹伯开动发动机，对坐在小艇上的我们说："坐好啰，我们现在向美丽的珊瑚出发！"詹伯说话用词文绉绉的，语言很有文采，很有激情，普通话也说得比较标准、流利。当地渔民以说雷州话为主，像詹伯这样普通话较标准，语言富有文采的渔民很少见。此人非等闲之辈！我不由得多看他几眼。

驾驶小艇的詹伯穿一身发旧的迷彩服，头戴海边渔民常戴的斗笠，有着海边人常见的古铜色皮肤。那是大海长年累月的馈赠，这馈赠散发出岁月的沧桑。从外表看，詹伯是个十足的渔民。可是他一说话，语言、见识又别于一般的渔民。

◇美丽的珊瑚海底世界◇

"亲爱的朋友，美丽的珊瑚区到了。请随我欣赏美丽的珊瑚吧！"詹伯关掉发动机，跳进海里，用手推动小艇。

我们正要跟詹伯下海，他阻止了："你们不要下海，别踩着珊瑚，就坐在小艇上欣赏'珊瑚美人'吧！"

展现在我们眼前的大海，海水一尘不染，清澈见底。在离我们有70厘米左右的海底世界，那些可爱的小生灵，一览无余。

在这个美丽的海底世界，珊瑚是美丽的"公主"，上演着美丽的千年传奇。

各种珊瑚的颜色组合在一起，简直是一场视觉"盛宴"。红宝石的红彤彤、蓝精灵的蓝幽幽、雪山的白晃晃、皇冠的黄灿灿、春草的绿油油……五彩斑斓，给人极大的视觉冲击。赤橙黄绿青蓝紫，珊瑚持着彩练在海底舞动着，给人以美的享受。

珊瑚的形状像木耳，像鹿角，像树枝，像吸管，像苔藓，像蜂巢，像大脑纹层，像千年灵芝，千姿百态，仪态万方。于是珊瑚有了叫人浮想联翩的名字：海星、海葵、鹿茸、木耳珊瑚、蓝宝石珊瑚、绿色珊瑚……

珊瑚实在是美，美得像一首歌，像一首诗。自古以来，无数诗人被它的姿容陶醉，为它吟咏。光是唐朝诗人，就留下无数芳香之作。

王维怜花惜玉，"自怜碧玉亲教舞，不惜珊瑚持与人"；白居易感慨万千，"君不见沉沉海底生珊瑚，历历天上种白榆"；李白喜不自胜，"珊瑚映绿水，未足比光辉"。

詹伯手持一白色圆筒不时叫我们看珊瑚，那是他自制的潜水潜望镜。海水清澈见底，其实不用它，我们也能看到"珊瑚美人"。只是用它，可以看得更清楚，可以看到更多的细节。

詹伯用潜望镜对准一丛珊瑚，用富有文采和激情的语言向我们介绍："朋友，这就是'变色活珊瑚'。它很听话的，我叫它变，它就变。十分神奇，非常美妙。来，请看清楚！"

我们透过白色的潜望镜，看到一丛褐色的珊瑚，像一朵盛开的花，非常灿烂。詹伯对着镜筒说"变"，只是

美得像诗一样的活珊瑚

009

詹伯用潜望镜给我们看海底珊瑚

石头也能开花

海底珊瑚盛宴

一瞬间珊瑚就变了颜色，变了模样，刚才的灿烂变成羞答答，像徐志摩笔下那不胜凉风娇羞的美丽女郎。珊瑚不但漂亮，而且有灵性，能"听"懂人话。真是太神奇了！

我问詹伯："珊瑚为什么会听话？"詹伯说："这是声波的作用。"

詹伯又轻轻地走到一丛珊瑚前，那般小心翼翼让我想起母亲对婴儿的疼爱。他用潜望镜对准珊瑚，说："这就是石头开花。我叫它出它就出，叫它开它就开，就这么神奇。"我们透过潜望镜，看到黄色的花，红色的花，绿色的花，大朵大朵地怒放于我们眼前，还随着海水的波动，在摇晃，在跳舞。一张一合，一摇一摆，实在是太优美了！随着詹伯的一声"走"，那些花儿上下都缩进去，只剩下一个空壳了。詹伯说得不错，石头能开花，且是开在海底的花，实在是太美妙了！

我虽然不是第一次看珊瑚，但在徐闻看珊瑚还是惊喜不已。我第一次看珊瑚，是在泰国的芭提雅。当时我跟随潜水员潜入海底世界看珊瑚，那也是一个美丽的珊瑚世界。我还亲手触摸了珊瑚，捧着活珊瑚拍照留影。但那时，我没有像在徐闻这样总是惊喜连连。

"前面还有更多美丽的珊瑚等着我

们。朋友,我们继续走,慢慢欣赏!"站在海水里的詹伯又推动小艇前进。

珊瑚实在是太可爱,太不可思议了!我又一次提出要下到海底摸一摸神奇的珊瑚。詹伯说:"为了保护珊瑚,其他人一律不准下到海里触摸珊瑚,只能坐在船上欣赏。"

我说:"詹伯,您走在海里,会踩到珊瑚吗?"

"我们的环保意识很强,我们像爱自己孩子那样爱珊瑚,不会踩到它。"

◇珊瑚守护人◇

欣赏完海底珊瑚,詹伯又用他的小艇把我们送回海岸。对珊瑚,我们意犹未尽,一路上聊的都是珊瑚。詹伯很健谈,也很乐观,说起珊瑚他如数家珍。从跟他的交谈中,我们了解到一个 64 岁的珊瑚守护人跟珊瑚不平凡的故事。

在祖国大陆最南端的角尾乡,有一个与海南岛隔海相望的村庄,叫西坡村。詹伯跟他的祖祖辈辈一样,生于斯,长于斯。灯楼角是北部湾与琼州海峡的分水线,南海与北部湾两股海流在此激情交汇、碰撞,形成奇特的自然景观。交汇的海流带来大量有利于海洋生物繁殖的有机物、营养盐等。那时的海水是纯净的,没有丝毫的污染;那时的海洋资源是丰富的;那时的詹伯就在灯楼角的海域一带抓鱼捉虾捕蟹,养活家小。但是随着人类的过度捕捞,海水的重度污染,海洋生物渐渐减少。

改革开放后,外面的精彩世界吸引了詹伯,他背上简单的行囊,先后到海南、香港等地闯荡。在这花花世界,他历尽艰辛,看尽世态炎凉。

2001 年,一次难忘的经历,留下了詹伯漂泊的脚步。这年,海洋大学教授、专家组来到灯楼角珊瑚礁自然保护区,调研海洋,考察珊瑚。从香港回来探亲的詹伯,跟专家给这里的珊瑚打氧气。专家说:"珊瑚被称为'海洋生态雨林',是海洋状况的晴雨表。如果海洋受污染,环境变暖,捕捞过度,就会导致珊瑚礁数量减少。相反,如果保护好珊瑚,受益的是人类。珊瑚具有多种作用,除了众所周知的观赏价值和艺术价值,珊瑚还能起到降低赤潮、净化海水的作用,跟渔民的切身利益息息相关。还有一点,珊瑚可使鱼类资源增加 30％以上！"

专家的一番话使詹伯大受裨益。他虽然生长在海边,熟悉珊瑚,但珊瑚具有这么多作用,跟人类利益如此攸关,他还是头一次听说。詹伯决定不再去香港,留下来守护美丽的珊瑚,守护美丽的家园。

十多年来,他尽心尽力守护灯楼角这片海域的珊瑚,当珊瑚的守护神,当环境监测员,还当宣传员,向游客宣传珊瑚知识。最难能可贵的是,他做这一切完全是义务的,没要过政府一分钱。

为了美丽的珊瑚,詹伯失去了不少经济上的收入,但他得到的回报更多。每天,清澈见底的大海用纯净的怀抱拥抱他,珊瑚向他绽开美丽的笑容,大量的海洋生物捧出丰富的馈赠。

珊瑚守护人詹伯

2012年中央电视台《远方的家——沿海行》栏目摄制组,来到灯楼角珊瑚礁自然保护区拍摄,詹伯全程陪同,讲解珊瑚知识,带摄影组的成员看南海与北部湾两股海流的激情交汇线,驾着小艇带他们看海底珊瑚礁群。漂亮的主持人拿着詹伯自制的潜望镜下海观赏珊瑚,兴奋得连连尖叫,大赞"太神奇""太美妙"。

珊瑚是人类的共同财富,保护珊瑚就是保护人类自己。在徐闻,充当珊瑚守护人的不止詹伯一人。徐闻人民政府制定有关规定,明文保护珊瑚礁,为珊瑚繁殖保驾护航,给珊瑚礁保护区一片纯净的天空。

说起往事,詹伯有兴奋,有感慨,还情不自禁唱起童安格的《把根留住》:

　　一年过了一年

　　啊,一生只为这一天

中国大陆最南的角尾乡海域

让血脉再相连

擦干心中的血和泪痕

留住我们的根

是的,詹伯把根留在灯楼角,留给这片美丽的珊瑚礁。

◇环保让珊瑚更美丽◇

"你们运气真是太好了,见到海底活珊瑚是你们的缘分。有些人来十次八次,都是满怀希望而来,又失望而去,一次也没见到。你们真是太有福气了!"从带我们来看珊瑚的路上,到看珊瑚的过程,再到我们回到海边上岸,詹伯不止一

纯净的天空与美丽的珊瑚海

珊瑚对水质要求很高

次地说我们有缘分，有福气，太难得了。

是的，我们能看到海底活珊瑚真是很幸运，因为珊瑚不是随便就可以看到。

珊瑚很娇气，很讲究生长条件。水质不好，珊瑚不生长；水温太高或太低，它也不生长。只有那些水质好、温度适宜的海域，珊瑚才愿意安家。徐闻给了珊瑚适合的生存环境，成了珊瑚的乐土。

看海底活珊瑚要掌握规律，不是想看就能看到。退潮，或者是春暖花开的时候才容易看到珊瑚。看珊瑚最好是"天好"（天气晴朗）、"流可"（退潮）、"水真"（清澈透明）。

我说："托詹伯的福，我们才见到珊瑚。谢谢！"我说这话是发自内心的。我多次来徐闻，或是纯旅游，或是公差，或是摄影采风，没有一次见到海底活珊瑚，留下几许遗憾。而这次来角尾，恰好是在生机盎然的四月，又恰好遇到退潮，海上风平浪静，海水清澈见底。这么多的恰好，不是缘分，不是福气，又是什么呢？

感谢珊瑚，在人间四月天让我与你相遇。

感谢像詹伯这样的徐闻人,悉心保护好祖国大陆最南端的这片海域,给美丽的珊瑚提供优质的生存条件,给世人纯净的碧海蓝天。

其实,看似偶然的福气,实质上是各种必然因素发酵的结果,散发出迷人的芳香。如果没有徐闻人保护好珊瑚,任唯利是图的人乱开采,我就算来千百次,也没有美丽的珊瑚向我频频招手,向我展示千娇百媚。

保护好珊瑚,才会有神奇,才会有美丽的相遇。

保护我们的生存环境,就是保护我们人类自己,才会有人类的福气。

跟詹伯聊了很多,应该离开了,可是我们都依依不舍。静云要了詹伯的电话号码,跟他合影留念。

詹伯走了,他要去接待另一批游客看海底珊瑚。

静云还是舍不得走,他又走进海里,玩了一会海水,又叫我拍摄。他对着摄像机,用西部人特有的激情说:"亲爱的朋友,我身后就是珊瑚礁区,一个保护得很好的珊瑚礁区。我刚看完海底珊瑚回来。珊瑚真是太神奇,太美妙了!"

大汉三墩:风过"海上丝路"始发港

　　风悠悠,海茫茫,梦里海上丝路千百回。

　　自从读了著名作家洪三泰的《丝路悠悠海蓝蓝》,我脑海里总是闪现千帆竞发、如梦似幻的画面。徐闻港,这个古代海上丝路的始发港,如今是否繁华依旧,令人流连忘返? 抑或是,它只是一处静静的港湾,两千多年的风浪,早已化作一港的寂寞? 汉时的瓦,汉时的砖,据说在此处俯拾皆是。我能不能捡到一片汉时月光吻过的瓦? 我能不能拾起一段被岁月掩埋的汉朝时光?

◇走在汉时的风居住过的村庄◇

　　车子在湛徐高速公路疾驰,向中国大陆最南端的徐闻奔驰。我的思绪也奔驰在千年的时光中。

　　徐闻到了。路上的幻想不再只是幻想,一切都真实得不能再真实。眼前的风是真实的,雨是真实的,被雨淋湿的路也是真实的。有点简陋的门口前,那条横在我们面前的绳子也是真实的。一个头戴斗笠、面色黑黄的青年男子走到车子前,我摇下窗玻璃,问他,这里是大汉三墩吗? 他用雷州话说,从这里可以去大汉三墩。我们买了票,他收起挡在门口的绳子,做了一个请进的动作。车过村庄,是汉时的风居住过的村庄。我和阿明下车,撑着伞,迎着风,走在见过汉唐明月的村庄。地上的碎砖破瓦,湿漉漉的。这一带是汉时古港的生活区遗址。多年来,在二桥村至仕尾村一带,普通的汉砖、汉瓦,珍贵的"万岁"瓦当、龟纽铜质"臣

在雨中走进大汉三墩

固私印"等,陆续被人发现,被挖掘,被送到各级博物馆。那些破碎的砖瓦,遗落一地。

眼前的砖砖瓦瓦如此真实,但我不敢确定哪块砖听过汉风的呼啸,哪片瓦瞭望过汉时船队的雄姿。

来徐闻前,我曾想着要在满地是汉瓦的村庄,捡一片留念。可这时,我改变了主意。我没有捡起一片瓦、一块砖。就让它们在原处继续吹风,继续听雨,延续它们两千多年的梦吧!

一片海湾躺在我们的脚下。海风很大,吹乱了我的长发,卷起了我的裙裾。我们没有下去,只是站在红色的土坡上看。在海里,在岸边,灰黑色的礁石散落着。海水依然蔚蓝,在风雨中朦朦胧胧,迷迷茫茫,如同蓝蓝的幽梦。这样的情景很适合怀古。

几只海鸭子站在礁石上,向远处张望。它们白色或是黑色的身影,在风雨中如同雕像。大概是看得久了,肚子饿了,海鸭子将头伸进海里,一条鱼就在它们

扁扁的嘴里摇摆,吃完了,又继续看海。风雨中,海鸭子那么悠闲,那么惬意。人世间关于名利的纷纷攘攘似乎与海鸭子无关,它们只关注眼前的一方海。只要有干净的海,只要有能吃的东西,就是海鸭子的幸福。

◇汉武帝的船队从这里扬帆◇

　　一路走走停停,我们绕了一个大圈,兜兜转转,又回到用绳子挡路的那个门口。从这里出来,按路人的指示,我们找到写有"大汉三墩"的大门口。门口是一座仿汉建筑。灰青砖,红琉璃瓦,气势恢宏。这是目前中国唯一以"汉港丝路"历史文化为主题的综合旅游区。

　　我们把车子停在停车场,在汉堤上步行。风继续吹,雨继续下。

　　三墩港,是古代海上丝路始发港遗址。离海面不远处,有三座小岛,如同三姐妹亲密环抱。千万年来,这三座小岛为这个古港,挡住狂风,阻住恶浪。它们分别叫头墩、二墩、三墩,合称"三墩"。这道海上天然屏障,风景如画。于是漂亮的三墩有了跟它的美丽相称的名字,比如瀛岛联璧、蓬莱三仙洲等。

海中有成片的红树林。一些海鸟栖息在树林中,苍绿的密林遮掩不住它们洁白的身姿。它们跟海鸭子一样,也在静静地看海,静穆如一座老式的钟。这情景实在是有趣,海鸟在林中看海,我站在岸上看海鸟。大概海也在看鸟吧,相看两不厌,和谐如初见。这样的情形有多久了?两千年?两万年?

两千多年前,这里肯定有海鸟。海鸟就是历史的见证者。它一定记得,公元前 111 年,汉武帝的船队在这里起航,浩浩荡荡,把一船船的丝织品、黄金等运往南海,把大汉雄风吹到东南亚、南亚,把中国文明一路传播,最远到今天的斯里兰卡;返航时,把一船船异国文化带回雷州半岛,带回中国。

这条古代海上丝绸之路,成了友谊的桥梁,文明的使者,辉煌的缔造者,也是岭南海洋文化的孕育者。

如同海潮有涨有落一样,历史的辉煌并不代表永久的灿烂,曾经的荒凉并不代表永远的寂寞。徐闻港作为汉时的最早始发港,给这片土地带来财富,带来尊荣。尔后,它在历史的长河中沉寂了,被遗忘了,连同它曾经紧握过的繁荣。以至于,两千年后,当那些汉砖,那些代表着尊贵的"万岁"瓦当,从历史的叠叠土层里爬出来,向世人诉说它曾经的荣光时,人们惊愕了,不敢相信这里曾是大汉

大汉三墩古港

古港红树林

王朝钦定的港口,是令人向往的富庶之地。

是的,离政治中心万里之遥、徐徐而闻的徐闻,后来成了南蛮之地,成了流放之所。明代著名戏剧家汤显祖不是被贬到徐闻了吗?于是在人们的印象中,徐闻是落后的,怎么也不能跟繁华如梦联系在一起。

弥漫的风雨遮住了狭隘的目光,幸好有历史记载。《汉书·地理志》说:"自日南障塞,徐闻、合浦船行……"唐代《元和郡县图志》记录:"汉置左右候官,在徐闻县南七里,积货物于此,备其所求,与交易有利,故谚曰:'欲拔贫,诣徐闻'。"这些记载告诉我们,汉时的船队从这里出发,远航他国。商贾云集,人们口口相传,要发财吗?到徐闻吧!

拨开风的迷茫,还原真实的大汉雄风。2000年,新世纪的钟声敲响不久,季风吹过的时节,由广东省政府参事、中山大学教授、珠江文化研究会会长黄伟宗为团长,珠江文化研究会常务副会长、作家洪三泰等人为副团长的考察团,来到徐闻考察,古港村落、田头野地,他们几乎走遍了徐闻的角角落落。这些见多识广的专家、学者、作家等,对散落于此,俯拾皆是的汉文化惊叹不已。经过考察、论证,专家言之凿凿地说,海上丝绸之路始发港有多个,比如合浦、徐闻、广州、泉州、宁波等,但史载最早的海上丝绸之路港口当属徐闻!洪三泰先生根据考察所见所闻,写下了史诗般的《丝路悠悠海蓝蓝》。

◇风中的大汉三墩◇

我们继续走在风中的大汉三墩。在仕尾村北仕尾岭高崖上,一个呈八角形的航标灯座静静地躺在临海湾不足 10 米的地方。灯座是用天然巨石,经能工巧匠精心雕琢而成。石上雕有八卦图案。风中的灯座,坚硬如初;雨中的灯座,湿漉漉的,雨水泊在里面,浑浑浊浊。如果没有一定的历史知识,如果没有人告诉你它的来历,你也许会像当地村民一样,把它当作供马饮水的普通马槽,而没想到它是典型的汉唐导航灯座。更不会想到,千年前的汉唐,烽火在此点燃,熊熊的火焰,给在浩瀚的大海中航行的船只指明方向,明亮了水手们的黑夜。

不少人想,汉时的航海技术不像现在这么发达,指南针还没发明,也没有风帆,他们是怎么航行于印度洋上?他们是如何抵达遥远的异国他乡?秘密在

八角形的古航标灯座

到处可见的白色风车

大汉雄风

哪里？

没有先进的技术，但有智慧。汉人远航的秘密是：在风起的季节，巧妙地借用了季风，即信风。风是一把双刃剑，成也风，败也风。运用得好，事半功倍。不会用，或许会带来灭顶之灾。汉人借助季风，成就了汉代的海洋大业，缔造了一个王朝的多样文化。

风起云涌，书写古港传奇。徐闻港作为汉时的始发港，它是如何繁华，我看不到；人们涌至徐闻寻求致富，我也看不到。我看到的是风中的徐闻，雨中的大汉三墩。

走在汉港遗址，我们眼前的海风时断时续，时而掀起层层波涛，惊心动魄；时而波浪不惊，安静如素。港湾里，捕鱼归来的渔船静静地停泊，渔民把一船船的收获搬到大堤上。鱼贩子早就在这里等候，把一箱箱的海鲜装上车，运往各地。渔民在海风的吹拂中接过辛苦费。他们被海风雕刻过的脸，写着沧桑，写着喜悦。对渔民来说，船能出海，海上能捕到鱼，鱼能换到钱，这就够幸运了。

徐闻的确是够幸运的，得天独厚，既拥有了中国古代海上丝绸之路始发港，又拥有全国首批国家级海洋生态文明建设示范区的优势。最近，中央提出建设"丝绸之路经济带"和"21世纪海上丝绸之路"。这一倡议对徐闻来说，是一股强劲的信风。徐闻人喜不自胜，抓住机遇，紧锣密鼓地做好海上丝绸之路始发港世界文化遗产的申报工作；乘着这股春风，把海洋文化做大做强，谋求更大的发展，再创辉煌。

我们离开徐闻时，风依然在这个古港劲吹，不停不歇。路旁林立的白色风车让我想到这是风眷恋的故乡。

南三岛:涛声阵阵

南三岛,是海的宠儿。南海拥着,广州湾抱着,湛江湾搂着,还有南三河脉脉的依偎。于是南三从不寂寞,看波涛滚滚,听河水潺潺。

我们乘坐的车子从贯岛大道一路开来,南三的涛声早已在耳边哗啦作响。当看到苍茫的大海与天蔚蓝成一片时,我的心顿时也碧蓝起来。

风平浪静的南三海

◇海涛、林涛◇

脱鞋走在南三海边,脚下的海滩平坦绵长,沙白如银,软似棉,润像玉。南三海是个美女,以蓝天为帽,以沙滩为带,风姿绰约,百媚千娇。你来或者不来,她都在那里等你,从潮涨等到潮落,把黑夜等成白昼。

海永不停息。海涛相依相携,从海天相接处奔跑,卷起层层海浪,把白色的浪花掷到海岸,掷成一滩碎银。亚热带的阳光从来就是南三海的伙伴,当然还有暴雨、台风。这天,暴雨、台风疲倦了,把舞台让给阳光,任由它热情地拥抱波涛,抱成一海的波光粼粼、闪闪烁烁。

海里,帆船点点,人头涌动,那是游客在冲浪、畅游。海涛追逐着"浪里白条",浪花嬉戏着"美人鱼"。

几艘月儿似的渔船一字排开,整整齐齐地泊在海边,红色的旗子在船头迎风飘扬。它已做好出发的准备,在静听涛声,在等待海的哨音。

我徜徉在海边,看海浪卷卷,听涛声阵阵。

我不知道这涛声哪年哪月在南三岛响起,也不知道何人何时最早听到南三的涛声。只知道,在这片离湛江市区只有2千米的南中国海域上,原来有一个群岛,由11个互不相连的小岛组成。它最早叫作鹭洲岛,是鹭鸟的天堂。鹭鸟在碧海上翱翔着快乐,在海滩上啄食着幸福。

可是,岛上居民出入不方便,苦不堪言。岛民出岛渡船去城里,最少要转7次。挑到城里卖的海鲜,本来生猛乱跳,到了市区却变成了一箩筐的"海臭"。

在20世纪50年代,南三人吹响了联岛的号子,把除特呈岛之外的10个小岛,堵海修堤,筑围造田,连成一个大海岛。它在中国版图上叫南三岛,是广东第二大岛,中国第七大岛。那时技术很落后,靠的是一锄头,一簸箕,一肩挑。南三人流了多少汗,南三河知道;吃了多少苦,南三海清楚。

南三人心里有多少渴望,海涛可以听到。

南三,不仅有阳光、碧海、蓝天、渔船、海鲜,还有不速之客——台风。一场台风,就会无情地把你的努力化为灰烬。

南三人联岛的汗水还在流淌。为了固沙防风,他们又开始新一轮的战斗。他们在东部沿海海滩上大面积种植木麻黄,种出长 23 千米,宽 2~3 千米的防护林带,种成中国南方壮观的"绿色长廊"。木麻黄有坚忍的特性,喜炎热气候,抗盐渍、耐干旱、贫瘠。它站在海滩上,站成亮丽的风景,站成南三挺直的脊骨。它防止了沙的流失,抵挡了风的肆虐,给南三带来了绿色的安宁。

站在如银的沙滩上,一面是碧绿的林带,一面是蔚蓝的大海,还有那无遮无拦的金色阳光。这一切,给我极大的视觉冲击。而耳边,一边是林涛的歌声,一边是海涛的呼唤。林涛、海涛,涛涛荡心,声声悦耳。

那块赤色岩石上刻着的四个字告诉我,这里是著名的"南三听涛",是"湛江八景"之一。旁边那个黄琉璃瓦、飞檐翘角的亭子,叫作"听涛阁"。一对花样情侣,背枕林涛,面朝大海,牵手听涛,浪漫而迷人。这个鹭鸟翔集的海岛,从来不缺浪漫,缺的是你脉脉的注视,温柔的抵达。

南三的林涛,早就传得很远。

赵朴初听到了。他是我国佛学界泰斗。20 世纪 60 年代初,他登上南三岛,

木麻黄树筑起"绿色长廊"

来到木麻黄林带。林涛声声,掀动他的心潮,使他写下这样的词句:"坚比贞松,柔同细柳,稠林千里云平……真才今刮目,风前重镇,海上长城。"他赞木麻黄树是"海上长城",坚贞如松,借之盛赞南三人民战天斗地的精神。

关山月听到了。他是我国著名的美术大师。在 20 世纪 70 年代,他几次南下湛江,到南三的木麻黄林带中去,观海潮,听林涛,创作了以木麻黄林带为背景的国画《绿色长城》,并将之带到祖国的心脏,悬挂在人民大会堂。

还有许多名师大家,比如著名的文学大家冰心、陈残云,比如戏剧家田汉,比如军旅作家黄谷柳等,还有国外的学者、要人,他们听到了南三的涛声,纷纷走进木麻黄林带。他们留下脚印,留下翰墨,留下情谊,给南三的人文历史增姿添彩。

◇历史之涛◇

陈氏小宗在南三岛田头村中部,是陈氏祠堂。三门三进,蓝琉璃瓦,描龙画凤,精雕细刻,古朴典雅。这座颇具明清风格的建筑物,已有三百多年历史,见证了南三岛三百多年的风风雨雨。

跨过大门,走过天井,我看见在大堂左右两侧各安放了一尊塑像。

一尊是清代礼部尚书陈瑸的塑像。陈瑸祖籍田头村,他跟海瑞、丘浚并称"岭南三大清官",被清朝康熙皇帝美誉为"清廉中之卓绝者"。

另一尊是安南王陈上川的塑像。陈上川生于明朝天启六年(1626 年),为田头村陈氏小宗第 17 代裔孙。他曾贵为安南王,是康熙帝下诏册封。安南也就是现在的越南。陈上川在安南有权有势,可以呼风唤雨,可以享尽荣华富贵。但是,他位高不敢忘忧国,无时无刻不想念生他养他的田头村。当海浪卷起千堆雪的时候,他望着一海相隔的故乡方向,情如波涛;当半轮月变成圆月的时候,他更是心潮澎湃,吟诵出如海的思乡情:"衣锦登高望北京,心中常眷故乡情。千言万语凭谁诉,独上楼头待日明。"1690 年,重情重义的陈上川派出官兵数百人,船载木石材料和金银珠宝,越洋过海,千万里运送回故土,为建祖祠之用。乡亲们为铭记陈上川的恩情,将"陈氏小宗"又名"越王祠"。

陈氏小宗

我们离开陈氏小宗，车子开往南三岛东南部的灯塔村，停在广州湾靖海宫。靖海宫面朝大黄江口，隔海和东海岛相望。眼前的靖海宫，黄瓦绿墙，古色古香，香客如云，香火袅袅。这座建于明朝，至今有四百多年历史的靖海宫，又名"广州湾大王公"。我国沿海地区大多供奉"海峡和平女神"妈祖林默娘，而靖海宫供奉的是石头神大王公，彰显了独特的海洋文化。

这块石头，可不是普通的石头。它来自南海，经过大海的磨炼，阅过浪涛的喧哗，听过渔民的祈祷。过了千年万年，它有了灵气，于是渔民建庙把它供奉起来，称之为大王公。

大王公靖海安民，发生许多神乎其神

安南王陈上川塑像

的故事,惊动了皇帝,先后得到清朝嘉庆、道光、光绪三帝的敕封。远在京城的皇帝敕封偏在南海一隅的石头神,外人看来有点不可思议,实际上是这里地理位置的重要性引起皇帝的重视,让他在此封神安民。

从靖海宫出来,走10多米,大海便展现在我们眼前。海面澄如明镜,蓝如绸缎,轮船游弋,海鸟翱翔,安宁平和。别看眼前的海,波澜不惊,静如处子,可在近代史上却是惊涛骇浪,怒涛滚滚。

一百多年过去了,涛来涛去,潮涨潮退,多少人事被时间的潮水卷走,冲刷得无影无踪。可是靖海宫不会忘记那段岁月,它见证了那段可歌可泣的历史;大王公清楚地记得,当年南三人如潮水般涌来,持铁叉,举船桨,保家园,英勇地抗击法国人的坚船利炮,揭开近代史上抗法斗争的序幕。

深沉的目光看见历史在这里定格、凝固。

◇喜闻新涛◇

在北头寮码头,我们远远地望见一座长桥,横跨在浩瀚的海面上,如长龙饮

蓝如绸缎的南三海

北头寮码头对面就是湛江市区

南三大桥

水，似彩虹飞落。它连接天与海，构成一幅壮美的画。

这就是南三大桥，是九位南三籍企业家捐资所建。2011 年通车，全程不设关卡收费，无偿使用。

当车子从贯岛公路开到大桥，司机特意停车，让我们下来好好看一看，拍一拍照。站在桥上，极目四周，视野开阔，心驰神往。桥上空是一碧如洗的蓝天，如棉的白云把蓝天衬托得更蓝。桥下，碧海浩浩瀚瀚，渔船、商船，各式船只来来往往，繁忙热闹。海滩上的防护林，就像铺在海滩上的绿地毯。桥那边林立着高楼，城市的繁华仿佛盈手可握。

这座架在海岛与城市之间的金桥，圆了南三人祖祖辈辈的通途梦。从此，南三人不用害怕风急浪高不能过渡而困守海岛；从此，南三人不用担心活蹦乱跳的海鲜送不到城里。

我们这一行人中的济华兄是南三人,他临时当起向导。从我们登上南三这个美丽岛开始,他一路动情地跟我们讲南三的历史、现在,还有未来。

南三岛今年刚被评为"广东十大美丽岛"。这是一块未开垦、比较原生态的海岛。我早就耳闻了它迷人的海岛风光,但没想到它的人文历史是如此厚重。

我喜欢旅行,尤其喜欢既有秀丽的自然风光,又有深厚的人文历史的地方。没有人文历史,没有人文关怀的地方,就如只有靓丽的躯壳,而没有魂灵的美女。而南三岛二者兼备。

南三岛缺的不是资源,不是美丽,而是眼光、机遇。现在,机遇来了。南三岛赶上了"好潮"。2012 年,湛江市委、市政府将它作为湛江"五岛一湾"滨海旅游产业园的主战场,要把它打造成国家级滨海旅游示范区、中国南方冬休度假基地,彰显湛江旅游形象的代表作;将建环岛公路、海底隧道、国际邮轮母港、冬休养老基地、观音古寺佛教文化园等。

这是一个宏伟的蓝图,南三即将以崭新的姿态出现在南中国海。

南三的涛声,会传得更远。

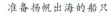

准备扬帆出海的船只

硇洲岛:半是海味半是古韵

　　7月,我再次去硇洲岛,主要想补拍图片,体验一下渔民的生活,吃正宗的硇洲海鲜。

　　硇洲岛是个面积只有56平方千米的小岛,位于雷州半岛东面,东海岛之外,所以是岛外之岛。岛民以渔业为主,旅游处于原生态。酒店很少,大多数是家庭式旅馆。

　　我和先生阿明住在一个姓陈的渔民家里。这家人有两个儿子,大儿子主内,负责联系、接待;小儿子主外,负责当车夫和向导。我叫他们渔家大弟、小弟。

陡峭熔岩壁垒

我很庆幸住在渔民家里。岛上没有公交车,主要的交通工具是可坐 10 个人的三轮车。住在硇洲岛的两天,出入都是小弟接送。这些景点分散在岛上各处,有的很隐蔽。如果不是小弟带路,我们很难找到。小弟也很细心,要带什么,要注意什么,哪里的海鲜便宜,什么时候可以坐渔船跟渔民出海打鱼,等等,都给我们讲清楚,使我的硇洲行方便、实惠,又愉快。

◇那宴海石滩,爱情曾来过◇

渔家小弟带我们去的第一个地方是在那宴村附近的那宴海石滩。这里离硇洲镇有近 10 千米的路程。环岛路从码头一直通到那宴村。

海石滩不大,沙白且柔软,海水湛蓝,与天同色。由于是国庆黄金周,来这里游泳的人很多。海石滩两旁,是黑森森的嶙峋怪石与陡峭的熔岩壁垒。有的熔岩有很多裂纹和气孔,有的像巨大的蛋。硇洲岛是广东唯一的火山岛,也是中国最大的火山岛。这些熔岩是火与水的"爱情结晶"。在 20~50 万年前,海底火山爆发,滚滚的熔岩随之喷涌而出。这些滚烫的熔岩遇到冰凉的海水急剧收缩,在一热一冷的交织中,形成了姿态万千的黑色石头——火山玄武岩。

穿行在千姿百态的怪石林中,看着这些气象万千的奇石,我仿佛看见了窃窃私语的情侣、低头吟哦的诗人、嬉戏打闹的孩子。一个汉白玉雕像坐落在一块高大的黑石上。这是一个秀美的古代女子,她面朝大海,听惊涛拍岸。她深情的眸子一直凝望着远方,似乎在等待谁,像有满腹的话要说。海上归来的渔船,不知是否有她望尽秋水的郎君? 不知是否满载她千年的期盼?

阿明下海游泳了,我拿着相机,就在海边走走拍拍。海石滩的露营区,各式帐篷已支起。一排排,一行行,五颜六色,像是盛开在海边的蘑菇。帐篷里的人,有的在打扑克牌,有的戴着耳机听音乐,有的低头玩手机,有的围在一起吃海鲜。

海石滩后面有两排房子,一排是供游客住宿的红砖房,一排是冲淡水房。另外还有一排房子在入口处,里面住着看海人,有的还摆放着杂物,做店铺用。

红砖房子不知什么时候崩塌了,像一个老人面朝大海跌倒。砖块、石块散落了一地。在这堆废墟中,一个中年男子坐在一块大石头上,望着前方的海,目光呆呆的,不知是在想什么,还是回忆什么。从我进到那宴海石滩,到我离开,这个男人一直在发呆。大海的激情喧哗,海里弄潮儿的欢叫声,都无法打动他,他始终保持一个姿势。

我不知道那宴海石滩勾起了他什么心事,或是怀想什么。是的,这样的海,这样的情景,很容易让人产生联想,勾起或远或近的回忆。

我之前来过硇洲岛两次。第一次是高考后。考完试,年轻的我们就像从牢笼里飞出的小鸟,大家商量着去哪里玩,有人提议去硇洲岛,马上响应者如云。除了我们文科班的同学,还有理科班的,甚至有外校的。我们肩背吉他,手提收录机,摇头晃脑,一副文艺青年范。那次,我们在海石滩上安营扎寨,住在帐篷里。晚上大家围着篝火烧烤、唱歌、跳舞,好不快乐。月光、涛声、篝火、帐篷、歌声,多么美好,多么浪漫。飞扬的青春,悸动的心,跟滔滔的海相

那宴海石滩

那宴海石滩的黑石林

硇洲岛是火山岛,在这样的地方谈一场恋爱必是惊心动魄

撞,撞出似火的热情,就像千万年前海水与火焰的激情相撞。我们这群人中,有几人在硇洲岛撞出爱情火花,后来还结为终身伴侣,现在还幸福着。

自此,我把硇洲岛叫作"爱情岛"。

第二次去硇洲岛是 2006 年的夏天,一个玩摄影的朋友邀我做伴。因为她的影友南下广东,特意去硇洲岛搞创作,尤其是要拍硇洲日出。在硇洲岛那晚,我们几个就住在那排红房子里。这个海石滩只有我们几人和一个看护海石滩的老人。第二天拍日出回来,早餐还没吃完,突然收到消息,台风要来了。硇洲岛四面都是海,孤悬于南海,那宴海石滩又远离码头,台风天会停电停水,还不知要停多久。一听到要来台风,我们既高兴又担忧。高兴的是,可以拍摄台风中的海岛,还可以冒险,体验困在孤岛、与外界失去联系是什么滋味。害怕的是,万一断粮断水,那可怎么办?我们迟迟不离开,直到老人催赶,我们才搭上最后一班渡轮。回来后,我写了一篇跟硇洲岛有关的情感美文,叫《爱到深处要松松手》。

从此,我更相信,这个火焰与海水激情相撞的火山岛,是爱情岛。

◇ 在海边守候日出 ◇

跟我住同一套房的几个柳州美女想拍硇洲海上日出,我也正有此意。于是我们叫渔家小弟第二天带我们先去看日出,然后去码头。他一口答应。

小弟是一个 20 多岁的小伙子,瘦高个子,皮肤有点黑。人很热情,我们叫他把我们带去哪,他总是有求必应。他也很健谈,他告诉我们,他爸爸是打鱼的,外公、爷爷也是,世代是渔民,他有时也跟他们出海打鱼,旅游旺季就开车接客。他家的四层小洋楼前年才建起,一、二层自家人住,三、四层给游客住。他家开家庭旅馆才一年,时间不长。

第二天早上 4 点多钟,小弟就在客厅里等我们了。他说,从他家到看日出最佳处有半个多钟头的路程,要早点上路,要不就看不到日出了。我们几个赶快洗漱。阿明不想去,继续睡大觉。

我和柳州美女们坐上小弟开的车,后面还跟着几辆自驾车。他们也是小弟的客人,由他带路看风景。

　　一路颠簸,车子停在一个伸手不见五指的地方,小弟说到了,我看看手机,是5点10分。

　　我抬头望天,天跟周围的一切一样黑漆漆一片,什么都看不见。大概是车灯惊醒了看门的狗,狗狂吠起来,鸡也跟着"喔喔"叫。没听到人声,村子还在沉睡中。

　　借助手机的灯光,我看清了脚下的路,是一条硬水泥路。"这是什么地方?"我问小弟。他说,这里是潭井村。这是一个以打鱼为生的村子。海就在村子旁,只隔着一条狭窄的路。渔村地势比海略高,村民从家里就可以望见海。出门见海,关门听涛,夜夜枕海而眠,在不少人的心目中,这样的日子多浪漫,多令人向往,简直就是世外桃源,这些渔民不知有多幸福。

　　我们关了灯,轻手轻脚面朝大海,怕吵醒渔民的梦。

　　海是黑色的,远处海平线上,有点点的光亮。在漆黑的海面上,这些亮光显得特别明亮,特别温暖。小弟说这是在海上作业的渔船的灯光。出海渔船一般在凌晨两三点就开始作业了,有的甚至是通宵。

　　过了10分钟左右,脚下的海可以看到大致轮廓了,从一开始的漆黑,变成黑蓝色了。"哗哗哗",海浪一阵阵,声音很清晰,海很柔和。天也变成黑蓝色,天与海同一色调,分不清哪是天,哪是海。

　　"轰轰——"远处传来隐隐的雷声,一道闪电划过,把黑蓝色的天幕掀开一角。我和柳州美女都拿出手机,抓拍海上闪电。她们是第一次见到大海,那种兴奋不言而喻。她们拍完闪电,又在黑蓝色的海边互相拍照,发到微信里。

清晨中的船只

夜间捕捞归来的渔船纷纷停泊在码头

5点40分,天变亮了,海的样子清晰了,呈现出浅蓝色,天也是,浅蓝中有浅浅的红,像在蓝布上轻轻涂上一笔。雷声还是轰鸣。

小弟说,刚才跟广州的朋友通电话了,广州已下雨。这里如果下雨,就看不到日出了。

"那多遗憾啊!"一个柳州美女惋惜道。

"没有日出,只有闪电,还可能有雨,这些也值得看啊!"我安慰道。日出、日落、雷鸣、电闪……每一种自然现象各有各的美,各有各的风姿,你在某一天遇到任何一种自然景观,都是你的缘。

美女连忙说有道理。她掏出手机,拍了一张图片,然后发了一条微信:"我在海边看闪电,等雨。"

这天的日出是看不到了。我叫小弟带我们去码头。

◇ 白菜价的海鲜,贡品的硇洲鲍 ◇

在一个旅游论坛,有"驴友"发帖说,硇洲岛的海鲜是论堆卖的,一堆海鲜才几块钱,简直是白菜价。我来硇洲岛的那两次,吃住都是在那宴海石滩,海鲜是便宜,但不像"驴友"说的是论堆卖的白菜价。难道硇洲岛的海鲜价格变高了?我想着要到码头或是海鲜市场打探一下虚实。

早上6点多钟,我们赶到了码头。码头是硇洲岛镇中心所在地,也是最繁华的地方。这个时候,对于不少人来说,还在梦游,但码头已热闹非凡。搬运鱼的、卖鱼的、买鱼的、特意来搞摄影创作的、看热闹的游客,都有。

捕捞归来的渔船停泊在码头,渔民把一箱箱的海鲜从船里搬到岸上。头戴斗笠的渔家妇女也上到船上,像男人一样搬运鱼箱。她们个个皮肤黝黑、壮实,抬、提、扛、拉,样样在行,健步如飞,一点也不输给男人。

从船上搬到码头的海鲜,有的直接搬到等候多时的各式车上,车主是来收购海鲜的;有的用集装箱、箩筐、簸箕,甚至只是用塑料袋装着,摆放在码头的水泥地上卖。鱼、虾、蟹、螺、贝、海草等,多得很。尤其是鱼类最多,马鲛、龙舌、泥鳗、带鱼、金枪鱼、鹦嘴鱼、墨鱼等，还有许多我叫不出名字的鱼。

卖鱼的多是妇女。可能是整天被海风吹拂，吸收太多阳光的缘故，她们看来比实际年龄要大。几个女人围在一起正在给鱼剥皮。我问她们，这堆鱼要多少钱。女人笑了，说她们的鱼是论斤卖的，不是论堆，我要买的话，4 块钱一斤。这么便宜！我没有急着买，而是继续打探海鲜的价格。

清晨，热闹的硇洲岛码头

蟹是我比较喜欢吃的海鲜，价格有 15 元一斤的，有 18 元一斤的。虾也是常见的海产品。每一处卖虾的，我都一一问多少钱一斤，大的龙虾要 40 元，一般的虾价格在 10 元左右。鱼的价格也不贵，多是几元钱一斤。

可惜不见"海味珍品之冠"的硇洲鲍鱼。小弟说，鲍鱼在海鲜市场有。硇洲有四大海鲜：鲍鱼、龙虾、白鲳、黄花鱼。鲍鱼位于四大海鲜之首。湛江盛产鲍鱼，最名贵、饮誉四海的要算硇洲鲍鱼。

一箱箱从海船搬上岸的海鲜

把码头上的海产品价格问了个遍之后，肚子有点饿了。我买了三样东西：18 元一斤的蟹，10 元一斤的虾，3 元一斤的杂鱼。这三样东西共花了 50 元。然后我把买来的海鲜拿到酒家加工，告诉他们蟹清蒸，虾剥壳炒苦瓜，杂鱼做汤。加工费共 35 元。

早餐弄好了，我打阿明手机："相公，起床出来吧。海鲜早餐等你呢！"接着我将端上来的海鲜拍照，发到微信朋友圈里。我把每种海鲜的价格及总共的费用都列出来了，然

我也来这里买海鲜

后问:"这个海鲜早餐便宜吗？"这下可热闹了。在我的朋友圈里,他们纷纷回复,有的说色香味美,馋死他们了。有的仰天大叹,泪花闪闪,说老天爷怎么这么不公,同是炎黄子孙,他们吃到的海产品价格上了天,100元都买不到一只虾,而硇洲岛的海鲜价居然比白菜还便宜!

我的自豪感油然而生。所谓靠山吃山,靠海吃海。三面环海的湛江被评为中国海鲜之都,海鲜天天有。在湛江的海岛上,吃海鲜如同吃白菜。

看着朋友的感叹,吃着海鲜早餐,我感觉很幸福。原来幸福这么简单!

跟我一起去看日出的柳州美女,也买了海鲜回来加工。她们说柳州是内陆,没有海,海鲜更是奢侈品,这次来硇洲就是听说海鲜便宜,是白菜价,特意来大饱口福,狠狠地"腐败"一回。她们也的确够"腐败"了,满桌都是海鲜:清煮花蟹、蒜蓉蒸沙虫、白灼海虾、椒盐濑尿虾、香辣花蛤、沙螺汤等。她们还要了一份湛江白切鸡,这可是湛江代表菜之一啊。

这天的海鲜早餐没吃到硇洲鲍鱼,总觉得遗憾。鲍鱼,我吃过不少,不时买回来煲汤吃,平时价格多是几十元一斤,但没有在硇洲岛吃过正宗又平价的硇洲鲍鱼。

来硇洲没见到硇洲鲍,我怎么甘心？所以,这天的午饭时间,我叫小弟带我去海产品市场看看。

小弟熟门熟路带我到卖鲍鱼的档口。硇洲鲍的形状各异,有的像海中游弋的小艇,颜色灰黑,有针孔样在边上;有的像元宝,很硬,色泽像干柿色;有的呈椭圆形,色泽褐黄,枕底起珠。硇洲鲍种类也多,有吉品鲍、网鲍、窝麻鲍等。

鲍鱼其实不是鱼,跟在水里游动的鱼不同,它是一种原始的海洋贝壳动物。它又不像一般的贝壳动物一样,外壳全部把肉包住。它一面是坚硬的外壳,椭圆形,一面是裸露的肉身。

硇洲鲍鱼对所栖息的环境比较挑剔,不是任何海域都能生存。海潮畅通无阻,海水清澈无杂质,是鲍鱼的最爱;海深20多米的岩缝礁洞,是鲍鱼的家园。硇洲岛是个火山岛,沿岸礁石林立,岩洞处处,海平水清,水温及咸度适中,有着适合鲍鱼生存的自然条件,加上硇洲人注意对海域的保护,因此,硇洲岛成了天然的鲍鱼场。

"天生丽质难自弃"的硇洲鲍,声名远扬,成了历代封建王朝的贡品。据说,硇洲籍的广东福建水师提督窦振彪,给道光皇帝朝贡硇洲鲍,道光品尝之后龙颜大悦,连赞味道好。现在,硇洲鲍是国宴常见的珍品。

我们点了硇洲鲍鱼。这次不像平时那样用鲍鱼炖汤,而是做捞汁鲍鱼。果然名不虚传,鲍鱼肉厚、柔嫩、细滑,味道鲜美。虽然价格相对其他海鲜贵了点,但比起岛外的硇洲鲍又算是白菜价了。

◇宋皇井,末宋遗落的仓皇◇

硇洲不仅有白菜价的海鲜,还有众多的历史古迹。对于喜欢历史的人来说,这些地方如果不去看,等于没来硇洲岛。

我知道硇洲有很多古迹,但具体有哪些不是很清楚。我问小弟,他说,有宋皇城遗址、赤马村、宋皇井、宋皇碑、宋皇亭、宋皇村、专供小皇帝读书的翔龙书院、窦振彪墓和宫保坊等。

我说:"你先带我去看宋皇井。"小弟想了想说:"我带你去可以啊,不过你还是不去为好。我们岛上人说,宋皇帝逃到这里,有来无回,不吉利。"我说:"我百无禁忌,你尽管带我去就是了。"

吃完早餐后,我和阿明,还有来自柳州的几个美女,坐上小弟的车前往宋皇井。车子经过赤马村,在一个有些散乱的石场前停下。小弟叫我们跟他下坡。

小路是一条土路,崎岖不平,不宽。路上有突起的石头。越往下走,路越狭窄。刚下过雨,地上很湿。路两旁绿树环绕,显得有些阴森。

宋皇井就在坡底,四周古木丛生。其中一棵古榕树,树龄起码在几百年以上,躯干粗壮,要几个人才能抱拢。在树躯不到 1 米的高处,分成好多个躯干,乍一看,好像几棵树合拢在一起。这应该是独木成林了。奇怪的是,这些分出来的躯干,全都向井的方向弯曲,仿佛向什么人鞠躬。

井呈八角形,所以也叫"八角井",由青灰石砌成,井外也是青灰色岩石围着。一块石碑立于井栏外,被地下苍绿的植物簇拥着,"宋皇井"三个红色大字依稀可见。

密林深处隐藏着许多跟宋朝有关的古迹

我站在井旁往井内看,井水清澈见底,约2米深。小弟说,别看这井不深,可井水一年到头都不枯竭,清冽可口。现在家家户户都打了井,或是安装了自来水管,方便得很。但有些岛民还特意来这里挑水喝呢。

井内的青石缝隙间,青苔展示着生命的顽强。叠叠的落叶铺满了井台。这些落叶颜色呈浅黄、苍黄、枯黄,一层层的应该是有些日子没人打扫了,显得有些荒凉。

脚踩着枯黄的落叶,不由得想起那些发黄的历史。据《宋史·二王纪》记载:"景炎二年3月(1277年)昰硇洲。4月,昰殂硇洲,众立卫王昺为主,升硇洲为翔龙县。"南宋都城临安被南下的元军攻破后,为避元军追杀,以图东山再起,文天祥、陆秀夫、张世杰等将臣带着年幼的宋端宗及其弟弟卫王赵昺,一路南逃,一路担惊受怕,于1277年3月逃到硇洲岛,并在此筑墙建宫。岛上本来淡水不足,一下子来了这么多人,淡水严重缺乏,人马饥渴难忍。水是生命之源,没有水一切都是空谈。再这样下去,别说被元兵追杀,就是渴都要渴死。一匹老马像得到什么暗示,在一小块平地上,不停地用蹄子刨,刨啊刨,不久一股清水涌出来。人们欣喜若狂,在此挖了一口井。为铭记老马的功劳,这井便被命名为"马蹄井",后来又被称为"宋皇井"。

是年4月,宋端宗重病不治,驾崩于硇洲。年仅8岁的赵昺被陆秀夫等人拥立为帝,在硇洲登基。这就是历史上的宋帝昺。后陆秀夫抱宋帝昺跳海身亡,南宋王朝结束。硇洲见证了一代王朝的仓皇及灭亡,昔日寂寂无人知晓的小岛从此被人关注。

都说生在皇家好命啊,可以享尽荣华富贵。可这两个小皇帝没这么好命。想起来也真可怜,两个小孩,本来应该在母亲的怀抱撒娇,享受童年的快乐,可是因为兵荒马乱,因为出身尊贵的皇家,不得不逃亡,过着疲于奔命的日子,最后都丢了卿卿小命。

对宋朝这段神秘历史,有人持怀疑的态度,认为硇洲不过是个默默无闻的小岛,且孤悬于南海中,宋朝小皇帝怎么会逃到这里呢?

怀疑无可厚非。我们需要拨开历史的迷雾,还原历史的真实。我问小弟,小皇帝逃到硇洲岛,岛上有记载吗?他说,听老一辈人说有。我想,如果这段历史是杜撰的话,岛上那么多跟宋朝有关的古迹,又怎么解释呢?

◇古塔新声◇

离开宋皇井,我们又坐上小弟的车子,前往硇洲镇孟岗村东南海边,去看硇洲灯塔。这座灯塔可不简单,它是世界目前仅有的两座水晶磨镜灯塔之一,与伦敦塔和好望角灯塔并称世界著名三大灯塔。

车子在山脚下停下。这里停了很多车,除了来自外地的自驾游车,就是本地人搭客开的三轮车。来看灯塔的人特别多,小弟差点找不到地方泊车。

下了车,我们便开始登山。所谓的山,也不过海拔 81.6 米。由于闻名遐迩的硇洲灯塔就建在山上,这座海拔不过百米的马鞍山也因此为人所知。

通往灯塔的路挤满了游人。硇洲灯塔是硇洲标志性建筑,是国家级航海标志。"硇洲古韵"是湛江著名的八大景点之一。来硇洲岛旅游的人谁不想看一看这座灯塔呢?

我们随着拥挤的人群上到山顶。"湛江航标处硇洲差分台",墙上这几个大字告诉我们,灯塔就在这里。在黑色大理石的外墙上还刻有这样的内容:全国重点文物保护单位硇洲灯塔。

灯塔耸立于我们眼前。塔大体分为 3 部分。塔身下方为正方形,中间是圆锥体。都是由灰青的麻石砌成。塔的顶部建有水晶三棱镜,射程为 26 海里。

一条横幅挂在灯塔上,写着"兴海强国,扬帆追梦。湛江航标处硇洲灯塔升国旗仪式"。在耀眼的阳光下,鲜红的横幅显得特别醒目。

这天是国庆长假的第三天。就在国庆节清晨,湛江航标处干部职工、驻地部队官兵、学校师生代表等人,在古老的硇洲灯塔前举行庄严的升国旗仪式,让五星红旗在红日中冉冉升起。很遗憾,我没有在现场看到这一仪式,只是在灯塔后面的一排白房子上,看到他们的签名、留言,看到他们对祖国母亲的祝福,对这座百年古塔的祈祷。

在白房子的陈列室里,有对灯塔的介绍,向世人陈述灯塔一百多年来的风风雨雨。

硇洲灯塔

　　由于清政府的无能，如狼似虎的外国列强欺侮中国，像分猪肉一样你割地，我强租。清光绪二十五年（1899年），法国胁迫清政府签订《中法互订广州湾租界条约》，强租广州湾(1945年改名为湛江)。硇洲岛也在法强租之内。著名爱国诗人闻一多在《七子之歌·广州湾》中悲愤地写道：

　　　　东海（岛）和硇洲（岛）是我的一双管钥，

　　　　我是神州后门上的一把铁锁。

　　　　你为什么把我借给一个盗贼？

母亲呀,你千万不该抛弃了我!

母亲,让我快回到你的膝前来,

我要紧紧地拥抱着你的脚踝。

母亲! 我要回来,母亲!

闻一多先生把硇洲岛和东海岛比作广州湾的"一双管钥",可见其地理位置的重要。1899 年,法国人强租硇洲岛后,拆掉原来那个"撑起高凉半壁天"的旧塔,历时 3 年,建起这座水晶磨镜灯塔。主持设计的是广州湾法国公使署,而主持建筑工程的是硇洲岛名工匠招光义。

如今,100 多年过去了,灯塔依然耸立于南海边,发射出耀眼的光芒,为来来往往的航船指引方向。硇洲古塔无疑是历史的见证物,见证了百年中国从耻辱到强盛的过程,见证了广州湾的泪水与欢笑,见证了硇洲每个潮涨潮落的日子。

东海岛：大海的"咸软糖"

夏日缤纷，热烈似火。阳光，沙滩，椰风，海浴……白浪逐沙滩，轻舟点碧波，椰林缀斜阳，那一片碧海的风情，透出无穷的魅力，叫人心驰神往。

假日，约上三五知己，亲朋好友，到远离城市浮躁的海岛上，泡海水澡，吃刚刚捕捞上岸的海鲜，枕着海风，伴着波涛住上一宿，已成为城里人喜爱的休闲方式。

◇海之盛宴谁忘归路◇

周末，我和阿明及一帮朋友到有着"中国第一长滩"之美誉的东海岛。东海

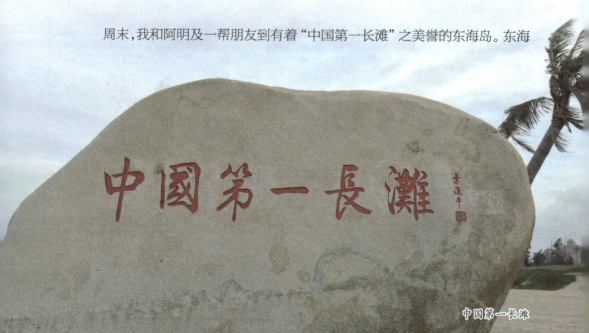

中国第一长滩

岛位于广东省湛江市东南面,与南三岛共同构成湛江港的门户。

到达海岛,已过午后。当夕辉满天时,天气不再那么炎热,海水也不再滚烫,我们换上泳衣直奔龙海天沙滩。沙滩平整干净,沙白粒细。整个海滩长28千米,是中国第一长滩,世界第二长滩,仅次于澳大利亚的黄金海岸。

前来海泳的人群密密麻麻如潮涌。洁白的沙滩上,人们或是坐着,或是躺在睡椅上,或是埋在沙里,只露出脑袋,很是悠然自得。

大海里,早已是人头涌动。这天海浪很大,潮涨潮落幅度骇人。海浪不断地从远处奔来,一波又一波地把海泳的人推向沙滩。有经验的机智地躲过涨上来的海浪,没经验的则被海浪打得尖叫不断。有时游兴正浓,忘了是面对海浪奔来的方向,一不留神一个急浪骤然冲来,闪躲不及,就会被一丈多高的海浪打中,被铺天盖地的海浪淹没。这时有一种被人狠狠地揍了一顿的感觉,瞬间晕头转向,鼻子、眼睛、耳朵、口腔都灌进了海水,咸咸的,还有一股淡淡的苦味。从不断传来的叫喊声中可以看出,像我这样被海浪打中的人还不少呢!但大家全然不顾,权当是大海的淘气和恶作剧,权当是大海的考验,继续畅游大海,惬意地跟大海零距离接触,亲密拥抱。

海泳完毕,我们驱车前往民安镇吃晚餐。在来东海岛之前,我们就商定要喝被称为"东海第一汤"的骨鳝汤。这是东海岛一道独特的海鲜美食。最好的骨鳝产于民安镇雷州湾海域。这里的骨鳝体形长,骨骼大,体表灰褐,腹部洁白。由于骨刺又多又大,东海人喜欢用它跟猪骨熬汤,配以上等的米酒,据说,有滋阴、补气血、壮骨健肾的功效呢。

东海骨鳝汤上来了,奶白色的汤看起来很诱人,喝起来味道鲜美。同来的一个女伴,得知这汤有酒做配料,就是不肯喝。她平时不敢喝酒,连闻到酒气都过敏打喷嚏。我说,这骨鳝汤一点酒味都没有,妹妹,你大胆喝吧!她喝了后,连连称赞,叫服务员再盛一碗来。

喝完汤,各种菜陆续上来:沙虫炒韭菜、清蒸花蟹、海鱼煮汤、盐焗大虾、炭烧生蚝等。

海鲜,我喜欢清蒸,也喜欢炭烧,如炭烧鱿鱼、炭烧鲍鱼、炭烧生蚝等。其中炭烧生蚝最常见,也是我所喜欢的,两三元一只。蚝,也叫牡蛎,是海中珍品。"当食品,其味美好,更有益也。海族为最贵。"这是李时珍在《本草纲目》中对牡蛎的介绍。蚝的外壳厚而且凹凸不平，不漂亮。撬开蚝壳，里面的肉洁白如玉、细腻柔滑，很美。

大概又白又嫩的蚝让多情而且想象丰富的文人骚客想起美女子，想起西施的小舌头，于是称之为"西施舌"。他们不是吃蚝，而是吻着美女西施的舌头，这是何等的享受！在做法上，蚝可以氽、拌、爆、炒等。《渔书》说："西施舌……味清甘有致，作汤佳味。"在东海岛，蚝，一般用来烧汤，但我更喜欢炭烧。在半撬开的蚝上，配上蒜蓉、食盐或是酱油，放在炭上慢火烧，那美味随之溢出，口水也很快被引诱出来。

◇海风吹上"纤夫"的脸◇

第二天，睡到自然醒，天已是大亮。从窗口望去，大海里已有三三两两的晨泳者。我们都换上泳衣，披着大浴巾，赤足走在被海水吻过的沙滩上，向大海奔去。

早晨的海边，凉风阵阵，空气清新，完全没有大白天的燥热，也没有刺鼻的海腥味，感觉很清爽，很舒服。

这时，太阳已出来，彩霞满天。那飘飞的云朵，也被霞光染上一层层深深浅浅的红光。

一叶小舟搁置在浅海上。这是一条木船，两头尖尖，向上翘起。在茫无际涯的大海上，这孤零零的小船，颇有"野渡无人舟自横"的意境。

在小船不远处的沙滩上，有几十个渔民在拉网收鱼。无论是男人还是女人，他们一律穿着雨衣，打着赤足。海风吹在他们的脸上，海水泡白了他们的双脚。那古铜色的皮肤，干瘦的身子，是长年累月的海风刻下的印痕，是滔滔不绝的海浪留下的纪念。

这些渔民，有的跳进水里，有的在沙地里，脚插进沙里，身子往后斜着，一步步退向岸边，奋力地拉动连接远方渔船的麻绳。粗大的网绳在他们手里一拨一拨地传递，传递着祖祖辈辈的希望，传递着对幸福的向往。他们嘴里不时地叫着

热闹的海滩

茫茫大海一孤舟

号子,这情形像极了民谣《拉网小调》:

依呀嗨
兰索兰　索兰
索兰　索兰　索兰
嗨　嗨
聆听那海哭声声在歌唱呀在歌唱
勇敢的渔民爱海洋爱海洋

我虽然熟悉大海,但亲眼看到这样壮观的拉网收鱼场面的次数并不多。因为拉网收鱼不是时时都有,要有机缘才有机会看到,就如有些缘分是可遇不可求的。

有些好奇的游客也加入拉网队伍,体验当"纤夫"的滋味。他们一边学渔民拉网,一边摆着姿势叫人拍照留念。

◇ "海底鸳鸯" 痴情谁可比 ◇

　　大网带着海水一点一点地收上来,最后数千米长的渔网全部拉上岸,渔民脸上绽开欣慰的笑容。网里装的全是大海的馈赠——活蹦乱跳的鱼虾,张牙舞爪的螃蟹,胖乎乎的水母和海蜇,漂亮的海葵、海星,还有像沙虫的泥丁等。

　　一个年轻的渔民手里提着一对海鲎。它的样子很奇怪,有点像蟹,青褐色的硬壳,像坦克。尾部有一条长而尖的尾巴,像利剑。海鲎虽然其貌不扬,但忠贞不渝,忠诚度为百分之百,根本不知什么叫"七年之痒",更无移情别恋之苦。雌雄鲎结为"夫妻"后,总是形影相随。在春夏季繁殖的季节,瘦小的"丈夫"常被肥大的"妻子"背着走,就像妈妈背孩子一样。有经验的渔民抓到的海鲎肯定是一双,不会是一只。因此,海鲎有一个诗意的名字,叫"海底鸳鸯"。看到如此痴情专一的"海底鸳鸯",人类不知会有何感想?

　　我从小就见过海鲎,也吃过。因为海鲎样子长得难看,身上又没多少肉,那时没几个人喜欢吃,也懒得捉它。结果海鲎繁殖很快,在海边处处可见。小时候,父亲出差回来,有时手里提着鲎。鲎的血是蓝色的。一鲎可多吃,鲎肉用来爆炒,

鲨爪用来熬汤,鲨血用来煮。海鲨营养丰富,但味道比不上其他海鲜,我不太喜欢吃。三十年河东,三十年河西,当年没人要的海鲨现在成了珍品,在酒家价格不菲。对有着"生物活化石"美誉的海鲨来说,这不是好事,而是灾难。但从医学角度来说,海鲨给人类医治癌症带来福音。现代医学发现,海鲨的血清能把癌症患者血液中的癌细胞分离出来。此外海鲨还有很高的药用价值。

如何保护和利用海鲨,这是人类的新课题。

渔民用篓子捞起鱼虾蟹,放进早已准备好的水桶里,而把没有什么经济价值的水母丢在一旁。收鱼的鱼贩子早已在沙滩上等候,价钱是早已讲好的,只要称妥当,付钱后就可以把鱼虾拿走。

我们一行人也买了好几斤海鲜,价钱比外面便宜得多了。回宾馆后,拿给厨师加工,只需付很少的加工费便可。这个早餐吃的是正宗原汁原味的东海岛海鲜,而且没有受过污染。那满口的甘香和清甜,就如莫泊桑在《漂亮朋友》中所描述的那样"在味蕾与舌头之间的感觉,如同一颗来自大海的咸软糖"。

这颗"咸软糖",不只甜在味蕾间,还甜在心里。

大海的馈赠

特呈岛

特呈岛：雨飘山色特呈来

峰濯沧溟应斗魁，波澜绕翠浪头排。

火烟光起盐田熟，海月初升渔艇回。

风送潮声平乐去，雨飘山色特呈来。

地灵福气生天外，自有高人出世才。

——[明]解缙《题特呈山温通阁》

明朝时，翰林学士解缙曾登上特呈岛，看到特呈岛的美丽风光以及海岛的生活，他颇有感触，写成这首《题特呈山温通阁》。诗中形象生动地描绘了特呈岛的地理景观和人文景观。

盛夏七月，我和几个朋友来到这个"雨飘山色特呈来"的海岛。

◇海与岛◇

"五岛一湾"是湛江旅游的一个亮点。特呈岛、南三岛、东海岛、硇洲岛、南屏岛这五岛中，被称作"中国马尔代夫"的特呈岛离湛江市区最近，不到3海里。它北近南三岛，东临太平洋，南邻东海岛，西靠湛江港，是湛江港的天然屏障。其面积只有3.6平方千米，是个名副其实的小岛。

我们到位于霞山区的海滨码头乘船过海。这是市区通往海岛的陆岛交通枢纽码头。候渡楼左边有两个售票处,一个是乘坐红嘴鸥游船,另一个是去南三、麻斜、特呈三岛。码头上人来车往,有上班的、回家的、旅游的、做买卖的各式人等,热闹非凡。汽笛声、喇叭声、人声、鸡鸭欢叫声,各种声音混合在一起,组成"码头交响乐"。从船上下来的人,挑着海鲜、自家种的岛上产品,急忙奔向繁华的城市。从城市里乘船过渡的人,带着对海岛的向往,踏上神秘之旅。

在一望无垠的海里,不断见到"海上巴士"、摩托快艇、大型轮船等各式各样的海上交通工具迎来送往的忙碌身影。在这里,不只是人可以坐船,连车也可以"坐"船。小车、卡车、摩托车、自行车等各式车子都可以"坐"上大型轮船,随着它们的主人到达海的那一边。

我们乘坐称为"海上巴士"的渡轮。走出船舱,站在露天的船板上,沐浴着朝阳,欣赏着大海的风姿。渡轮飞快,"犁"出一条白花花的水道。蓝的天,碧的海,朵朵浪花,点点海鸥,构成一幅壮美的图景。这意境是多么寥廓和明丽!连我这个见惯大海的人也不禁感到心胸开阔,心旷神怡。

不到10分钟,轮船就到达了特呈岛码头。下船上岛,一座三进牌坊式的门楼迎接我们。"特呈岛"3个金色大字镌刻在门楼中间最高处。牌坊正背面各有一联,正面为"特色家园总书记亲临送温暖,呈祥宝岛弄潮儿奋起创辉煌",背面为"共建文明生态旅游新海岛,同沐和谐渔村发展好春光"。

我们坐上岛内的电瓶观光车,沿着宽阔的水泥大道,慢慢欣赏沿途的风景。岛内地势平坦,空气清新,犹如天然的氧吧。特呈岛地处热带和亚热带气候,四季如春,难怪空气这么好。大道两旁鲜花盛开,草木欣荣,菠萝挂果,荔枝红透,蝶飞蜂舞,香气诱人,好一派旖旎的南国美丽风光。

岛内的泥土呈红色。所以,特呈岛又称"红岛"。它跟"红"有缘,除了有红土地,还有红树林、红杜鹃、红砖路、红怪石等。它就像一颗红宝石镶嵌在蓝色港湾中。

美丽的特呈岛,是"神仙特意呈送的东西",这里有一个美丽的传说。据说海龙王下令不准人们到海里捕鱼,有一仙人下凡,看见海边人没有可种的田地,食不果腹。他同情这些穷人,想帮助他们,于是在夜间偷偷挑土填海造田,造了一处又一处。有一次,仙人挑着一担土,半路忽然听到鸡啼。天快要亮了,他大叫不好,赶快放下了这担土赶回天上去。而留下的这担土就化成了两座小山,一处是特呈岛，另一处则是东头山。

◇人与庙◇

电瓶车只行驶了一段路，我们便下了车，步行去陈武汉家。到特呈岛旅游，不参观陈武汉家是一种遗憾。

提起陈武汉，特呈岛无人不知。他的名字因胡总书记的到来而家喻户晓，闻名遐迩。2003年的春天，时任党和国家最高领导的胡锦涛同志，亲临特呈岛，并到普通渔民陈武汉家做客。他坐在陈武汉家的木沙发上，跟陈武汉及其一家人聊家常，嘘寒问暖，问岛上生产和海上打鱼的情况，还问岛上有什么困难。陈武汉坦诚地告诉胡总书记岛上有"四难"：饮水难、行路难、卖鱼难、渔船避风难。胡总书记当场指示各级领导设法尽快解决。仅一年时间，特呈岛的"四难"问题解决了，还得到各方面的援助。特呈岛因胡总书记的到来渐而成为人们心目中圣洁而神秘之岛，其经济、旅游业等方面也得到长足的发展，陈武汉之家也成为一个旅游景点。现在，陈武汉家的一切都按照胡总书记拜访时的样子布置，客厅的正中挂着他一家人和胡总书记及其他领导人的合照。

陈武汉，这个世代以打鱼为生的普通渔民在胡总书记的关怀下迅速成长，与胡总书记结下了不解之缘。他赴京出席党的十七大期间，特意给胡总书记准

特呈岛旅游区码头

特呈岛的蓝天白云美得难以言说

备了3件"礼物":第一件是写给胡总书记的一封信,讲述了自胡总书记视察特呈岛以来,在上级党委、政府和社会各界的关心支持下,特呈岛干部、群众奋发图强,建设美好家园的故事;第二件是陈武汉自家的相册,通过一幅幅照片和儿子的讲述,记录了几年来特呈岛的飞速变化,以及陈武汉一家的幸福生活;第三件是一位来到特呈岛的游客有感而发,吸取广东渔歌风格,以海岛渔民风采为背景创作的歌曲《听涛》的MV。

来参观者争先恐后坐上当年胡总书记坐过的木沙发拍照留念。我不断帮他们拍摄。空闲的时候,我也赶快跑去摆个姿势叫他们拍。

我们离开他家时才望见陈武汉,他正在虬枝茂密的榕树下悠然自得地跟村民下象棋。

从陈武汉家出来,走不多远就见到一座冼太庙。这里供奉的是被民间称为"岭南圣母"的冼夫人。

冼夫人,本名冼英,生于粤西高州一带,是古代女政治家,被周恩来总理盛赞为"中国巾帼英雄第一人"。她毕生致力于国家统一,促进汉俚团结,造福人民,赢得了历朝统治者的敬重。

南北朝时,海盗出没特呈岛,民不聊生,苦不堪言。冼夫人协同高州刺史亲自带兵到特呈岛剿匪,把海盗打得落花流水,抱头鼠窜。匪患解除了,特呈岛转危为安。为铭冼夫人之恩,岛民建庙立碑,世代把她当神明般供奉。在小小的特呈岛,除了这座冼太庙,还有会宫庙,共7座,都是为了纪念冼夫人而建。庙里常

长在海里的红树林

年香火袅袅，人气旺盛，每年在特定的日子都隆重举行祭祀冼夫人的活动，形成独特的民俗文化。

沿海地带多信奉妈祖，处处可见妈祖庙（天后宫）。但特呈岛与别的地方不同，供奉冼夫人，传颂冼夫人，有独特的冼夫人文化。我想，这与特呈人热爱和平有关吧，正如它的名字一样寓意"友爱""和谐"。

◇ 林与滩 ◇

沿着环岛路走到尽头，便到红树林区。红树林环绕半个岛屿，像保镖一样护卫着特呈岛。

我们来得正巧，海水已退潮，露出红树林，还有树林下的海滩涂。滩涂高低不平，低处还有一窝一窝的水，高处则完全没有一点水。远处是茫茫的大海，红树林就像从海里"长"出来一样。

我第一次见到红树林，是在广西北海。海涨潮的时候，红树林被海水淹没，矮的树完全看不到影子，高一点的树木可见到的树冠浮露在水面上。碧绿的树叶浮在蓝色的海水上，碧与蓝相间，很壮观。而当潮水退后，红树林的身躯又裸露无遗，千姿百态。

"它的叶子明明是绿色的啊，怎么叫红树林？"朋友很是奇怪。

我告诉他们，这种树的树皮可以提炼红色染料，因此得名"红树林"。红树林生长于热带、亚热带陆地与海洋交界带的滩涂上。它有很多功能和作用，比如抗御台风暴潮，减缓潮水流速，控制海岸侵蚀，保持水土和保护生物多样性等，所以，有着"海上卫士"之美誉。

退潮后露出的红树林

长满蚝的树

我们一边说一边沿着红树林中的小路往里面走。眼前的红树林,犹如一座海上森林。树木都不是很高,盘根错节,树枝众多,四面散开,像一把撑开的大伞,树叶苍翠欲滴。一棵棵树就像一个个盆景。

这些生长在海底的树木,有的只有几十年,有的已有几百年树龄,经历了几个世纪的潮涨潮落,经受了数不清的肆虐,依然生机盎然,给人生命的震撼。

一路走,一路惊喜不断。赤褐色的滩涂上,有各色的石头,还有沙虫、海豆芽、蚶、蚝、螺、虾、蟹、贝、螺等各色海洋动物。最可爱的是小螃蟹,有黑色的,有

密密麻麻的蚝

蓝色的,有圆的,有扁的。它们从一洼一洼的水中爬出,急急忙忙四处逃窜。大概是太心急,也可能是近视,它们爬到游客的脚上却浑然不觉。这可便宜了小朋友,不费吹灰之力就能捡到小螃蟹。"看,树上有爬来爬去的小螃蟹!"小朋友惊喜地叫道。我走近一看,还真是有螃蟹在树上爬。螃蟹的颜色跟树干的颜色相似,粗心的人不容易看得到。

滩涂上有渔民在挖蚝,但更多的是游客。他们拾贝壳,捉虾蟹,挖蚝螺,开心得笑个不停。在一棵还不如我高的树上,其树干、树枝,甚至树叶上都"结"满了生蚝。这些蚝都很小,大的如拇指头粗,小的仅如花生米大。一起来的男同胞拿出小刀小心地刨,不一会就刨了一袋。他们用刀撬开蚝壳,露出淡青白的蚝肉,再用牙签挑出肉津津有味地生吃起来,边吃边赞叹"好吃",还问我要不要也试一下。蚝,我吃得多了,但就是没生吃过。

我迟疑:"生吃不怕拉肚子吗?"

"怕什么!海水有杀菌作用。"

他们挑了一个蚝肉放进我口里。我也学他们的样子有滋有味地嚼起来,那蚝肉又滑又嫩又鲜美,味道比煮熟的蚝肉还要好吃呢。有时候,惊喜是在大胆尝试中获得的。

乌石:不仅有中国最美的海上日落

　　这是我第二次去乌石镇了。此次去乌石,既是给朋友做导游,也是为弥补上次去乌石留下的遗憾。

　　第一次去乌石,我拍了很多图片放在博客上。不少博友看了都说太美了,感叹道,岭南竟然有这么漂亮的地方! 乌石,真是养在深闺中无人知的"美人鱼"。

◇千里奔赴乌石港◇

　　有人给我留言,说她爱好摄影,想向我多了解些乌石。我按她留下的 QQ 号码,加了她。我们在 QQ 上聊起来。她说,她叫张凤,看了我拍的乌石海上日落,真是太喜欢了。

　　我告诉她,乌石镇位于雷州半岛西南部,处于北部湾东海岸,靠近北部湾渔场,跟越南只隔 150 海里;其海岸线长达 28 千米;镇址在乌石港。

　　乌石港曾是"海上丝绸之路"的港口,通往南海附近的国家;现是中国历史文化名城雷州市属下的一个国家级中心渔港,可为广东、广西、海南等海上作业渔船提供补给,还是渔货集中分散、避风的重要渔港。

　　乌石不仅有被称为中国最美的海上日落,还有久负盛名的"南珠"、醉人的酒酿和丰富的海鲜。

　　张凤和丈夫李生都是内蒙古人,他们来广州工作 3 年了。李生看了我给的乌石资料之后,知道乌石港是疍家人聚居之地。作为内陆人,他对疍家这个独特的群体颇为好奇,对疍家文化结晶的蜈蚣舞更感兴趣。他想来乌石实地看看。

　　一个想拍海上日落,一个想看蜈蚣舞。张凤问我,怎么样才能同时实现两人的愿望,既拍到日落又能看到蜈蚣舞。我说,乌石的海上日落经常可以拍到,但是蜈蚣舞只能是在八月十五、十六才可以看到。我建议他们在农历的八月十五来。

　　他们接受了我的建议,还邀请我一起去乌石。一则,他们第一次来雷州半岛,人生地不熟,语言不通,而我懂当地方言,正好可以给他们当翻译。二则,张凤知道我既喜欢旅游,又喜欢写作,写了不少旅游散文,她想认识我。

　　我欣然同意。第一次去乌石,我只是在天成台度假村住了一宿,拍了海上日落,乌石的其他地方没有细看。

　　张凤和李生都有驾驶执照,他们打算自驾来乌石。游完乌石,再去雷州半岛其他地方转转。

　　从广州到乌石700千米左右,要六七个钟头的车程。张凤夫妇按照我给他们的路线,6点钟从广州出发,走环城高速、广佛高速、佛开高速、开阳高速、阳茂高速、茂湛高速、渝湛高速,一路高速,到达雷州半岛境内,走207国道,经过客路镇、雷州市、龙门镇、北和镇等地,就到了乌石镇。

　　按原计划,我们在乌石汽车站会合。我坐班车到达乌石半个小时后,张凤夫妇

乌石港

也到了。两人都在 30 岁左右。我们虽是第一次见面,但一见如故,没有陌生感。

离看海上日落的时间还早,我们就在乌石港周围转转。乌石港是乌石镇政府所在地,明朝洪武年间成港,迄今已有 600 多年历史。其之所以叫"乌石",是因为这里的海边,遍布姿态万千、乌黑闪亮的海石。

这里的海石乌黑闪亮

在一棵古老茂密如盖的大榕树下,几个女人正在织网。张凤是第一次见到渔民织网,非常好奇。她拿出相机,对着织网的渔民拍个不停。"织女"们心灵手巧,梭子在她们手里飞快地游动着。不一会儿,她们就织出一堆一堆的渔网,渔网如白云,她们就像坐在云堆里的仙女。我很奇怪,现在不是有机器织的渔网吗?"织女"说,渔民捕鱼用的渔网,有机器织的,也有人工编织的;有些渔民喜欢用人工编织的渔网,说人工编织的渔网厚实、耐用,感觉好。

我想,这些织网的女

在乌石到处可见渔民织网

人,织的不仅仅是网,还有对亲人的期望。渔民用她们编织的渔网,捕获的不仅仅是海产品,还有温馨。

在乌石,有妈祖天后宫、法令宫、北府宫、孔儒祠等名胜古迹。我们只是看了妈祖天后宫,就开车前往天成台。

◇最美的海上日落◇

天成台位于乌石港对面一个月牙形小半岛上。这里的北拳海滩,有着"北部湾畔小蓬莱"之美誉。沿海沙滩长达 70 千米,总占地面积 600 多亩。

天成台,古称"天台"。"天成"让人想起自然天成,天作之合。的确,北拳海滩是大自然的杰作。由于潮汐的作用,长年累月堆积起来的海沙成了壮观的海滩。乌石港有了这个自然天成的防风前沿地带,遭受大海侵害的次数大大减少了。

天成台度假村有几个入口。车子在一块写着"天成台度假村"红色大字的花岗岩前停下,门卫立即过来问我们是做什么的,如果是来游泳,要收费;如果是住宿,免费。我说,我们是来住宿的。

度假村像个大花园。里面大多是两三层高的别墅,每幢成独立门户,幢与幢之间距离最近的也有三四十米远。不少人是全家自驾游来这里,包一层楼,或是一幢楼,来这里享受阳光浴、沙浴。

从别墅走下来,满眼都是绿。这里种满了亚热带风情的树木,大王椰、散尾葵、木棉、棕榈等,蓊蓊郁郁,铺天盖地。它们遮住了南国热情如火的阳光,和着海风给我们送来阵阵的清凉。

走出碧绿的防护林,一个洁白的世界呈现在我们的面前。这是天成台的海滩,海沙洁白、细腻、柔软,看起来像白砂糖,摸上去又像柔软的棉花。我看过不少海,见过不少沙滩,像乌石的海沙这么漂亮的,不多。

在内蒙古,张凤夫妇看得最多的是"风吹草低见牛羊"的茫茫大草原;在广州,看得最多的是高楼大厦。像天成台这样美丽的沙滩,他们还是第一次见到。

张凤激动地双膝跪在沙滩上,把双手插进海沙里,用力搓、揉、捏。她动情地说:"好美的沙子啊!好舒服啊!"然后坐在沙滩上,双掌捧起一把海沙,放在自己的大腿上,揉搓。她又捧起一把沙子,放到丈夫的腿上,用海沙按摩。

张凤原为乌石的落日而来,现在却被海沙迷住了。李生笑她天真得像个孩子。

一座座遮阳亭"种"在长长的沙滩上。这些亭子像撑开的大伞,又像开在海边的巨型蘑菇。每座亭子下面,有两张并排的躺椅。游客或坐或躺在木椅上,可遮阳避雨,还可观海。

这时还不到 4 点钟,红红的太阳依然挂在朵朵白云中,蓝蓝的海水依然滚烫滚烫的。可是,有不少勇士不顾天热水烫,早就在大海里逐浪嬉戏了。

坐在躺椅上的李生也要下海。我劝他等太阳落山,海水不烫了再去游泳。他说,不怕,就当是桑拿。

张凤不时望望天,又看看海。我忙安慰她说,别着急,太阳快落山了,你很快可以看到中国海边最美的落日了。

4 点钟以后,太阳不再那么猛烈,不再晒得人生疼了。渐渐地,阳光虽然还是那么耀眼,但变得柔和了。迎面吹来的海风也有了丝丝凉意。这时,下海游泳的

乌石的海上日落美得像童话世界

人更多了。

火球般的太阳缓缓下降,映得满天红彤彤、金灿灿。海面也被晚霞映得红彤彤的,跟蓝色的海水混合,就像打翻了的颜料盒,色彩斑斓,非常漂亮,十分壮观。海与天相接处连成一片,分不清哪是海,哪是天,只感觉海在飘飞,天在波动。

慢慢地,海平线变得很清晰了,太阳不再刺眼。海与天都变得平静了,静得像一幅巨型油画。为了更清楚地观看日落,我摘下太阳眼镜,换上平时戴的近视眼镜。

人们或是躺在躺椅上欣赏日落,或是坐在海滩上,或是站在海边,连在海里游泳的人也停下来,站在海水里观看。映投到白沙滩上的人影,被拉得老长老长。这时的海面平静得像安睡的婴儿。

"太漂亮了,美得简直像童话世界!"

"从来没见过这么好看的日落,简直不相信是真的!"

观看日落的人发出啧啧赞叹声,然后拿起手机、相机猛拍。

张凤呢,不知什么时候爬上高高的瞭望台,高瞻远瞩地观日落,醉拍日落,连我在瞭望台下面叫她都没听见。

想起张学友的《夕阳醉了》:"夕阳醉了/落霞醉了/任谁都掩饰不了/因我的心因我的心早醉掉/是谁带笑是谁带俏/默然将心偷取了。"此时此刻有多少人的心被眼前的夕阳迷醉了,有谁的心被落霞偷取?

我不再坐在躺椅上看日落了,而是站起身选择不同的角度拍摄。我最喜欢这个画面:彩霞满天,天水一色的红,观看日落的人成了画面的剪影。

◇ 蛋家文化的结晶 ◇

八月十五正是月圆之夜。我和张凤夫妇在渔家乐吃完晚饭后,到乌石港看蜈蚣舞表演。

蜈蚣舞是以蜈蚣为原型的舞蹈。蜈蚣是常见的陆生节肢动物,身体有很多肢节,每一个肢节上长有步足,因此,蜈蚣又叫百足之虫、天龙、天虫等。

随着一阵锣鼓声,一个身穿红镶边黄色衣衫、手持蜈蚣珠的小伙子首先出场。他就是蜈蚣舞的要虫者。蜈蚣珠绑在一条长木棒顶上,是用雷州半岛常见的稻草扎成的稻草球,稻草球上插着一些红色的枝条。蜈蚣珠下扎着一条红布带。紧接着,一条长"蜈蚣"盘旋而出。扮演蜈蚣的演员有几十人。他们都身穿褐色的衣服,头戴褐色的香火笠,手持香火。这个香火笠模拟蜈蚣的头部,笠上有一对锐利的"角",一双"眼睛",还有许多竖立的"触须"。一条粗大的船缆系在演员腰间。"蜈蚣"分为三部分,一人扮演蜈蚣头,辟邪开路;一人扮演蜈蚣尾,背着带香火的猪笼;其他人扮演蜈蚣身。

演员们弯腰屈腿,双手半弯呈钳状,模仿蜈蚣的形态、习性、动作。随着要虫者的蜈蚣珠的指引,扮演蜈蚣者表演爬行、盘柱、叮咬、吐珠等动作。这些动作拙朴、稳健、协调、惟妙惟肖,整个场面有一种磅礴的气势。围观的群众不时发出阵阵喝彩。李生被演员的表演吸引住了,连声叫好。张凤手中的相机更是忙个不停。

乌石蜈蚣舞是疍家文化的结晶,融入音乐、舞蹈、武术等元素,观赏性很强,而且融合了农耕、海洋文化,历史悠久,人文色彩浓郁。

疍家又叫疍民,一般是指生活在水上以打鱼为生的渔民家庭。疍家主要生活在珠三角、粤西沿海、闽东沿海、闽江流域、闽南厦门鹭江和泉州晋江流域等地。

据说,古时候的乌石港瘟疫泛滥成灾,疍家人处于水深火热之中。有人提议共同驱魔挡灾,以保障耕海丰收。大家都说好。在中秋之夜,他们手拿香火,腰结船缆连成队,屈腿弯腰,好像蜈蚣在爬行。后来,瘟魔消失,渔港恢复平静。疍家人欢呼雀跃,把这种酷似蜈蚣爬行的舞蹈叫作蜈蚣舞。从此,蜈蚣舞成了乌石人消灾祈福的仪式,每年农历的八月十五、十六之夜,都举办蜈蚣舞民间传统舞蹈活动。

对蜈蚣舞,民国《海康县续志·地理·民俗》有记载:"仲秋日夜……又有箫鼓聒耳,群童队行,手持香火楦饰,龙狮首尾,跳舞通街,曰'舞蜈蚣者',此农民相沿之习也。"

看完蜈蚣舞,在回住地的路上,我跟张凤夫妇聊起岭南文化。李生对岭南文化颇感兴趣,说起来头头是道。

乌石的蜈蚣舞表演

遂溪龙湾醒狮表演

遂溪的鱼龙舞表演

　　这些年，我去了岭南很多地方，看到了岭南的自然风光、人文景观，也看到了岭南文化的博大精深，知道了岭南并不像某些人所说的缺少文化底蕴。之所以说岭南没文化，是因为他们没有深入了解岭南，没有看到岭南文化的存在。从地域上看，岭南文化大体分为三大块：广东文化、桂系文化和海南文化。有些人认为，岭南文化只包括广府文化、客家文化、潮汕文化。其实，还应包括雷州文化。

　　雷州半岛有着丰富的雷州文化、海洋文化，如湛江人龙舞、遂溪醒狮、遂溪鱼龙舞、雷州石狗、吴川飘色、湛江傩舞、雷州歌、雷剧等，它们已被列入国家级非物质文化遗产名录。乌石蜈蚣舞被列入广东省非物质文化遗产名录，这对研究独特且濒临消失的疍家文化、海上丝绸之路都很有价值。

吉兆湾:赶海泳月光

6年后,又一次去吉兆湾。

第一次去吉兆湾是在阳光明媚的"三八"妇女节,只是在礁石间挖挖牡蛎、捡捡扇贝,逗留不到半天,就匆忙赶去下一站。那天,我们收获不少,也留下些许的遗憾。大家相约,当夏季风吹起的时候,再聚吉兆湾。回来后,我意犹未尽,兴趣盎然地写了一篇游记《春到吉兆玩海乐》。

◇睡在网床听海涛◇

这次真的是在夏季风吹拂的时节来到吉兆湾,只是同游者,不是上次那批巾帼红装的纯娘们了。这次除了娘们,还有爷们,都是同事,10多人,包了一辆中巴车。

吉兆湾位于广东省茂名、湛江两市之间,东连电白的虎头山,西至炔花江口。

迎宾路两旁是林立的度假村,而且基本上带有"海"字、"涛"字,比如海景、雅涛、听涛、海天、伴海、海景湾、滨海、兴海、碧海,等等。光听名字,就让人感觉海风拂面,波涛荡心。我们要了相邻的两幢别墅。我住在常乐楼,一楼,一间单人房,一米八的床,外面就是海景。一个人住在这样的无敌海景房,真是太享受了。

在床上美美地躺一下,休息一会。有人敲门,约我出去看海。我欣然同意。

沿着迎宾路一直往前走,一片浓密的椰林出现在我们眼前。椰林中有几个店铺,卖游泳衣、珊瑚石、用贝壳加工成的各式各样的工艺品、海味等。树与树之

远眺吴川吉兆湾

间挂着一个个绿色的网床。每张网床上都躺着人。他们在网床上自己晃荡，或是被旁边的同伴推着，摇来晃去。吹来的海风让他们的笑声回荡在椰林间。

我不想这时下海游泳，于是瞅准机会，见有人离开网床，马上坐上去，躺在网床上。

椰林离大海有两百多米，可以居高临下，清清楚楚地望到海里的一切。这时什么都不想，只是静静地躺着，闭目养神，把尘世的纷扰忘记，享受海的时光。耳边不断传来"哗——哗——"的涛声，海里游泳的人们随着海浪的推送，不时地尖叫。

◇ 赶海之乐 ◇

一条海堤立在椰林与海湾之间。

我们站在高高的海堤上，吉兆湾就在眼皮底下。这里海湾多，礁石多。十里九湾，一湾就是一幅画。那些林立的怪石，灰黑肃穆，大的如一座座山，小的如鹌

鹌蛋。兴奋的海浪"哗啦啦"地从远处奔跑过来,被灰黑的礁石一挡,雪白的浪花扑倒在石头上,碎成白花花的银子,又像是纷纷扬扬的白梅花。一黑一白,对比鲜明,远远看去就像一幅移动的水墨画。

我们从海堤上下来,走在海滩上。这里的海沙柔软洁净,我们脱下鞋子,让海沙亲吻脚丫,那感觉如同婴儿用细嫩的小手在轻轻地抚摸。

在一望无垠的沙滩上,凹下去的小窝星罗棋布,大小如指头。这是小螃蟹、小泥丁钻下去打的洞。我们就着那小洞挖呀挖,希望能捉到螃蟹,可什么都没挖到,于是我们就去拾贝壳。被海浪冲上沙滩的贝壳,色彩斑斓,漂亮、可爱极了。

穿过沙滩,赤脚走到乱石穿空的礁石间,只见在石头上,或是石头与岩石的缝隙间,水洼里,黑漆漆的一片,里面长着蚝、螺、鲍鱼、扇贝等名贵的海生动物。最多的就是白色的蚝,密密麻麻地粘在黑色的礁石上,像星星挤在黑色的天空中。

小鱼小虾们在礁石间游动,寻找回家的路。小螃蟹迫不及待地爬上礁石寻找妈妈,眼里露出焦急的目光。它太慌忙了,一不小心爬过我光着的脚,把我弄得痒痒的。我弯下腰,捡起斗胆爬过我脚丫的小螃蟹。小螃蟹以为我要对它使

一湾就是一幅画

挖蚝的女人

坏，本能地用蟹钳钳了我一下。不是很痛，就像给我挠痒。螃蟹太小了，应该让它回到妈妈的身边，于是我把它放进了海里。

一拨又一拨的游客来到这里，有些人穿着泳衣，准备下海冲浪；有些人西装革履，只是悠闲自在地吹吹海风。

渔民在赶海。有些游客有备而来，提着小桶，拿着锥子、锤子、铁锹等工具；有些则是就地取材，拿矿泉水瓶、塑料袋子，把挖到的蚝啊，捡到的贝壳啊，放进去。

一对年轻夫妇牵着一个小女孩的手，怕她乱跑。"妈妈，这里有好多蚝啊，我们也挖吧！"小女孩眼尖，指着礁石上星星点点的蚝说。年轻的妈妈也经不起海的诱惑，放下矜持，脱鞋撩裙，在怪石间用纤纤十指挖蚝。小女孩连连惋惜："要是带铁锤子来就好了！"

我和同伴也饶有兴趣地随人群赶海。挖螺、蚝，寻鲍鱼，捉鱼、虾，觅扇贝，大家都有不少收获呢。大家说，等会把捉来的海鲜拿到酒家加工，吃最鲜的海鲜。其实，我们的目的不在能挖到多少海鲜，而是在挖的过程中获得一种享受大海恩赐的快乐。

◇石高我为峰◇

　　挖累了，我们坐在高高的镇海石上。当我们走在海堤上的时候，老远就望见这块又高又大的礁石，傲然挺立于茫茫大海中。在众多的礁石中，这块刻着"镇海石"三个红色大字的礁石特别醒目，犹如统领千军万马的将军，带领众礁石抵挡怒吼的海潮、咆哮的海浪，给渔民带来一方平安。下到海水中的游客无不以爬上镇海石为荣。

　　三三两两的鹭鸟时而停在海石上歇息，时而在礁石间觅食，时而掠过海面，飞向远处。它们白色或黑色的身影，成了海天一色中的白点或黑点。

　　站在高大的镇海石上，只见海水在脚下"哗啦啦"地流动，急急的海浪冲到这里，又缓缓退回去，像是俯首低眉的小女子。极目远眺，沧海茫茫，帆影点点，顿有君临天下，舍我其谁之慨。

一对情侣站在高高的镇海石上

想起东汉末年曹操东临碣石,而作《观沧海》:"东临碣石,以观沧海。水何澹澹,山岛竦峙。树木丛生,百草丰茂。秋风萧瑟,洪波涌起。日月之行,若出其中;星汉灿烂,若出其里。幸甚至哉,歌以咏志。"

曹操不愧是一代英雄,此诗写得沉稳雄健,气象万千,苍劲激昂。碣石、沧海、山岛、草木、秋风,波浪、日月星辰,构成一幅气势恢宏的画面。此诗虽写秋风之萧瑟,但全无自古以来文人骚客惯有的悲秋,一洗秋之悲,写出海之秋的壮美,写出海的性格。

站在镇海石上,默念曹操的《观沧海》,一种大气磅礴的壮美在我胸中激荡,犹如眼前的海,波涛滚滚。

这天,我穿着蓝绿相间的衣服,外披一件白色的披风。站在高高的镇海石上,头顶蓝天白云,下临碣石碧海。天、海、人同色调。我张开双臂,要拥抱这碧海蓝天。同伴咔嚓一声定格了这一瞬间。我很喜欢这张相片,叫它"石高我为峰"。

◇ 月光下的海泳 ◇

度假区里的金港渔村,名为渔村,实际上不是村,而是一个大排档式的食肆,面朝大海,四面敞开。我们的晚餐就在这里享用。

我们早早就在这里订好位,把在海边挖的蚝、捡的螺和小鱼小虾,给厨师加工。

这是真正的海味大餐:在夕辉满天的海边,面朝无垠的大海,背靠茂密的防护林,闻着海腥,听着涛声,蘸着海风,吃着海鲜,大家纷纷大赞"爽"。此景此情,人生能有几回尝?

海边大餐后,我们在海湾边散了一会步。天色已晚,于是我们离开礁石,回到住所。已近八时,我换上泳衣,拿一条大浴巾,跟同事峭和军,向海浴场走去。

我们把浴巾和拖鞋放在海滩上,走进海水里。月亮只有半轮,星星满天闪。月光如洗,海水里只有零零星星几个人,再没有了白天的熙熙攘攘。海水温凉,再也没有白天的滚烫,爱美的女子再也不怕晒黑了。

跟白天一样,海浪像后面有人追赶似的,没命地奔跑着,一波一波地涌上来的海浪,把我们往海滩上推。夜色中的大海泛着银光,浪花显得更加雪白了。月色中我们成了浪里白条,白得晃眼,把大白天被太阳晒黑的事实掩盖。

我喜欢这种浪里白条的感觉。

每一个波浪打来,我们跳起、躲开。有好几次躲闪不及,给波浪打个正着,像被人从头到脚泼了一大桶水。灌进口里的海水,很咸很咸,咸得我嘴里像塞进了一把盐,连呼出的气都充满了盐的味道。眼睛被海水打湿,涩涩的,几乎睁不开。

夜色中的大海深不可测,令人难以捉摸。峭要游向深海,我说,天太黑了,还是别游到深处吧。峭说他是在海边长大的,才不怕呢,越黑越有劲,在深海处游泳那才痛快呢。他像一条白鱼游向深海处,一会就不见人影了,一会又游到我们身边,告诉我们他很安全,不要担心。

我和军,只是在浅海游弋。

夜晚的海水完全没有白天时的热度,甚至还有些凉。迎面打在我们身上的波涛,是温暖的,而一旦它往后退,离开我们的身体,拔凉拔凉的感觉就找上门来。我喜欢温暖的波涛,所以,当波涛涌上来的时候,我故意不跳起来避开海浪,而是定定地站在海中,任凭海浪劈头盖脸地向我扑过来。

有几个跟我们一起在月光下海泳的青年,手拉手,泡在海里。我笑他们是抱团玩海。每当海浪涌来,他们就一起跳,一起尖叫,整齐划一,比有人指挥还要步调一致。

夜越来越深,波涛涌上来的频率越来越高,间隔越来越短,大海的喧哗声也越来越急速。我想,波浪是不是也跟人一样,天越晚,就越心急,越急着赶快回家呢?

海浪的冲击力越来越大,那瞬间的冲击快感,如同被人按摩一样舒服。我喜欢这种感觉,于是张开双臂迎接海浪的到来。每一阵波涛打来,就有一阵快感在涌动。我甚至背过身,让它从后面拥抱我,给我按摩,给我快意。

我突然发现游向深海的峭很久不见浮出水面了。是不是出事了?一阵不祥之感掠过我的心底,连我发出的声音都是颤音:"峭哥,你在哪里?"

军也紧张起来,大声喊着:"峭哥,你在哪里?"

在吉兆湾海泳

黄昏时的海

我直后悔刚才没有拦住他，让他游向深海。如果出了什么事，这本来诗情画意的事就变成了一场噩梦！

我和军继续大声叫喊着峭的名字，回答我们的，是大海一浪高过一浪的喧哗声。"哗哗、哗哗"，海浪吞没了我们的声音，也差点把我们吞没了。我们光顾着叫喊，忘记避开像猛虎一样扑过来的海浪。当又一阵大浪掀过来时，我们被海浪卷起，抛下。

就在我们惊魂未定的时候，我的肩膀挨了重重的一拍。我回头一看，是峭！

"原来是你呀！刚才去哪里了？吓死我们了！"我惊喜交加。

峭却是一副若无其事的模样，笑嘻嘻地说："刚才不是跟你们说了吗？我是在海边长大的，这点海浪算什么！"

珊瑚屋:渔家村寨最美的"花"

　　珊瑚屋,是美丽的珊瑚开在渔家村寨的"花"。

　　我深深迷恋这种古老而独特的奇葩建筑,在北部湾沿海寻找"花"的身影。徐闻县的金土村、放坡村、新地、包仔、水尾等地,依稀可见珊瑚的"绽放"。

　　多年前,我曾潜水海底,见到活体珊瑚在我身边花枝招展。我轻轻捧起一丛珊瑚,漂亮的"珊瑚公主"在我掌心芬芳成诗。美是有穿透力的,我穿越时空,忘记了时间,忘记了海水挤压胸膛造成的呼吸困难。

　　有生就有死。珊瑚再美艳,也逃不过自然规律。它死后化为珊瑚石,美丽如

渔家村寨最美的"花"

白色珊瑚石砌的珊瑚屋

一座珊瑚屋就是一幅画

初。千年的冲刷，万年的抛磨，经得起大海考验的珊瑚石变得坚固无比，而脆弱者则变成粉末，消失在时光深处，无缘再现它的风采。

渔民要建房屋，没钱买建筑材料，于是就地取材，把珊瑚石从海边运回来，削切平整，建房子，砌围墙，甚至铺路。

当地人把珊瑚石叫作"海石花"。海石花有大有小，五颜六色，最多的是白色。用来砌房屋的珊瑚石形状各异，有正方形，长方形，还有如花的模样。最常见的是当地人称为狗骨沙石小树丛式的硬体珊瑚石。珊瑚石姿态万千，有的似一节节的莲藕，有的则像风吹拂留下的波纹，有的恍如盛开的菊花。用来砌屋墙、墙角、围墙的珊瑚石各不相同，砌屋墙的多是竹筒那样的珊瑚石，砌墙角的珊瑚石有半个门板大。

砌珊瑚石的方式也不同。有的珊瑚石如牛骨筒般一条一条地堆放在一起;有的条条加方块形珊瑚石结合;有的是四方形的珊瑚石,一块块地叠放在一起。每种造型都是一幅画,都很有美感。渔民没有学过建筑学,不懂什么美学理论,但他们用自己的聪明才智、生存智慧,因地制宜,创造了独具风格的建筑艺术,把珊瑚屋砌成了叫人惊艳的奇葩。

走在有珊瑚屋的渔村,我一路欣赏一路惊叹。

在金土村,我见到一种很独特的现象:一棵棵树"种"在围墙里。围墙是用大块的珊瑚礁石一块块砌起来,树是雷州半岛常见的鹊肾树。当地人叫这种树为英公岸树。

英公岸树搂着珊瑚墙,珊瑚墙拥着英公岸树。树中有墙,墙中有树,似是水乳交融的情人。英公岸树苍翠挺拔,枝枝丫丫伸出围墙,繁茂如盖。珊瑚墙墙体斑斑驳驳。珊瑚石间招摇着绿色的苔藓,像在珊瑚墙中披着绿蓑衣,又似美女婷婷立于白色的珊瑚石中。风吹来,苔藓牵着风的衣裳翩翩起舞。

是先有英公岸树,还是先有珊瑚墙呢?

我问珊瑚屋的主人。他 90 多岁了,在珊瑚屋住了大半辈子。老人告诉我们,他家的珊瑚屋和珊瑚墙是他爸爸建的,那时他还小。他记得爸爸和爷爷,在建珊瑚屋前,隔几米远就在屋前的空地上种下一棵英公岸树。爸爸告诉他,等树长大了,就在这里建房子。英公岸树就在他的期盼中一天天长大。长到有碗口那么粗的时候,他们就运回一车车的珊瑚礁石,在树和树之间砌墙。

粗大的英公岸树,其坚固和凝聚力,堪比现代建筑中的钢筋混凝土。在漫漫

珊瑚墙围成的院子

百年岁月的珊瑚墙

长河中,珊瑚墙和英公岸树栉风沐雨,相依相偎,共同抵抗岁月的风风雨雨,站成一道百年风景。

放坡村与金土村相邻,跟金土村一样,也是长寿之乡。据说,这是当年苏东坡曾经过的渔村。村前那条停泊在海里的船,很破旧了。它似乎告诉我们,这个

挂在珊瑚墙上的草帽

珊瑚石与珊瑚石之间自然叠放,砌墙不需要黏合剂

渔村三面环海,村民的一切都与海有关。走进村子看看,你会听到海的声音,感受到海的呼吸。

我来过徐闻很多次了,这次和我一起来放坡村的,是我大学时的几个同学——小强、舜华、文艳。小强是徐闻本地人,熟悉这里的一切,开车带我们一路追寻珊瑚屋的踪影。

车子沿着一条水泥路开进放坡村,路两旁都是现代风格的小楼。现在,村民基本上都是用钢筋水泥建成一幢幢小洋楼,不再用珊瑚石了。

一些上了年纪的村民怡然自得地坐在树下纳凉、聊天。靠海过上比较富足日子的放坡村人,令人羡慕、欣慰。可是,珊瑚屋仍不见踪影,我不禁有些失落。

徐闻的珊瑚屋一般都有百年左右的历史。在不少村落里,古老的珊瑚屋倒塌在无声滑过的岁月里,倒塌在人们不强的保护意识中。我真担心放坡村的珊瑚屋命运也是如此。

走到村西,珊瑚屋闪进我的眼里。我一阵惊喜。

小强带我们走进一户人家。院子很大,里面种着几棵龙眼树、波罗蜜树和杨

桃树,几张网床挂在树与树之间。"叽叽叽",一只母鸡带着几只小鸡在院子里奔跑、觅食。几间平房一字排开,院子的三面围墙,跟房子一样,全是用珊瑚石砌的。屋顶用雷州半岛常见的茅草铺盖。屋墙上挂着竹编的斗笠、簸箕、篮子等。

珊瑚石与珊瑚石之间,有的有白色的东西粘起来;有的没有,就是珊瑚石自

小强用水泼向珊瑚屋

如花的珊瑚墙

然叠放在一起。粘连珊瑚石的白色东西是什么呢? 雷州半岛是多雷多台风地区,常年刮台风,下暴雨,这些看起来轻巧又多孔的珊瑚石,能抵抗得住狂风暴雨吗?

村民告诉我们,珊瑚石有石灰的特点,砌墙不需要黏合剂,水一淋就自动黏结,而且很坚固,非常神奇。所以,珊瑚石一点也不怕风吹,不怕雨淋。另外,珊瑚屋透气性好,夏天凉爽,冬天暖和,对人的身体有利。在徐闻,长寿老人不少,这可能跟他们住珊瑚屋有关。

砌珊瑚屋的珊瑚石看起来干巴巴的,毫无光泽,像失去水分的"干花"。我寻思,如果有水的滋润,珊瑚石还会顾盼生辉吗? 珊瑚石是否记得,在海底世界,在活着的时光,它们曾经千娇百媚吗?

院子里有一口井。小强从井里打了一盆水,一手托着水盆,一手用水瓢泼向珊瑚墙。继而,他又打了一盆水,直接洒向珊瑚墙。得到水的滋润的"海石花",马上变得鲜亮、有光泽了,像一朵朵花开在人间。这是朴实之花,是给过贫穷渔民"大庇天下寒士俱欢颜"的希望之花。

我抚摸着珊瑚屋,如同抚摸花朵。这些珊瑚曾经躺在大海的怀抱里,触摸海

洋之心,鲜活地招摇,跟可爱的鱼、虾、蟹在水中嬉闹,与水母、海草们缠绵,无忧无虑。因滋润而饱满的珊瑚石让我确信,珊瑚不死,它的生命已化为另一种形态,延续着千年传奇。

当年用珊瑚石建房屋的村庄,现在基本上都在用水泥钢筋建小洋楼,没有人再从海边运珊瑚石回来砌房子了。这是珊瑚石的幸运,还是不幸?很多珊瑚建筑被弃置,破落长草,寂寞如风。依然住在珊瑚屋的,多是对珊瑚屋感情深厚的老人,或是无钱盖房子的人家。珊瑚屋似乎成了古老而贫穷的象征。它像一个老人,在繁华落尽之后,在海边默默守着一丝清辉,诉说往日的眷恋。

珊瑚屋是建筑奇葩,有独特的价值。人们不应遗忘它,而应好好保护这笔独特的遗产,让其增值,让后人有机会欣赏到这朵开在海边的"花"。

中国大陆南极村:珊瑚之恋

是的,我这次乘二月的春风,奔驰在雷州半岛,一路向南,走进祖国大陆最南端,又是为了珊瑚。我早已爱上珊瑚,恋上珊瑚。

几年前的四月,我陪来自西部的朋友,到中国大陆最南端的徐闻角尾乡灯楼角,坐在渔船上观赏海底珊瑚。那时我们被瑰丽的"珊瑚公主"迷住了,发出一声声赞叹。我把这场"珊瑚之恋"敲打成一行行文字,便有了散文《珊瑚,因你而美丽》。尔后,当看到用珊瑚石砌成的房屋,我灵光一闪:何不把正在构思的长篇小说的背景放在珊瑚屋,讲述一群住在珊瑚屋里的人的故事呢?

小说完稿后,我给了北京一家出版社。编辑对书中描写的珊瑚非常喜欢,好奇地问我是不是真的有珊瑚屋,我说,是真的啊。除了故事是虚构的,所写的雷州半岛的风土人情都是真实的。为了让她相信,我特意来到珊瑚屋前拍照,并发给她看。顿时,她的喜爱如涨潮的海,一浪高过一浪。她决定采用珊瑚图片做书的插图。

一本写珊瑚屋的书

恋上珊瑚民宿

黄槿树下聊珊瑚之恋

中国大陆南极村一角

如今这部叫《海边的珊瑚屋》的长篇小说终于出版了！我带着它回到珊瑚屋。

前来接我的小强兄，依然是那么白净帅气，嘴角微扬，还是那招牌式的温厚微笑。他是我在广州读本科的同学，毕业后又回到这块珊瑚"盛开"的地方。去年，我和另外两个女同学舜华、文艳来徐闻，他开车陪我们三个女子一路看珊瑚：珊瑚海、珊瑚礁、珊瑚花、珊瑚馆、珊瑚屋……

我把《海边的珊瑚屋》送给北跑兄。一个生长于大陆最南端的人叫北跑，不免叫人浮想联翩。"不往北跑，也不会在这片土地白跑，愿意一辈子守护徐闻这片拥有美丽自然和丰富人文的土地。"这个自我介绍充满了对这块土地的热爱。实际上，北跑兄也是一个非常具有人文情怀的人，深厚的文人气质淡化了其官员身份。他一直没有往北跑，奔跑的姿态总是朝南、朝南，常常身挂一部相机，瞄准这个生长珊瑚的地方，定格一座座美丽的珊瑚屋，把它们变成一篇篇锦绣文章，并参与编写《广东徐闻，西岸珊瑚礁》《徐闻，大陆之南》等书，向全国推介他的家乡。我就是因为这些文章、图片而认识他，并且向他要珊瑚图片用于《海边的珊瑚屋》，他欣然同意。

北跑兄带我们一行人从徐闻县城跑到中国大陆南极村。我原以为这是某个村庄的名字,其实不然。它是我曾经到过的角尾乡,去年才挂牌叫"中国大陆南极村",范围包括角尾乡的十多个村委会。几十亩的珊瑚花就盛开在这里,绵延几十公里,成为中国大陆架唯一的成片面积最大、种类最密集的珊瑚礁国家级保护区。

我们先来到一家叫"恋上珊瑚"的民宿。院子很大,种芭蕉,种椰树,种南国的春意。通往房子的小路两旁用珊瑚石铺着,围墙也是珊瑚石砌叠。院子的空地上,晒着珊瑚石、贝壳。一张网床晃荡在黄槿树下,让人很有家的感觉。

一个女子向我们走来。她,短齐头发,黝黑皮肤,穿褐色麻布上衣,蓝白格子裤,蓝色拖鞋。这身打扮跟本地女子一样。但她的相貌又不像南方人。

北跑兄告诉我们,她就是恋上珊瑚的主人,来自北京。一个北方女子来到祖国大陆最南的地方开客栈,这里面肯定有故事。每一个爱生活、有情怀的人都不会缺少故事。

我和她站在碧绿的黄槿树下,倚着灰色的珊瑚墙。阳光正好,渗过绿树,洒落在我们身上。黄槿树俯视着珊瑚墙,珊瑚墙仰视着黄槿树,二者深情对视。

女子姓程,北京人,原是一家公司的老总。公司的名字很有诗意,叫"诗画田园"。她听来过雷州半岛的朋友说,在中国大陆最南端,有一片珊瑚海,海底招摇着五彩缤纷的活珊瑚,海鲜琳琅满目,那里的人用珊瑚石砌房屋;住在珊瑚屋里就好像听着大海的吟唱,抚摸着海洋的波涛;珊瑚礁、海盐场、海滩涂、渔家风情,既有滨海景观,又有人文史迹,真是一个诗情画意的地方! 最重要的是,这里没有过度开发,保持着原始生态,海水没有污染,民风淳朴。

如今,要找到没有污染、原生态、适合居住的地方不是很容易了。她心动了,而且行动了。去年 5 月,也就是南极村挂牌 4 个月后,她从北京飞到徐闻,来到朋友说的地方。果然如朋友所说的。海子所向往的"面朝大海,春暖花开",好多人为之魂牵梦绕。而在这里,这样的梦想天天是现实。一打开门,海浪哗啦在眼前,海风扑进怀里,每天呼吸着如海鲜般新鲜的空气,吃着刚从海里捕捞上来的生猛海鲜。她喜欢这个简直是珊瑚盛宴的地方,恋上会"唱歌"的珊瑚屋了,她决定留在这里。于是她一连租了三户渔家院落,简单装修,基本保护原貌,在院子里种花种草种情怀。给这几个珊瑚民宿起了一个很诗意也很符合她的心境的

珊瑚屋前的海船

名字,叫"恋上珊瑚"。

去年底,恋上珊瑚开张了。她和先生住一间,其他的租给客人住。短短几个月,北京、哈尔滨、西北等,来自五湖四海的客人来到恋上珊瑚。尤其是北京的朋友,简直把南极村当作避寒胜地。当北风呼啸、寒流刺骨的季节,他们来到珊瑚民宿住下,看海、赶海、吃海鲜,把日子过得诗意盎然,又温暖幸福。有的人一住就是个把月,还依依不舍。院子晒的珊瑚花、珊瑚石,就是北京朋友在海边捡回来,晾干,准备带回去的。

我问她为什么选择南极村,她说,因为喜欢珊瑚,想通过民宿让更多人了解珊瑚,认识珊瑚,分享珊瑚屋的故事。

这话说得多好!她对珊瑚的喜爱,来自情怀,来自骨子。所以,尽管北方还有生意,她却在这个满是珊瑚气息的民宿,过着像当地渔民一样的生活,连穿着打扮也同化了。她早已把这个有珊瑚的地方当作故乡。

"心安是归处",白居易这样说过。曾在雷州半岛生活过的苏东坡也有同感:"试问岭南应不好?却道,此心安处是吾乡。"是的,哪里让自己心安,哪里住得舒服,哪里就是故乡。

临走,我把《海边的珊瑚屋》送给程女士,因为我们都是恋上珊瑚的人。

离开恋上珊瑚,我们继续行走在南极村一座座村庄之间,见到一个个民宿:海角、南极珊瑚湾、东茶西读……这些民宿绝大部分是利用旧珊瑚屋改造而成,新建的也以珊瑚为主题。南极村简直是珊瑚世界,很多渔民因珊瑚而脱贫致富。

我在《海边的珊瑚屋》写到,留守儿童家长李大龙为了给孩子一个家,陪护他成长,回乡创业,利用珊瑚屋,发展滨海旅游,很多人不再外出打工。在南极村,我看到的跟我写的基本一样。

我和彩玲姐迷失在风格各异的珊瑚屋、珊瑚墙、珊瑚巷中。她是土生土长的徐闻人,从这里走向城市,每到节假日又回到这里。她的散文集《莲开的声音》,有不少篇章就是写这个生长珊瑚的地方。

这天她穿蓝底碎花衣,如蔚蓝的大海溅起点点浪花。我给她拍了不少和珊瑚亲密的照片,最喜欢这张:在一面沧桑如老祖母的珊瑚墙前,一个面貌清秀的女子,坐在一块珊瑚石前,手捧一书,低头、凝思。脉脉的余晖轻轻洒在她的蓝底碎花衣上,使人想起安之若素、岁月静好。这个我们叫她如莲的女子,早已美成南极村的一朵珊瑚花。

我们在一处珊瑚民宿流连。这里的墙是被海浪拥抱过的珊瑚石,门是海豚吻过的旧渔船木板做的,屋前围起来的一泓海水里,一艘曾冲波斩浪的海船,静静地停泊,似是归巢的鸟儿在歇脚。彩玲姐悄悄问我,这里适合写作吗?我点点头。因为我曾想过找一处安静而美好的地方闭关写作。想想,关在冬暖夏凉的珊瑚屋写作,累了走出珊瑚巷,去看看门前的珊瑚海,到海滩捡捡珊瑚石,赶赶海,放松放松。多么惬意!

要离开南极村了,回首时,我望见一对情侣手牵手从一座珊瑚民宿里走出来,走向夕阳下的珊瑚海,蓦然想起香港女作家张小娴说过的一段话,"跟心爱的人一同为海边的一座民宿与落日余晖下的散步而努力,这样的爱绝不会比不上一段爬满眼泪和伤痕的爱情。深情不见得一定要用复杂的东西去证明,就好像考验一个厨师的,往往是最简单平凡的食材:一个鸡蛋或是一篮子马铃薯"。

爱恋的日子很简单,也有温暖。

遂溪:踏访苏东坡的足迹

地处雷州半岛的遂溪县,与海康(今雷州市)、徐闻合称"三雷"。早在七八千年前的新石器时代就有人类居住,是雷州半岛最早有人类居住的地方,也是雷州文化的主要发祥地之一。

北宋时期的苏东坡和遂溪,一个是大文豪兼朝廷命官,一个是蛮夷之地,二者本来风马牛不相及,可是,宋朝的一场风雨,一场道义之交,成就了苏轼与遂溪的不解之缘。

苏轼(1037—1101年),字子瞻,号东坡居士,四川眉山人,"唐宋八大家"之一,宋代文学最高成就的代表。历任翰林学士、兵部尚书和端明殿学士兼翰林侍读等职。苏东坡文品人品俱佳,他关心民生疾苦,爱民如子,坚持操守,刚正不阿,不愿与权贵同流合污,因此常被排挤,朝为五马使君,暮成乌台案犯,多次遭遇贬谪,一生三起三落。

苏东坡被贬至海南岛的儋州时,途经遂溪;后被大赦北归,又途经遂溪。这一来一回,给遂溪留下了宝贵的墨迹。乐民城、双村、调丰村、苏二村等地都留下了苏东坡的足迹,留下了千年佳话。苏公遗风,成了润泽后世的财富,给遂溪的人文历史画上了浓厚的一笔,也给遂溪的人文旅游添上了宝贵的资源。这真可谓苏公不幸遂溪有幸。

对于喜欢苏东坡,喜欢探源古迹,喜欢文化旅游的人来说,沿着苏公当年的足迹去探访,发幽古之思,是别具意义之旅。

◇文明书院育英才◇

5月,我和文友踏上寻访苏东坡足迹之旅。

我们坐一辆面包车,从遂溪县城出发,前往 80 千米远的乐民城。

到达乐民城时,已是上午 10 点。车子在榕树下停下。两棵如老祖母一样古老的榕树,像两把巨伞撑开在乐民城。树干粗大,要几个人才能合抱。枝丫茂盛,遮天蔽日,使得树下阴凉舒适。树下有人在悠闲自在地纳凉,谈天说地,还有人在打扑克牌。这两棵古榕树据说是乐民城一个老姑婆种下的。前人种树后人乘凉,当地人称之为"感恩树"。

榕树旁就是文明书院。书院大门紧闭,我们就在门外等,等人来给我们打开古老的大门。

文明书院亦叫作东坡书院,这名字让人很容易联想起苏东坡。的确,它是跟苏东坡有关。

让我们穿越时光隧道,回到宋朝时光。

宋绍圣四年(1097 年),年逾花甲的苏东坡从广东的惠州被贬到更遥远的海南岛儋州。花甲之年本应退休在家,含饴弄孙,安享晚年。可是,苏东坡却要漂洋过海到荒凉之地。这一去也许就是生死两茫茫,再无生还之日。面对不公的现实、坎坷的命运,苏东坡乐观旷达,"试问岭南应不好,却道,此心安处是吾乡""九死南荒吾不恨,兹游奇绝冠平生"。人生不如意事十有八九,既然改变不了现实,那就改变自己对现实的态度吧!苏东坡把流放地当"吾乡",把被放逐当作人生的"奇绝"经历,视为一次"闲游"。其乐观豁达的情怀超乎常人,其百折不挠的精神激励后人。

3 年后,即 1100 年,刚即位的宋徽宗,为显其皇恩浩荡,大赦天下。被流放到儋州的苏东坡,终于得以离开这个南蛮之地,回到亲人身边。这时正是仲秋,"明月几时有?把酒问青天"。自古以来,八月的明月最惹离人泪,八月的秋风最牵游子衣。我们不难想象,被贬到离家千万里之远的苏东坡,此时的心情是何等地愉悦，归家之心是何等急切。就像当年杜甫听到官军收回蓟北的消息那样，"漫卷诗书喜欲狂"。

　　苏东坡乘坐的船驶向北部湾。经过雷州半岛西部海域时，突然狂风怒号，暴雨如注，白浪滔天，船无法前行。北部湾的台风就像宋朝官场的风雨一样，令苏东坡措手不及。他只好将船停在一个叫兴廉村的地方避风，然后自己住在净行院。兴廉村，古属合浦郡，后属遂溪县乐民城管辖。明朝时，由于朱元璋曾令驻军在这个地方建"城"，采南珠以供皇家享用，"永乐民安"，兴廉村因此改名"乐民城"，也叫"珍珠城"。

　　兴廉村虽地处偏僻的海隅，但民风淳朴。到兴廉村避风雨的苏东坡得到村民的礼遇。净行院有个先生叫陈梦英，他在兴廉村设席讲学，传授文化，启蒙雷州人民，培育人才。从交谈中，苏东坡得知陈梦英是陈懽的五世孙。进士出身的陈懽曾出任海南琼州刺史，他勤政爱民，铲除海盗，兴办学堂，淳化世风，政绩显著，口碑极佳。苏东坡早有所闻，敬重其为官为人，神交已久。没想到在这偏远的渔村，他会遇见陈懽的后人。

　　世间所有的缘分其实在冥冥中已经注定。陈梦英和苏东坡彼此敬慕，相谈甚欢，十分投缘，惺惺相惜，成为道义之交。

　　苏东坡曾给净行院的学子授课。同是性情中人，又喜欢寄情山水，正巧大海就在兴廉村旁边，于是陈梦英和苏东坡，这两个北宋男人，常相携到海边看渔人捕捞，看渔女织网，看晚霞载着渔人靠岸。

　　这里有淳朴的民风，有秀丽的风光，更有知己陈梦英的盛情，苏东坡难舍这一切，在兴廉村一住就是 40 天。这段经历在《雷州府志》和《遂溪县志》都有记载："宋绍四年，苏公轼南迁。后由儋徙廉（合浦），道经遂溪兴廉村，宿净行院留四十日。"

苏东坡离开遂溪后,陈梦英念念不忘苏公恩情,更恐有负苏公厚望。为铭记苏公恩泽,让后人接受好的教育,陈梦英多方奔走筹集资金,在村民的支持下,终于建起这座书院。苏东坡曾对陈梦英说,兴廉村虽然地处偏远,难为人所知,但风光旖旎,气象不凡,"当有文明之祥",因此取名"文明书院"。1913年,遂溪知事张诚重修书院,保存至今。

文明书院是当时遂邑三大书院之一,为遂溪培养了大批人才,也吸引了无数文人骚客前来瞻仰,留下珍贵的墨宝。正如苏公所言,书院成了遂溪的"文明之祥"。

我们在书院前站了一会,有人拿钥匙来了。

随着"吱呀"一声,文明书院的大门专为我们打开。给我们开门的,是一位老者。她虽然背有些驼,但面色红润,精神矍铄。老人告诉我们,她姓王,原是遂城一小的老师,书院平时由她看管,她的先生是乐民城人,退休后,他们就回到乐民城定居。离开繁华的县城,回到寂寞的村庄过退休生活,是因为这里有北部湾的涛声,有古老的文明书院。

文明书院是一座一进二层的阁楼,坐西向东。斑斑驳驳的墙体,诉说着岁月的沧桑。

一楼大厅正中的墙壁上,镶嵌着一块长方形的汉白玉石碑,石碑上雕刻着苏东坡的遗像。这里是当时的学堂,学生就在这里上课。二楼是师生休息的地方。书院的石碑、墙壁和砖柱上,雕刻着苏东坡的诗,以及历代名人骚客撰写的歌颂苏东坡的诗文、对联等。在苏东坡的雕像下,有一块青色的岩石,上面刻着苏东坡写的《自雷适廉,宿于兴廉村净行院》诗两首:

"荒凉海南北,佛舍如鸡栖;忽行榕林中,跨空飞栱枅。当门冽碧井,洗我两足泥;高堂磨新砖,洞户分角圭。

兴廉村(现乐民城)的海域

遂溪文明书院里保留的东坡诗作

"倒床便甘寝,鼻息如虹霓;僮仆不肯去,我为半日稽。晨登一叶舟,醉兀十里溪;醒来知何处,归路老更迷。"

这两首诗正是苏东坡对住在兴廉村的记录。

望着苏东坡的雕像,我仿佛听到他当年在兴廉村教学子们高声吟唱"大江东去,浪淘尽,千古风流人物"。

是的,一个人无论生前如何显赫,他终究会输给时间,输给历史。能使他永恒的,让后人世代相传的,唯有风骨。

我们离开书院的时候,王老师又一次诚恳地说:"我今年70岁了,能出多少力就出多少吧。书院很破旧了,希望有识之士捐款修好!"每说起文明书院,她总是又骄傲又心疼。

我听了也很心疼,这么一个有人文历史价值的书院如果不保护好,怎么向子孙后代交代呢? 保护文物,就是保护人类的精神财富。

◇ 赠还宝砚见道义 ◇

离开文明书院,我们前往离乐民城10多千米的河头镇双村。它刚被评为"广东古村落"。

双村是苏东坡为陈梦英所选的开族居场。苏东坡留在兴廉村期间,在陈梦英的陪同下,有一天,他们沿乐民溪溯流而上,来到双村所在地。苏东坡看见这里山水相依,土地平整,风景秀丽,溪水潺潺流入海,不禁大喜:"斯地胜景也!"

他对陈梦英说："彼为狮子地，钟灵毓秀，乃君之聚族开基宝地也。"从此，陈梦英及后人世代居住于此。

如今的双村人皆为陈梦英后人。近千年来，陈氏后人人才辈出，民风淳朴，苏东坡选村址于此，确实独具慧眼。

双村坐北向南，放眼望去，村场视野开阔。村前有一口八斗砚池，明晃晃的如同一面镜子，把蓝天白天揽入怀中。取名八斗砚池，寓意双村学子像苏东坡一样才高八斗，文章锦绣，成为社会栋梁。

这天来双村的，除了我们这一行人，还有其他部门的相关人员陪同上级领导前来参观。电视台的记者也来了，他们扛着长枪短炮，跑前跑后，不停地拍摄。

我们走到村东。这里有陈氏宗祠、东坡楼、还砚亭等文物古迹。三者恰好构成一个"品"字形。

还砚亭前站着很多人，大家都伸长脖子等待宝砚的出场。我趁机仔细观察这座亭子。亭子四周建有回廊，四角上翘，亭顶正中有一小葫芦。亭子古朴，颇得中国传统亭台建筑的古典风韵。南北两个拱门皆刻有对联。北门之联为："还砚永传坡老墨，望亭常仰祖先型。"南门之联为："远挹山光增气象，近临池水浴襟怀。"此两联分别为陈氏族人陈树锺、陈焕谋父子所作。民国时期，陈氏父子曾在广东省任要职。

遂溪双村的还砚亭

在等着宝砚的时候，我抽空上到二楼的东坡阁。这是为纪念苏东坡而建，里面有记录陈梦英和苏东坡相识、相知的资料。

宝砚来了！给来宾捧出宝砚的，是村书记陈来。他把一个长方形的盒子放在亭子中间的石桌上。大家马上围上来，屏声静气地看他打开盒子。先是露出一个红布包，掀开红布包，褐色的宝砚便出现在我们眼前。宝砚正面有苏东坡的题砚诗："其色温润，其制古朴。何以致之，石渠秘阁。改封即墨，兰台列爵。永宜宝之，书香是托。"这首诗分别介绍了宝砚的质地、款式的特点，交代了出处。尾联以砚勉励陈氏后人勤奋读书，以成书香世家，寄托了苏东坡对陈氏后人的殷切期望。

看到这个历经近千年风雨的宝砚，我浮躁不安的心顿时变得风轻水静，万千思绪变成一声赞叹。

苏东坡留在遂溪的 40 天，与这里的老百姓，尤其是与陈梦英结下了深厚的情谊。苏东坡敬重陈梦英的风节，自己虽然穷困潦倒，但在离开遂溪前，他还是赠给陈梦英石渠阁瓦砚一方，"助贤田"七亩，以资其培育英才。

千百年来，双村人铭记苏公恩情，谨记苏公教导，将瓦砚奉为珍宝，倍加爱护。他们以砚励志，崇尚诗书，晴耕雨读，勤奋好学，蔚然成风。科举制度时代，双村考取进士、举人、贡生、庠生、秀才等有数十人。恢复高考后，双村人考上中山大学、北京师范大学、浙江大学、上海交通大学、复旦大学等大学的有数百人。有一家就出了 12 名大学生。双村人重学之风由此可见。

苏东坡赠送给陈梦英的瓦砚

这个宝砚还有一段感人的故事。据双村的"文化教育史料"记述，宝砚曾一度失传近百年。民国庚午年，当时的广东省警察局长、收藏家何荦，在民间见此宝砚，大喜过望，立即重金购买。后得知此砚的来龙去脉，感于苏陈之交，以及陈氏家族对宝砚之珍爱，于是慷慨归还。

如果说苏东坡赠砚是为勉励陈氏后人，那么何荦"完璧归赵"则是出于敬重。为永传苏东坡赠宝砚之恩，永铭何荦还宝砚之义，以教育后世子孙，陈氏族人于民国三十六年建亭一座，名为"还砚亭"。新中国成立初期，宝砚再度失传，直到 1988 年再度物归原主。

宝砚的经历可谓曲折感人，其价值亦不言而喻。两度失传的宝砚现在由谁保管呢？这是我，也是很多人关心的问题。陈书记告诉我们，为激励陈氏子孙，以报国耀宗，族人约定，每年高考谁家子孙分数最高，宝砚就由谁家保管。

从还砚亭出来，双村退休教师陈坚体充当导游，带我们来到村西。这里有宜庐第、尚志斋、廉让第、外翰第、文庐等 10 多座保存较好的古民居。这些古民居建筑群，有明清时期的，也有清末民初的。我们沿路一座座地看，有的民居没人居住，主人早已另建新屋；有的还有人居住，看见我们，他们友好地微笑。

宜庐第是这些古民居中的佼佼者。"宜庐"二字是原中山大学校长邹鲁的手迹。三进两厅，桁檀都是杉木，每个屋脊两端均为翘角，就像龙角。建筑精美，豪华大气。

尚志斋也吸引了我。其正厅雕梁画栋，檐间有禽兽图案，雕刻有"莱子戏亲""龙凤呈祥""仙桃献寿"等字样，非常精美。从这些图文可见双村人深受儒家文化的影响，崇尚至贤至孝。而儒家文化亦正是被苏东坡所推崇。

◇千年官道寻"苏迹"◇

在遂溪县，留下苏东坡足迹的，还有岭北镇的调丰村，建新镇的苏二村等地。遂溪很大，陆地面积有 2000 多平方千米。乐民、河头在遂溪的西部，岭北、建新则在东部，二者相距很远，因此，一天时间是无法把遂溪境内留有苏东坡足迹的地方全部踏访的。

千年石官道

从双村回来后不久,我请一个熟路的朋友开车带我继续踏访苏东坡的足迹。

我们先去调风村。在村东,有一条千年石官道,也叫千年古驿道。跟西安秦始皇兵马俑的发现一样,石官道也是村民开荒挖掘时发现的。现免费供游客观赏。

石官道在岭北通往建新的公路旁。泊好车,从公路上下来,我们见到一块白色的大理石石碑,上面刻着"调丰古官道遗址"。与之相对的另一个石碑静静地立于树下。碑的一面刻有著名的遂溪籍作家洪三泰写的《千年石官道记》:"千年石官道,石上双辙深痕乃昔日高脚牛车轮碾而成,世之奇观也。道自调丰出,向东北,经东吴、湖光、连广济桥,抵庄家渡,连接海上丝绸之路。耕者、商者、官者、旅者、驿者,多元一道,日夜兼程,近千年矣。"

在《雷州府志》和《遂溪县志》中都有类似的记载:古时有一条途经遂溪的南北要塞"三十里官道"。据有关专家考证,这条官道早在宋朝前就已形成。

遂溪处于交通要塞,是中原通往雷州半岛、海南岛的必经之路。古时的官方军需物资运输、官员贬谪、信件传送等都经过这条官道。

我们看到,在平滑而坚硬的火山岩石上,有两道长100多米的车辙印痕。经地质人员测量,调丰段的石官道双辙深痕68厘米,浅痕20厘米,两辙内宽146厘米。古时的雷州半岛,主要交通工具是高脚牛车。这两道车辙,是古代高脚牛

调丰古官道遗址

《千年石官道记》

车长年累月在玄武岩地碾过形成的。在如此坚硬的岩石上碾出如此深的车辙痕,那牛车,那牛,得负载多大的重量啊! 我仿佛看到压在牛身上的车轭,深深地勒进牛的脖子,压成深痕。那牛步履艰难,气喘吁吁,大汗淋漓。

宋建隆四年,朝廷在官道调丰段设茅亭驿站。这个驿站后来被称为"景兰阁"。"景兰阁"是清朝乾隆年间进士、翰林编修陈昌齐所题。寇准、苏轼、苏辙、秦观、王岩叟、任伯雨、李纲、赵鼎、李光、胡铨等名相贤臣,他们或谪居雷州,或被贬至海南,曾途经茅亭驿站,在此歇宿过。

当年的苏东坡被贬往海南,正打官道调丰段经过,在茅亭驿站歇宿。他口渴难忍,在驿站前的井打水喝。当地老百姓为纪念苏东坡,把他喝过水的这口井叫"东坡井"。《千年石官道记》也有记录:"苏东坡自惠贬琼,经此道宿村中景兰

苏二村的拦河大屋

东坡井和景兰阁

苏二村的古民居建筑

阁,故阁前遗有东坡井、东坡塘,遐迩驰名也。"

　　立在我们面前的东坡井,由水泥围砌,呈青灰色。井围高约60厘米,井口直径约80厘米,井深约7米。井台宽阔,没有围栏,呈开放状。井台上湿漉漉的。我们往井里看,只见井水清澈,连我们的影子都清晰可见。村民说,这口井冬暖夏凉,井水每天早晨自然溢出井围,很奇怪。

　　离开调丰村,我们开车前往千年石官道旁的另一座村子——建新镇苏二村。我们在苏二村办公室看到墙壁上贴着宣传报《"苏二村"的来源》,上面介绍着这个村的得名。

苏二村原名荔枝村，盛产荔枝，尤其是村口那棵千年"双袋子"荔枝树远近闻名。打官道经过荔枝村的苏东坡慕名而来，可惜荔枝已过成熟期。后遇赦北归，苏东坡再一次经过荔枝村，终于尝到美味可口的"双袋子"。为纪念苏东坡二进荔枝村，村民决定将村名改为"苏二村"。

我们拉着一个上了年纪的村民，问他"双袋子"荔枝树在哪里。他指着村中一棵古老苍劲的荔枝树说："就是这棵！"这时，荔枝已过季了，树上一颗荔枝都没有。我们也没口福尝到苏东坡吃过的"双袋子"，感受不到他那种"不辞长做岭南人"的赞叹。这个村民还兴致勃勃地带我们进一古屋，指着一张床说，这床，苏东坡当年睡过呢。苏东坡真的睡过这张床吗？我对此不是很相信，不过不好意思说出来。

苏二村和双村一样保留着明清时代的古民居建筑群，共有 40 多座。木雕、石雕、砖雕，花鸟虫鱼，精美绝伦，栩栩如生，是研究岭南古建筑文化的范本之一。

苏二村也跟双村一样深受苏东坡的影响，村民好学成风，人才辈出。它还入选了"中国历史文化名村"。

◇文化自觉铭苏公◇

从兴廉村、双村到调丰村、苏二村，沿着苏东坡当年走过的路踏访，我们发现这些留下苏东坡足迹的古村落之间有着共同点：敬重苏公，深受其遗风影响，重视教育，好学上进。村民对苏东坡的文化价值有着比较清醒的认识，自觉地把弘扬和传承苏公遗风、优秀的传统文化，作为一种责任、一种荣誉。这是一种文化自觉。比如，苏东坡赠送的助贤田，在土地改革中被没收。后来，双村划出百亩地，主要是坡地、林地，作为助贤地，其收入归到村的教育基金，专门用来奖励村中优秀学子。此举对学子具有极大的激励、促进作用。

我国著名社会学家费孝通先生指出，文化自觉，是指生活在一定文化历史

苏东坡当年喝水的井村民仍然珍爱

圈子的人对其文化有自知之明,并对其发展历程和未来有充分的认识,即文化的自我觉醒、自我反省、自我创建。在中国,具有深厚文化底蕴的村落数不胜数。可是,随着城市化进程的加速,由于文化自觉的缺失,不少具有较高历史、人文价值的古村落,消失在历史的风雨中,滋润中国人几千年的传统文化有式微的倾向。一些古村落、传统文化已经或是将要成为历史。我们的后人要找到这些东西,恐怕只能借助发黄的纸堆,或是语焉不详的传说。这是多么可怕的事情!

可喜的是,我在遂溪一些古村落看到了这样的文化自觉。溯根究源,我们要感谢苏东坡。

状元村:林召棠故里行

在粤西,稍有点文化的人都知道林召棠。他是自隋朝开科举考试以来,粤西地区唯一的一名状元,广东仅有的9名状元之一。古时的粤西,被称为"南蛮之地""文化的荒漠"。所以,林召棠的高中状元,改写了粤西无状元的尴尬历史,增添了粤西的文化气息,成为粤西的一面人文旗帜。

今年春天,在一个柳绿花红的日子,我有幸拜访了状元林召棠故里。

状元故里位于"中国历史文化名镇"——广东省吴川市吴阳镇霞街村。霞

状元坊牌楼正面

街村因出了状元林召棠,闻名遐迩,外界皆称之为"状元村",其原名渐渐为人所忘。

进入霞街村,大门牌坊中"状元"两个红字跃入眼帘。"状元"二字为林召棠中状元后所书,苍劲有力,气度不凡。南宋吴自牧《梦粱录》载:"文武状元注授毕,各归故里本州立状元坊牌额于所居之侧。"立状元牌坊是光宗耀祖的一件大事,莘莘学子孜孜以求,为之魂牵梦绕。因此,弥足珍贵的状元坊成为粤西的一块人文瑰宝,也成为吴川市颇具文化底蕴的招牌旅游景点。

穿过状元坊的林荫小道,我见到了林召棠纪念馆。听说原馆规模较小,后经全面修葺,于2008年初春重新开馆。现今的纪念馆已扩建成三进形制的庙堂建筑,面积有1000多平方米,里面摆放有林召棠塑像和他的墨迹复制品。

走进纪念馆,氤氲的人文气息扑面而来,我们如同进入了一个"文化大观园"。大厅正中挂着林召棠的全身画像。林公儒雅清瘦,俊朗和蔼。馆正中有一碑廊,碑廊上镶满用岩石镌刻的风格各异的诗联、题词。正厅两边及东西两厢的墙上有历代文宦名人的题联、题匾,其中不乏珍品。如"庙堂魁甲,门第清风""顶占鳌峰名高北斗,襟连象岭气挹西山""翰墨千篇颂,文章百卷传""贤富能训惟以,和善之家必有""西河汇归东海,北极拱照南村"……道光十九年(1839年),民族英雄林则徐来广东查禁鸦片,跟林公书信来往,谈民生国是,并赠其一联:"彩衣荣似三公衮,珂第祥留五色云。"此联也收于馆内,成为较有价值的藏品。纪念馆的右厢墙上,挂有殿试的皇帝策问(试题)和林召棠的对策(答卷)。

林召棠出身于书香世家,18岁考上秀才,被称为"海滨俊才";28岁拔贡士,31岁中举;道光三年,38岁的他成了进士,进而状元及第。在殿试上,道光皇帝这样策问:"国家无事,思与天下臣民同乐太平,允臻上理……"试题有1000多字,涉及4个方面的问题:一是如何培育人才,教训何以正俗,师儒何以有得民之责;二是如何兴节俭之风,力戒浮华,欲使天下黜华屏欲,治登淳古,何道以致之;三是郅治之世,如何广纳群言,纠正施政的偏差;四是如何搞好水利,特别是如何治理南北运河、永定清河、滹沱河等五河,兴利除害。林召棠引经据典,洋洋洒洒,文采飞扬,对皇帝策问逐一做了缜密而深刻的论述。道光皇帝大为赞赏,钦点一甲第一名及第状元。林公之对策 后被誉为"天下第一策"。

林召棠之文才及胆识,从一个传说可见一斑。传说林公中状元后,请假回家省亲,路经苏州时,住在苏州的广东会馆。会馆设宴招待,一批苏州才子应邀前来。苏州是文化繁荣的江南名城,在座的苏州才子,对来自南蛮之地的林召棠颇为不屑,有心刁难。"苏州的关帝庙,正欠一副对联呢,有劳新科状元题对挥书。"林召棠知其意,饱蘸浓墨,挥笔而就:

匹马斩颜良,河北英雄皆丧胆。
单刀会鲁肃,江南才子尽寒心。

在座的江南才子无不佩服得五体投地,连连叫好,大声赞叹。

关于林召棠中状元,还有诸多的逸闻传说。

其一是,林召棠参加殿试后,传胪(殿试后宣读皇帝诏命唱名叫传胪)唱名那天,

林召棠雕像

林召棠和一批贡士立在一旁,等候皇帝钦点。当传胪官唱到"广东省"三个字时,林召棠开始紧张流汗。再唱到"高州府"时,他激动万分。当时参加殿试的广东人只有两个,而吴阳当时属于高州府。这时,他确定状元非己莫属了,于是喜极无措,没有听到后面"林召棠"三个字。传胪官唱完名,他毫无反应,没有马上向皇上叩谢龙恩,道光不悦。宰相曹振镛见此,灵机一动,大声高呼:"请新科状元林召棠谢恩。"林召棠这才回过神来,应声上殿:"谢主隆恩!"在旁的主考官为其辩解说:"此乃重听。"这就成了后之所谓"废状元"的话柄。

其二是,林召棠不懂得官话(北京话),传胪官叫他的名字时,他不应答,后来便把他作聋子看待,斥为"废状元"。

这些传说是真是假难以考究。

游罢纪念馆，我们到林氏大宗。从纪念馆到大宗，有一条几百米长的窄小街道，红砖铺路，古朴古香。这条并不宽阔的街道见证了状元的成长，经历了200年的风雨侵蚀，留下了沧桑的记忆。

林氏大宗乃林氏香火祠堂，其门口挂有联曰："燕玉祥符鳌江旧谱，鸿基懋建骏誉遄驰。"此大宗，建于明代初年，三进四廊，飞檐拱壁，宏大宽敞。祠堂里突出纪念林召棠及林氏历史上的名人。里面收藏有林召棠及夫人画像，他生前穿过的朝服，用过的端砚、印章，还有他亲笔写的条幅、对联等。大厅之上高悬"状元及第"的匾额，厅内还悬挂各个时期朝廷册封的各种牌匾。有关史料摆放于厅内，这对游人了解林召棠、了解古代科举制度和激励后人有一定的帮助。

据记载，林召棠高中状元后，被皇上封为翰林院修撰，品级为从六品。道光十一年他出任陕甘两省乡试的主考官；后出任广东端溪书院院长，在此授道11年；在高州高文书院任教一段时间后，便回霞街老家颐养天年。这期间，道光皇帝多次派人劝说他再度出仕，但林公淡泊功名，不为所动，坚持留于乡村，做一个平民状元。林召棠为人尚气节，淡仕宦，怜贫苦，可谓是："谦和敬慎，足不履公门，不干谒有司（地方官员），不臧否人是非，不面斥人过失，善气迎人，和蔼可亲。"他在家乡创办义仓，并把自己每年在祠堂应领的200斤胙肉的一半留给义仓，救济贫民，深得百姓敬仰。晚年后他隐居于村西金莲庵，著有《心亭亭居文存》《心亭亭居诗存》《心亭亭居笔记》等著作，于87岁时寿终正寝。

林公遗风，福泽子孙；文光射斗，激励后裔。受林召棠爱国爱民，勤奋好学思想的影响，这个村子一贯重视教育，村民积极向上，尚文习学蔚然成风。200年来，这里人才辈出，英才蔚起。清朝出过进士4名，举人19名，贡生、禀生秀才更是不计其数；出过省长、司令、将军等名人。现在有博士生、硕士生、大学生数百人。真是"召伯甘棠长留遗爱，公门桃李蔚起英才"。

下午1点，我们离开状元故里。望着纷至沓来、络绎不绝的游人，我想起一位领导参观状元故里时说的话："林状元给我们留下很多文化遗产，爱国爱民，忧国忧民，勤奋读书，这些都值得我们学习。这些思想，就是文化的灵魂。我们搞文化村的建设，就是要弘扬我们传统的文化的精华。"也许这就是林召棠这名平民状元的意义所在吧。

白鹭:坡正湾的诗行

我早就听说你了——从雷州半岛坡正湾里飞出的白鹭。

无数个夜晚,当明月挂窗台,你就在我梦里起舞、飞翔、欢鸣。你离我那么远,又那么近。

今天,我和同事在那个叫坡正湾的村庄见到你,人间四月的你,春天的你,我梦中的白鹭。

你是候鸟,从清明节后到国庆节,在坡正湾的上空总会见到你洁白的身影。我打四月来,来得正是时候。在恰当的季节见到最美的你,这是一种怎样的缘分啊?白鹭!

村前那片原始森林就是你的生活区。那是一片碧波荡漾的海洋。远望便是苍苍茫茫,葱葱郁郁,铺天盖地,四季常绿,拥碧叠翠,如同巨大的青纱帐支在村前。树木高高低低,错落有致,树冠盘枝虬节。佳木秀卉,碧草绵绵,芳香四溢。这哪是一片原生态的森林,分明是人间少有的仙境,是坡正湾人为你精心打造的美丽家园。

我在树林边近看你,登上村中赏鹭楼远望你。

你长得真美啊!身披洁白如雪的外衣,长着长而尖的铁色喙,细而长的青色腿。美得恰如其分,美得无可挑剔。碧水旁,你是临水而立的美人;苍山中,你是高贵的白雪公主。

我凝视着你。我想起来了,我早就认识你。你飞翔在千年的诗篇里,你盘旋在美丽的画卷中。

"两个黄鹂鸣翠柳,一行白鹭上青天。"你就是蓝天白云下洁白的诗行,你就是那只引领诗情上碧霄的白鹭。

"西塞山前白鹭飞,桃花流水鳜鱼肥。"你就是青山绿水间的白色精灵,你就是春天吹响的哨音。

你从杜甫的诗卷飞下,你从张志和的绿蓑衣里飞出。飞呀飞,飞过千年的时光隧道,飞过千山万水,飞到了这个叫坡正湾的村庄——一个如诗似画的人间仙境。你爱上这里,从此,在这里安营扎寨,繁衍生息。一代又一代,再也舍不得离开。人们把你的家园叫作"鹭鸟天堂,人间仙境"。

清晨,伴随着第一缕晨曦,你从酣睡中醒来,伸几个懒腰,打几个哈欠,呼朋引伴,相邀相约。或成双成对,或三五成群,倾巢出动,四处觅食。你洁白的身影与万道朝霞齐飞,诗情带梦惊飞起,搅动蓝天几片云。你飞到漠漠的水田,你飞到青青的甘蔗林,你飞到碧绿的荷塘。

当夕阳西下,黄昏来临,你披着满天的霞光,画着欢快的弧形,从四面八方飞回家。"山气日夕佳,飞鸟相与还"就是你的写照。一只、两只、三只、四只……很快,枝枝丫丫间,苍翠的树冠上,停歇着一个个白色的身影,"一树梨花落晚风","千树万树梨花开"。你如同五线谱上流动的音韵,你恍若平平仄仄的诗句。"一日不见如隔三秋",合家团圆,情侣重聚,这是你最快活的时光。你眼神脉脉,爱意浓浓。你拥抱亲吻,嬉戏追逐,"嗷嗷"欢叫,引颈争鸣。你凌空起舞,舞姿蹁跹。你描绘了一幅"白鹭黄昏图"。

村民看到归巢的你,翱翔飞舞的你,分享你回家的快乐,一天的劳累顿时消失。

村民说,你是给村庄带来吉祥的鸟儿,你是爱的使者。他们视你为村里的子民。自从你来坡正湾定居后,毒蛇绝了迹,害虫没了影。村里六畜兴旺,一片祥和。

村民说,你是黎婆派来的神灵,来报答坡正湾人的善良。

那年那月那日,村里来了一个衣衫褴褛、面黄肌瘦的老婆婆。**她拄着长棍,**拿着破碗,里面是空的,就像那个沦为乞丐的可怜的祥林嫂。不过,她比祥林嫂幸运。因为她遇到了善良友好的坡正湾人。他们收留了她,给她饭吃,给她衣穿。从此,老婆婆就在村里住下。村民们很孝敬她,视她如亲人,亲切地叫她黎婆。黎婆和村里的孩子曾救过一只受伤的小白鹭。黎婆仙逝后,她住的那个屋子旁盘旋着一群白色的鸟儿。它们就在坡正湾繁衍生息,跟村民们和谐相处。这就是你

临水而立

翩翩起舞

振翅而飞

啊,白鹭。

他们把你视作黎婆的化身,保护你,呵护你,给你创造最好的生存环境。全村老老少少,男男女女,都爱着你,哪怕是最调皮捣蛋的小孩子,也舍不得用弹弓对准你。

当外人贪婪的眼光盯上你,要用重金购买你的时候,坡正湾人严词拒绝,不为所动。

当邪恶的枪口瞄准你的时候,坡正湾人一声断喝,让阴谋流产于黑暗中。

就在不久前,你有 11 个伙伴受了伤,洁白的翅膀再也无法翱翔在蓝天下,再也无法翩翩起舞于林间。村民看在眼里,疼在心里,泪花在眼眶里打转。他们给你找了最好的医生,给你精心疗伤。终于,你又可以一飞冲天了。

我在坡正湾看到这样的画面:蓝蓝的天空,绿绿的田畴,白白的鹭鸟沐着夕晖低低地飞;农人荷锄归,鹭鸟相伴随。这样的画面叫我无限陶醉,无限迷恋,满心喜爱。

在坡正湾,我愿是一只小小的白鹭。

雷州:西湖谁人不动情

　　"天下西湖三十又六,唯杭州最著。"提起西湖,你可能马上联想起闻名遐迩的杭州西湖,想起大文豪苏东坡赞美西湖的千古名句"欲把西湖比西子,淡妆浓抹总相宜"。可是我要写的西湖,不在人间天堂杭州,而是在素称"天南重地"的国家历史文化名城——广东省雷州市。这也是一个留下苏东坡足迹的西湖,一个因他而改名的西湖,一个蒙着神秘面纱的千年西湖。

　　人们常说熟悉的地方没风景,我不是第一次游雷州西湖,雷州西湖于我并不陌生。但是,当我独自行走在雷州西湖边,当我与雷州西湖心神交会,当我举

千年西湖雷州梦

起镜头的时候,雷州西湖就是一幅幅画,一行行诗,一首首歌,我总是看不够,拍不完,吟不止。

◇静美西湖◇

雷州西湖之美,美在它的澄澈安静。

那是一种能沉淀到你内心深处的静美。《诗经》云:"静如处子,动如脱兔。"在雷州西湖我能感受到那种如处子般的静美,内心的浮躁被洗涤得风清月明般澄静,静得仿佛听见天籁。

从整体看来,雷州西湖略似圆形,外围被葱茏青翠的林木拥抱着。大王椰、棕榈树、苏铁、梧桐树、杨柳,还有很多叫不出名字的秀林佳木,如云似盖地给雷州西湖披上一层层外衣。曲桥亭台就是这个圆的直径。走在九曲十八弯的小桥上,一路揽秀掬香,湖这一头的秀美还没来得及装进行囊,那一头的旖旎又扑面而来,叫人目不暇接。

坐在别湖亭,湖光美景如同一幅画卷缓缓展开,目之所至皆是诗,放眼望去皆是画。澄湖澹澹,微波粼粼,游鱼历历,碧柳依依,画舫幢幢,绿堤漫漫,美不胜收。我想起千年前苏轼兄弟在此湖并肩同游,诗酒唱和,共叙相思,还有就此一别的生死两茫茫。我想起明代进士、海北南守道袁茂美的《西湖亭》:"湖水流澹动,亭台巧结作。倒影青天里,分明七星落。四窗纳靓景,高树罩疏幂。于焉暂游想,俯仰尽寥廓。"一首《西湖亭》,道尽西湖美,至今无人超越。

在这里,你随便举起镜头,便可以构出一幅美景。

环湖两旁的参天古树手牵着手,肩并着肩,云里相触,构成巨大的绿色荫棚,筑起"绿色长城",清凉的绿意铺天盖地,凉风习习,酷暑尽消。

行走在静谧的绿荫下,我不时恍惚在时光的错失中。当看到浓密如盖的修木把远处遮掩,看不到澹澹的绿波,看不到明媚的阳光,看不到高高的天,这时候,我感觉自己就像走在一尘不染的原生态深山老林中。可是就在错愕间,我一

别湖亭上别情依依

　　转身，又会看到另一幅叫我惊叹不已的画面：湛蓝湛蓝的天，雪白雪白的云，倒映在碧绿碧绿的湖水中。那湖水是如此澄澈安静，恍惚间以为蓝天白云掉进湖里了。抬头一看，它们还在。蓝天、白云、碧波、倒影，还有凉风偶尔拨弄的涟漪。这画面是如此地静，如此地美，如此地醉人。我陶醉在美得叫人窒息的湖光倒影中，我的镜头忙个不停，直想把所有的美都留下。

　　这般静，这般美叫我难以移步。我呆坐在湖边的石椅上，凝视着西湖。西湖也在看我吧？我们就像一对恋人深情对视，久久不愿离开。

◇灵性西湖◇

雷州西湖之美,美在有灵性。

读万卷书,行万里路。山水怡情,山水养性。走得越多,走得越远,我就越相信,山水跟人一样是有灵性的。去年3月我到中越边境旅游,看到这样有灵性的"爱国山":两国交界的山脉走向都倾斜于自己所属国家。我在游记里这样感叹道:"也许大自然也像人一样是有灵性、有灵魂的,它们也懂得每一个姿势、每一次呼吸、每一次心跳都应该朝向自己的祖国。不管风吹雨打,不管岁月蹉跎,都应该与祖国同命运、共呼吸。就像中越界河归春河,源自中国,中国就是她的母亲,在流到越南境内一段后,又恋恋不舍地重回母亲怀抱。"

在雷州西湖,我又一次感受到山水的灵性。

在这里,我看到令人怦然心动的画面:环绕西湖的树木,向着湖心的方向倾倒。树根扎在西湖岸边,身子探向湖里,长长的枝条抚摸着西湖水。仿佛一个美人,以湖为镜,挹波濯脸,顾盼生辉,梳理着如瀑的秀发。岸上有这样两棵树,树头并排着,树躯都倒向湖里,枝枝叶叶互相缠绵,就像一对情人相拥相偎,紧搂对方的腰肢,彼此把手伸进对方的发间。

这情形让我想起杨丽萍的舞蹈《两棵树》,那是一个催人泪下的凄美爱情故事:一对有情人相恋却不能相爱,忧郁而死。死后虽然没能葬在一起,但他们的坟墓同时各长出一棵树。两棵树紧紧地纠缠在一起,根缠着根,枝连着枝。

我想,那缠绕在西湖岸的两棵树,前生也是一对情人吧,他们如痴如醉地爱着对方,难舍难分,不能分离。他们化为两棵树,变成连理枝,日夜守护着美丽的西湖,日夜坚守着执着的爱情,生生世世在一起,永不分开。

我给它们起名,叫"情人树"。我不知道有没有人这样叫过它们,我也不知道有没有人发现过这两棵拥抱在西湖岸的有情树。

当美丽的新娘子着一袭洁白婚纱,携手一身白西装的情郎,在情人树前拍摄,传递着幸福暖流时,我更坚信这是有灵性的情人树。也许我跟这对在西湖拍婚纱照的新人有缘,当我一踏进雷州西湖,抬头看到的就是他们,还差点跟新娘子撞个满怀;当我转身在别处流连,一举镜头,很惊讶地发现他们总是闯进我的视线。也许这就是缘分吧——我和西湖新娘的不解之缘。也许是西湖太多情,总让我们不期而遇。

◇人文西湖◇

雷州西湖之美,美在古意葱茏,美在深厚的文化底蕴。

千年西湖,到处是历史的熔铸,渗透了浓郁的人文气息。

在雷州西湖,你总能捕捉到古诗词中的意境:曲桥流水、亭台楼阁、龙凤飞檐、红墙绿瓦、湖光浮影、古堤杨柳……仿佛走在唐诗宋词平平仄仄的古韵中,恍如跟古人并肩共游,把酒叙欢。

从一座"西湖平,状元生"的牌坊往西南方向漫步,我看见一块古色古香的石刻,上有"苏堤"二字,是为纪念苏东坡而建。此景观跟杭州西湖的苏堤春晓一样,有着秀丽的自然风光,又有着浓郁的人文气息。

围绕苏堤的是依依的杨柳。湖水潋滟映柳影,杨柳依依钓碧波。这是典型的柳色湖光图。

有湖的地方就有杨柳。自古以来,湖跟柳结下不解之缘,湖是柳婆娑起舞的舞台,柳是湖的故事中动人的情节。如果杨柳缺席,这湖就缺少那份妩媚。幸好,雷州西湖的碧柳并没有缺席,她把西湖打扮得妩媚动人。

苏公亭前的苏东坡塑像

西湖就如美人的脸庞,杨柳就是这美人秀美的青丝。

跟苏堤比肩的是碧绿的荷塘。沿着荷塘继续往前走,便是砖瓦重楼式结构、重檐叠出的苏公亭。此亭系雷州人民为纪念苏轼,于明嘉靖十八年(1539年)创建,清嘉庆年间重修。"弟兄聚散天南北,烟水苍茫情有无。"亭内留下历代游览西湖的文人骚客宦官的墨香,其前后门联分别为"万里宦游来海国,一般乡景化杭州","湖光生色冠裳苹,烟瘴开蒙日月明",分别由浙江余杭人查廷庚、雷州人梁成久撰写。两人都生活在清朝。亭的北南西东石额分别是"苏公亭""云拥星罗""渊深鱼乐""水到渠成"。

"北望峰峦当面起,南洛波浪接天平。此间又作劳劳别,凭吊谁人不动情。"站在饱经沧桑的苏公亭内,抚摸着亭内浸淫着历史风雨的石栏木柱,我仿佛回到了那个金戈铁马、风雨如磐的岁月,又想起了人生的悲欢离合、沧海桑田,于是不胜唏嘘。

亭前有一座苏东坡塑像。苏公站在层翠叠绿中,笑望波光粼粼的西湖。

雷州西湖原来并不叫西湖,而叫"雷湖"或者"罗湖"。在宋代以前,这里是烟水苍茫的"野水",是宋代城郊水利工程的水库。宋乾兴元年(1022年),寇准被贬为雷州司户参军,住在湖滨。此后又有不少名人贤士到这里居住、游玩。"山不在高,有仙则名。水不在深,有龙则灵",于是这里成了旅游胜地。

宋哲宗绍圣四年(1097年),对苏轼、苏辙兄弟来说是不幸的,但对雷州人民来说是大幸。被南贬到惠州的苏轼,再被贬移到更遥远的海南儋州。途经雷州时,其有幸跟被贬在此地的胞弟苏辙邂逅。"同是天涯沦落人",兄弟在贬谪岁月中相聚,悲喜交加。为消除谪居悲苦,他们择日泛舟罗湖,沉醉于旖旎的湖光波影,爱湖之澄清,喜湖之幽静,流连忘返,恋不思归。后蒙赦归,苏轼又特意在雷州逗留,在罗湖吟诗会友。苏轼写下了"九死南荒终不悔,但愿长做岭南人"等诸多名诗。雷州人民为志贤踪,以励后人,便将"罗湖"改为"西湖"。

古代雷州主要是百越族居住地,人迹罕至,荒凉落后,被称作"南蛮之地"。文化生态依旧是原始的俚僚文化,跟当时先进的中原文化无法相比。皇帝就把跟自己意见相左的臣子文人流放到雷州,作为政治上的惩罚。仅唐宋两代,被流放于此或途径雷州去往更遥远的海南的就不下20人。寇准、李纲、苏轼、苏辙、秦观等名臣贤相和大文豪们先后到来。这些贤臣文人来到荒蛮的雷州,体恤民情,教化百姓,积极传播先进的中原文化,促进了雷州文化的发展,使雷州人民渐渐摆脱愚昧,与文明接轨。雷州也因此坐上岭南大邑、文化中心的宝座,在 20 世纪被评为首批"中国历史文化名城"。

被流放到雷州的人中,有忠、奸之分。为表彰那些为雷州做出过杰出贡献,人品高尚的名臣贤

西湖内的宋园

士,南宋咸淳尾年(1274 年),雷州人民创建了十贤祠。十贤分别是北宋宰相寇准、学士苏轼、侍郎苏辙、正字秦观、枢察王岩叟、正言任伯雨以及南宋名相李纲、赵鼎、参政李光、编修胡铨。雷州十贤的功德,功在千秋,永载史册。

十贤祠位于雷州西湖的宋园内。此外,在宋园内,还有寇公祠,古代雷州最高学府——浚元书院,是与寇公祠合二为一的故址。

1959 年 11 月,郭沫若先生来到西湖,并撰写《赞雷州西湖》:"微波荡漾岸草碧,时惊风暴走雷霆。想见风物殊,超越钱塘西子湖。"一句"超越钱塘西子湖"给了雷州西湖人极大的期望与鼓励。

一个阳光灿烂的下午,我独自行走在较为冷清的宋园,抚今追昔,发幽古之思,仿佛穿越时光隧道回到了古雷州,亲身感受贤士们的悲欢,忘记了时空,忘记了我只是一个普通的游客。直到管理员用雷州话催促我离开,我才回到现实,抬头一望,原来已是夕辉满天。

从宋园出来,一年近 60 的老者跟随上来,问我是不是记者,说他已注意我很久了,从苏公亭,到寇公祠,一直跟我到十贤祠。我十分惊讶,一直没注意到有人跟着我。他跟我聊起雷州西湖,说起了很多跟雷州西湖有关的典故,那语气充满了骄傲,还拿出写雷州西湖的诗作要我修改。我告诉他,记者不是我的职业,不过,我跟他一样也爱着有灵气的千年雷州西湖。

岭南名郡:天下不敢小惠州

我早就打算去惠州。

这次在佛山的学习结束后,我独自游览了西樵山,从广州到惠州有 200 多千米。我在天河客运站,坐上前往惠州的班车。一路上基本上是高速,很顺畅,才 1 个多小时,惠州就站在我的眼前。

◇客家侨都展新颜◇

惠州有友人。他是阿明的大学同学,我的学长,姓罗,梅州客家人,10 年前到惠州工作,定居惠州,成了新惠州人。我还在班车上的时候,罗兄发来短信,叫我到惠州一定告诉他。我原本打算独自去惠州,来一次一个人的旅行,不打扰谁。罗兄的热情,让我感觉自己悄然而至,静然而走,有点不近人情。况且有惠州人做我的向导,我的惠州行不是更有意义吗?于是,我一到惠州就发短信告诉罗兄:我到达古老的惠州了。

坐上罗兄的车子,我说先在西湖周围找家酒店放下行李。我选择了一家商务酒店。这家酒店最大的好处就是离西湖近,西湖就在它的对面。

惠城区是惠州的老城区。虽是老城区,但没有大城市那样拥堵。街道宽敞、整洁,行人悠闲自得,不像广州、深圳那样行色匆匆,如同打仗。

　　惠州位于广东省中南部,与深圳、香港、东莞、广州等地为邻。潺潺的东江穿城而过。早在隋唐,惠州就是粤东重镇,被誉为"岭南名郡",是广东省历史文化名城。"东南西北中,发财到广东",广东最富裕、最令人羡慕的是珠三角地区。惠州属珠三角经济区,经济发达,其电子产品名扬四海,2008 年人均收入已超过 3000 美元。罗兄说,他刚来惠州时,工资不高,从 2007 年开始,连续提了几次工资。他现在的收入是原来的好多倍,令我羡慕得直赞叹惠州真是个好地方。

惠州西湖

我问罗兄来惠州有没有背井离乡的感觉,他说没有。惠州讲客家话、粤语、福佬话,他是客家人,惠州是客家侨都,是客家人的重要聚居地和集散地之一,他没有语言障碍。而且惠州是一座包容性强、开放性很强的城市,罗兄完全融入了这座城市。

罗兄执意要请我吃饭。我说,不要上高档饭店,就找一个有惠州饮食特色的小地方。

就餐的地方不大,比较干净。我们先点了梅菜扣肉、客家酿豆腐、客家盐焗鸡。这三样东西都是客家特色菜,最能体现客家的饮食文化。梅菜扣肉最有名,享誉海内外。国内的客家人喜欢吃,国外的客家人也爱吃。梅菜扣肉主料是五花肉、梅干菜,这些材料都不贵,但经过客家人的精心制作,成了一道美味可口的菜。

◇ 曲折别致西湖美 ◇

晚饭后,罗兄夫妇陪我看惠州夜景,漫步西湖。夜色中的西湖,灯光璀璨,波光粼粼。亭台楼阁倒映于湖中,如同人间仙境。湖中游船划出一湖的浪漫。这时将近中秋,月光皎洁,小船被月色剪成一幅水墨画。披一塔月光的泗洲塔静立于山上,把苗条的身姿映入湖中,与西湖水脉脉相看两不厌。从唐朝开始,泗洲塔就守在西湖边了。宋时,大文豪苏东坡见到它,亲切地唤它"玉塔",吟唱道"一更山吐月,玉塔卧微澜"。从此,玉塔微澜成了惠州西湖一道妙不可言的美景。

一路走一路欣赏,不知不觉已绕西湖一圈,走了七八千米。夜已深,不能再走了,我和罗兄夫妇约定第二天再游西湖。

第二天吃完早餐后,我们从东大门进西湖。这时我才看清楚,西湖东大门是颇具岭南风格的牌坊式建筑,精雕细刻、高大气派。牌楼正面写着"惠州西湖",背面写着"山水秀邃"。"山水秀邃"是苏东坡对惠州山水的赞美,出自《与曹子方书》:"惠州风土善厚,山水秀邃。"

惠州西湖的碧水高塔

　　天下西湖三十六,宋朝诗人杨万里给惠州西湖很高的评价,"三处西湖一色秋,钱塘颖水与罗浮",把惠州西湖跟名扬天下的杭州西湖、颖水西湖相媲美。这三个西湖都跟苏东坡有关。我游览过杭州西湖,也写过它。两个西湖相比,各有各的美。杭州西湖烟波浩渺,"淡妆浓抹总相宜";惠州西湖远不如杭州西湖大,它由丰湖、平湖、鳄湖、菱湖和南湖5个相连的湖组成,"以曲折胜"。西新桥、拱北桥、明胜桥、圆通桥、迎仙桥、烟霞桥6座桥架于"五湖"中。

　　我们走到苏堤上。这条横贯平湖和丰湖的湖堤,是苏东坡捐助所建,惠州百姓不忘其恩,把它叫作"苏堤"。

　　苏堤是一条林荫大道,我们来得早,大道上除了三三两两的游人,还有晨练的市民。堤两旁树木葱郁,杨柳依依,紫荆花正艳。放眼望去,湖水潋滟,波光闪闪。一座座桥飞架于湖上,或直,或曲,或拱;像尺,如虹,似月,形状各异,情态各具。这些桥跟湖中小岛、亭台楼阁、湖岸碧树、湖畔小山,构成一幅幅美景,构成自宋时就扬名的"五湖六桥八景"之美名。现在的八景扩到十八景。

罗兄指着苏堤左边的湖告诉我,这就是丰湖。湖上那两个碧玉似的小岛,分别叫披云岛、浮碧洲。"披云""浮碧"这两个名字形象生活,不但诗意盎然,而且给人清凉盈袖之感。所以,这里成了有名的"西新避暑"之地。

苏堤中段的西新桥是"六桥"的第一座桥。由花岗石砌成的拱桥,有5个大小不一的桥洞,桥中间写着"西新桥"3个红色大字。经过西新桥时,正好见到几个小青年坐在游船上,自平湖划来,经过桥洞,划向丰湖。我第一次经过西新桥的时候,不知道它的来历,以为不过是一座普通的石桥而已,就随意走过去。等了解它的历史后,我特意叫罗兄带我折回来,好好看看这座不平凡的桥。

西新桥也叫"苏公桥"。苏东坡在惠州期间,看到老百姓为湖所困,出入不方便,就带头捐出皇帝赏赐的犀带,资助栖禅寺僧人希固建桥。桥原来是木质结构。承载几百年风雨的西新桥渐渐老去,再也不能迎风接雨了。1983年,惠州人在原桥址上建起新的西新桥。

◇孤山处处留苏迹◇

走过西新桥,再沿着苏堤走一段路,我们来到孤山脚下。孤山不孤,它是一座不高的小山,就在西湖旁,天天与西湖书写山水之恋,跟鸟雀共谱和谐之曲。孤山原来叫西山,因形似狮子,所以又叫狮山。宋时山上有座寺叫栖禅寺,900多年前,苏东坡和侍妾王朝云常游览西湖,访栖禅寺。他们曾在杭州生活过,杭州西湖有座山叫孤山,西山便被叫作孤山。

现在,惠州西湖孤山上的名胜古迹很多,都跟苏东坡有关,所以叫"孤山苏迹",是惠州"西湖十八景"之一。

苏东坡石像立在孤山脚下。这尊名为"东坡居士像"的石雕,背山面湖。苏东坡身穿长袍,手执一卷书,目光深邃,凝视着西湖水若有所思。我站在苏东坡雕像旁,细细端详。我说,我要和苏东坡合影,叫罗兄帮我拍照。罗兄就从不同的角度给我拍摄。

我也算是苏东坡的"粉丝"。作为正规读过中文专业的人，我对苏东坡及其诗词并不陌生。在写作的过程中，我重读苏东坡，被他的人格魅力吸引。于是我计划沿着苏东坡当年被流放岭南的足迹，走一走，写一写。这次孤身走惠州，也正是出于寻访"苏迹"的目的。

我们沿着苏东坡石像往右拾级而上，来到修竹廊。这里竹林茂密，修竹笔挺，青绿可人，凉风送爽，遮住7月的酷热，令人顿生清凉之感。修竹廊尽头便是东坡纪念馆。馆前的绿色草坪上，有苏东坡及其红颜知己、忠实伴侣王朝云的塑像。东坡抚琴，朝云听音。一个雅儒风流，一个美貌如花。

东坡书迹

孤山处处有"苏迹"

才子配佳人，琴瑟和鸣，浪漫而迷人。有一对情侣伫立于"朝云伴东坡"塑像前，相依相偎。一对是宋时的知己，一对是当今的情侣，情牵古今，这情景颇为美妙。

东坡纪念馆陈列的都是与苏东坡有关的物什、图片，有苏东坡手书的石刻、砖雕，有他的自画像，有东坡寓惠年表、苏东坡在惠州的线路图等。分为几个专题，比如"东坡与惠州山水""东坡与惠州的平民朋友""东坡与朝云""东坡与惠州风物""对东坡的纪念与研究"等。我在"东坡与惠州百姓"专题前停留时间最久。它深情地记录东坡寓惠期间为惠州百姓做的好事，比如"捐腰犀倡建西新桥，免行人涉水之苦""助邓守安建东新桥，解两城交通"。

苏东坡才华横溢，人品颇佳，可惜命运不济。绍圣元年，也就是 1094 年 8 月，因"讥斥先朝"的罪名，59 岁的苏东坡被贬至惠州。1097 年 4 月，他被贬到更遥远的海南儋州。

东坡抚琴，朝云听音

他在惠州近 3 年，写下了大量的诗文，为当地百姓做了很多有益的事，为惠州留下了宝贵的人文财富、精神财富。"罗浮山下四时春，卢橘杨梅次第新。日啖荔枝三百颗，不辞长作岭南人。"从他写的这首《惠州一绝》可以看出他对惠州的感情，对岭南的喜爱。随着他写的惠州诗文的传播，他为惠州所做的实事的影响，昔日默默无闻的岭南小邑惠州渐渐为外人所知。可以说，苏东坡是惠州的"福星"，他给惠州的人文历史增加了光辉灿烂的一页。

"一自坡公谪海南，天下不敢小惠州。"一个"小"字，道出了苏东坡对惠州的影响何其深远，惠州人因为苏东坡而骄傲。900 多年来,惠州对苏东坡念念不忘,纪念他,研究他,形成独特的"景苏文化"。

当今的惠州,经济飞速发展,其经济实力让"天下不敢小惠州"。不管物质上如何富裕,惠州人依然不忘苏东坡,大打苏东坡这张文化名片。苏东坡成为惠州的"城市形象代言人"。这些年,惠州出版了《苏东坡与惠州》《苏东坡与侍妾王朝云》,创作电视连续剧《苏东坡在惠州》等,以此纪念苏东坡,弘扬东坡文化,让东坡精神与惠州永存。

◇万里追随缘爱君◇

在孤山东麓一林木荫郁的僻静处,立有一块牌子,上面写着此处对游人的开放时间。只是白天开放,建议游人夜晚不要来此处。我正纳闷为什么这样呢,罗兄说等下你就知道了。

我们走下坡,看到一座古墓,青灰色,半合半开,像一把折扇。墓碑上镌刻着"宋绍圣三年丙子岁,苏文忠公侍妾王氏朝云之墓"。原来王朝云长眠于此!一对情侣站在朝云墓前,双双鞠躬,放上一束鲜花,然后离开。

我站在幽静的朝云墓前,没有一点害怕,有的只是敬重。

王朝云墓前有石雕墙、六如亭、王朝云雕像。

石雕墙上刻着苏轼撰文的"王朝云墓志铭",清代惠州太守伊秉绶重修六如亭的碑记,清初著名画家石涛所绘的"舟过六如亭"线雕。

六如亭位于朝云墓正前方,四角形、红亭柱、绿琉璃、攒尖顶。亭顶似一盛开的红莲花。前后亭柱各有一勒石楹联。前亭柱所刻联为"从南海来时经卷药炉百尺江楼飞柳絮;自东坡去后夜灯仙塔一亭湖月冷梅花",是清光绪年间的惠州知府陈维所题刻。联中的"经卷药炉""夜灯仙塔"让我不由得想起苏东坡《朝云诗》中的"经卷药炉新活计",以及《悼朝云》中的"夜灯勤礼塔中仙"。后亭柱则刻着"如梦如幻如泡如影如露如电;不生不灭不垢不净不增不减",这一联是清代翰林学士、丰湖书院主讲林兆龙撰题。这两联是对王朝云寓惠和死后的高度概括,寓意深长,禅味浓郁。

　　墓之右是王朝云雕像。她神态安详,双手交叉放于大腿上,似有所思。这情态让人不由得想起苏东坡写给朝云的诗句:"何似后堂冰玉洁,游蜂非意不相干。"

　　站在王朝云雕像前,望着这个 900 多年前的宋朝女子,我的思绪穿越时空,回到宋朝时光。

　　苏杭自古出美女,钱塘女子王朝云同样有着江南美女的天生丽质,又能歌善舞。人到中年的苏轼对这个出身贫寒的歌女怜爱有加,把 12 岁的王朝云收为侍女,教她琴棋诗画。聪慧的王朝云在苏东坡的调教下,会吟诗作赋,抚琴弄画,渐渐成为苏东坡的红颜知己。在如花似玉的 18 岁,王朝云成了苏东坡的侍妾。

　　年近花甲的苏东坡谪贬惠州,他知道这一去生死两茫茫,说不定老死他乡。他安置好家人,遣散仆人,也打发年轻貌美的王朝云走人。然而王朝云不愿回杭州。杭州再繁华,再美丽,终究没有最懂她的苏公。惠州再落后,再荒凉,终究有最疼爱她的人。她要追随他一生,哪怕他走到天涯海角,也要和他患难与共,生死相依,至死不渝。"夫妻本是同林鸟,大难临头各自飞",享繁华容易,共患难稀少,世间有如此忠贞女子,苏东坡夫复何求? 他被王朝云的真情感动,最后带着她来到惠州。

　　王朝云与苏轼育有一子,小名干儿,可惜夭折了。朝云从此不再生育。她悲痛欲绝,以泪洗面,幸得苏东坡开解,心情渐渐好转。到惠州后不久,王朝云不幸染上瘟疫。她身体本来就虚弱,染病后更是雪上加霜。病已至此,王朝云知道自己时限快到,无限依恋地望着苏东坡,交代后事,希望死后葬于栖禅寺旁。她诵《金刚经》:"一切有为法,如梦幻泡影,如露亦如电,应作如是观。"意思是说,一切都有定数,人生如梦、幻、泡、影、露、电,转眼即逝,不必太执着。在诵声中,朝云芳魂归西,年仅 34 岁。这一天是北宋绍圣三年(1096 年)7 月 5 日。

　　王朝云生前是虔诚的佛教信徒,常来栖禅寺诵经参禅。苏东坡按照她的遗愿,将她葬于栖禅寺旁的松林中。从此,松涛阵阵,寺钟声声,伴随这个长眠孤山的钱塘女子。不久,栖禅寺僧人在其墓前建一小亭,取名"六如亭"。

　　苏东坡对这位万里追随的红颜知己,情深义重;对王朝云的早逝,痛惜不已;对她 23 年来的侍奉给予肯定,感激她"一生辛勤,万里随从"(《惠州荐朝云疏》);对她的人品给予很高的评价,称赞她"敏而好义""忠敬若一"(《王朝云墓志铭》)。

苏东坡的一生有过位高权重、高朋满座、美女如云的时候。但在他被权贵排挤、贬谪时,那些围在他身边唱赞歌的人疏远了他,那些千娇百媚的侍妾离开了他,只有王朝云始终如一,伴他远走蛮荒地,照顾他的生活起居,成为他精神的港湾、灵魂的栖居。可以想象,王朝云之不离不弃,给贬谪岁月的苏东坡多大的慰藉! 王朝云之爱,给苏东坡多大的力量!

苏王二人患难与共的真情,给惠州留下千年传奇,留下一座忠贞不渝的爱情丰碑。千百年来,王朝云的有情有义,令人们对她敬重有加,诗人骚客留下许多赞颂的诗墨。人们羡慕王朝云,嫁得才子胜帝王;羡慕苏东坡,红颜添香伴流年。

惠州人景仰苏东坡,也敬重王朝云,在其墓旁植梅种松,历代修葺墓与亭。更有痴情男女不远千里拜谒朝云墓,祈求爱情坚如磐石,患难与共。

站在王朝云墓前,我久久凝思,想象这个在此睡了近千年的宋朝女子的音容笑貌,复原那些前尘往事。7月的惠州,阳光很猛烈,照得孤山上松树更碧,芳草更绿。我反反复复看着石雕墙、朝云墓、六如亭、朝云雕像。不知在此逗留了多久,罗兄已走到路旁,提醒我该走了。我走了几步,又折回头,面对王朝云墓双手合十,深深地鞠了三躬,表达我这个女子的敬意。

云浮:绘在石上的画

　　云浮在广东的中西部,是地名,也是诗,是祥云绘在石上的画,是云石敲出的诗。

　　在哈气成诗的唐朝,你就开始叫云浮。云浮,云浮,把你叫了 1000 多年,叫得口齿生香,唤得诗意荡胸。

　　满天是云,千朵万朵,千姿百态,风情万种。云是美人,在酣睡;云是顽童,在追逐;云是仙女,在曼舞。谁也说不清是哪一年,云姑娘俯视人间,看到一幅画:树秀碧,草吐绿,水含情,风吟诗,鸟唱和,雨飞韵。此景太美,此情太真,还有那个阿哥太健俊。她忍不住下凡,想着只瞧一眼就走。这一瞧,云再也挪不开脚步

富林石林

了。于是云蒸霞蔚,幻化为石,生生世世留在这里,守住阿哥。

满地是石。云浮是石城,是硫都。我满脑子想着飘浮的云,如何化为坚硬的石。云和石,一个在天,一个在地;一个柔情似水,一个硬朗胜盾。可是它们为什么不能融为一体呢? 只要情深如西江水,只要志坚如花岗岩。

满眼是花。是石头"开"出的花。这花"开"在狮子山中的蟠龙洞。这洞如同蛟龙飘游。游啊游,游了亿万年,游进"世界三大石花洞"。洞内,石笋、石柱、钟乳,如林似海。岩壁上开出的"宝石花",簇簇丛丛、晶莹剔透、玲珑似玉、纯白如雪,美得叫人恍如进入仙境。

于是我就这么认定,云浮之石,是天上的云化成的坚硬,是天上的云绘成的图画。

富林、云安、云浮,行政上它们是从属关系,也是诗意的表述。大大小小的地名都如此有诗意,云浮怎么不是石与石撞出的诗呢?

云特别偏爱这个叫富林的小镇,大刀阔斧,淋漓尽致,汪洋恣肆,浓墨重彩,在大云雾山上将石绘成森林,画成海洋,描成胜景,绘出石洞、石林、石壁。绘成脉脉含情的石林巷道,幻为千回百转的石林迷宫,变出夜明珠似的水晶洞,描出叫人顿感凉爽的石林浴池。洋洋大观的奇石,像大象在饮水,似犀牛在吐珠。这

古河道

些石林、石海画得太奇、太妙、太美,叫人惊叹不已。

十月的富林,云依然纯白,树依然碧绿,石依然是红润白皙的"胴体石林"。一个又一个瀑布,似是前世的约定,像是今生的牵手,成群结队,"轰轰轰"从天而降,"哗哗哗"冲进潭里。冲成石林飞瀑的惊叹,挂成水帘洞的清凉,把岩石冲刷成杨贵妃出浴般的惊艳,粉嫩细腻,光滑莹润,性感迷人。

荡一叶小舟划过亿年古河道。河水浩浩荡荡,似是千年流逝的岁月。思绪随水放逐、流荡,荡回千万年的时光中,一路追踪,看云怎么画出峭朗的画,看野蛮是怎么长成文明。两旁石壁静默耸立。它无须多语,那些鱼化石、树化石,已替它说出亿年的传奇、万年的情思。

我在河中放舟,一瞬便是千年。

云在石上描画,云浮人则把石头绘成锦绣。

我们在腰古镇,沿 324 国道走,经石城镇,蜿蜒延伸到镇安镇,犹如走进石材的海洋,稍不小心就会被淹没。沿途各式石材工厂、石材店铺,铺成壮观的"百里石材走廊",铺成中国三大石材中心。那些静卧在蓝天下,仰视天上白云的石材,似是待字闺中的美女,含羞等候远方的白马王子骑高头大马飘然而至。天然石,抑或是人造石,五彩缤纷,绵绵白,雪里红,宝石蓝,蒙古黑,祖母绿,叫人眼花缭乱,目不暇接。石似云排,客似云来。

云石是上天赐给云浮的礼物,云浮人开山凿石把它变成花。400 多年前,能工巧匠们把石头变成栩栩如生的石人、石马,化作漂亮的石门脚、石碑等,但是这时的云石并没有给云浮创造财富神话。直到 20 世纪 80 年代,云浮人抓住机遇,在云石上大做文章,大绘锦图,白花花的石头换回白花花的银子,变成一笔笔财富,化作一张张笑脸,托起云浮的高度。

云浮石走南闯北,展示它的风采,创造了一个又一个佳话。它镶进了人民大会堂,聆听祖国的心跳;远渡重洋,镶嵌在埃及开罗国际会议中心,大理石壁画《天长地久》如同它的名字一样,天长地久地璀璨在异国他乡。云浮的"石文化"也在天南地北的展示中,声名远播,赚回如云的光环,"中国石材基地中心","中国人造石之都"等。

抚摸着如诗似画的云浮石,它一会幻化为云彩,一会幻化为传奇。

中国砚都:肇庆的硬度

　　看了我对云浮石的赞叹,肇庆的朋友说,你在肇庆也会看到硬度。我问,肇庆的硬度是什么? 他说,你来了就能找到。

　　秋天,我到肇庆参加一个创作研修班的学习,正好借机游览肇庆的名胜古迹,寻找朋友说的硬度。

　　"岭南名郡"肇庆是国家级历史文化名城,是岭南广府文化的发源地之一。在隋朝,它叫作端州。到了宋徽宗时,才改名为肇庆。肇庆是全国旅游胜地,最有名的当属鼎湖山、七星岩。来到肇庆旅游,这两个地方是必游之地。

　　鼎湖山、七星岩袅娜着秀丽的自然风光,沉淀着丰厚的人文历史。尤其是被美誉为"岭南第一奇观"的七星岩,岩、岗、洞、湖众多,组成一幅幅美景,美得如梦似幻。

　　七星岩这名字很有诗意,令人浮想联翩。初听七星岩之名,我脑海中闪现出七座如星星般闪烁的岩峰。来到七星岩,果然如此。在碧波万顷的湖上,阆风岩、玉屏岩、石室岩、天柱岩、蟾蜍岩、仙掌岩、阿坡岩,这 7 座喀斯特熔岩地貌的山峰恰似北斗七星闪烁于湖中,把 600 公顷的湖分成仙女湖、中心湖、波海湖、青莲湖和里湖。连接这五大湖的是一条条湖堤,纵横交错,绵绵 20 多千米。堤上种树、种花、种秋光,杨柳飘飘,鲜花争艳。如一条条带子,挽在湖边的腰际。

　　五面湖、六座岗、七岩峰、八岩洞,我一路游览,一路探寻朋友说的硬度。这些岩够硬吧,要不怎么经得起千万年的风吹雨打? 这些石够硬吧,要不怎么撑得起洞天? 可是这样的岩和洞,在全国不知有多少呢。

　　七星洞天,外面青灰色的崖壁庄严肃穆,似不苟言笑的老者。一些绿色植物点缀其间,增添了生机。这些植物都不高大,有的小得如同小拇指,只是那么一点绿。我很是惊讶,岩崖缝隙缺乏生存的土壤,这些看起来弱不禁风的植物是如何从岩石中钻出,长成生命的碧绿,铺展昂扬的葱郁?

"借得西湖水一圜,更移阳朔七堆山。堤边添上丝丝柳,画幅长留天地间。"在玉屏岩,读着叶剑英元帅这首《游肇庆七星岩》,顿时感慨:如此柔美的诗竟出自指挥千军万马的元帅之手!一柔一刚结合得如此和谐。

继续往前走时,眼前的景象给我更大的震撼:一条窄窄的小路,粼粼的湖水脉脉依在它身边,而一堵硬硬的"根壁"傲然挺立于小路的另一旁!

我之所以叫它"根壁",是因为岩石就像长在榕树根里,而不是榕树根长在岩石中。褐色的榕树根面积远远大于青灰色的岩石,整个看起来就像一面榕树根构成的壁垒。榕树根粗大,几个人手拉手排成一队的宽度还比不上它。树根盘根错节,向四面八方伸长,护住了根背后的岩石,不让它掉下来,成了岩石坚强的前盾。岩石从根与根牵手的留白处,探头探脑地看外面的世界。

榕树根与岩石这种特殊的组合,让我想起小时候玩的老鹰捉小鸡的游戏。母鸡为了保护自己的孩子不被老鹰捉走,张开翅膀,怒视站在前面的老鹰,拼死护住后面的孩子。

当看到榕树根和对面的湖水相看两不厌时,我突然想到,榕树根是一个血性男子汉,它日积月累吸收天地之精华,吸取湖水的柔情,它爱上了湖,它要做湖的保护神,坚决不让背后的岩石跳出来。而强硬的岩石岂甘于被榕树根阻挡?它要挣脱根天长日久的阻挠。

树根跟岩石相比,是柔软的。但是,它不屈不挠地以柔软之躯抵住岩石的强硬。一年过去了,百年过去了,几百年过去了……千百年的较量中,榕树根以柔克刚,硬成一道风景,一种气势,一种力量。在强势的榕树根面前,岩石节节败退,最后被榕树根征服了,再也不想争了,干脆做根背后的岩石,偶尔窥探一下外面的世界。

我对肇庆的朋友说,我看到肇庆的硬度了!他说,很好,继续看吧!

在七星湖旁,有一家"明砚斋",满斋都是肇庆产的端砚。

端砚跟歙砚、洮河砚、澄泥砚,被誉为中国"四大名砚",而端砚居于首位。端砚对传播我国传统文化艺术起着重要的作用。

让我震撼的"根壁"

长在岩石里的榕树根

紫云谷老坑洞口 1300 前开发出的端砚旧址

　　明砚斋前垒放着制作端砚的原石，这些原石看起来很坚硬。两个师傅手里拿着原石在雕刻，案头前摆放着已雕好的砚台。好奇的游人围着他们观看，他们却头也不抬，专心致志地把坚硬的石头变成柔美的图画：青山黛影，明月松涛，诗酒琴韵……

　　同伴拥进斋里观赏端砚，我则好奇地看他们雕刻。我说，你们整天面对石头厌倦吗？年纪稍大的师傅抬起头，抚摸着端石说，我手中的端石都是有生命的，怎么会厌倦呢？说完，他又低下头继续雕刻。

从七星岩回来后，朋友带我去看位于肇庆东南郊烂柯山的砚坑紫云谷。这里山清水秀，风光旖旎。雕刻着"中国砚都砚坑紫云谷"字样的岩雕就立于谷前。紫云谷中的老坑、坑仔岩、麻子坑是端砚的三大名坑，中国最好的端砚就产自这里。

有"中国砚都"之称的肇庆，1300多年前就开始生产端砚。从唐朝开始，端砚成为宫廷贡品。不只是帝王将相、达官贵人把端砚当宝贝，连普通老百姓也以拥有一方端砚为荣。历代的文人墨客留下诸多赞美端砚的诗文。唐代诗人李贺在《杨生青花紫石砚歌》这样咏叹："端州石工巧如神，踏天磨刀割紫云。"后来，人们用"紫云""紫花""割紫云"等形容端石的颜色，因为紫色是端石的基本色调。紫色是一种高贵、浪漫的色彩，这种色调很容易让多情的文人产生丰富的联想、美丽的幻觉，让他们心生痴恋。

沈石友是近代著名的藏砚名家，跟钢牙铁嘴的纪晓岚一样，痴迷端砚。他一生收藏名砚无数，最痴爱产自肇庆的"和轩氏紫云砚"。他为紫云砚题字："此我平生第一铭心之品，古人所谓性命可轻，至宝是保，与阿翠像砚称双璧也。""阿翠像砚"是洮河绿石质宋砚佳品，传承近千年了，为历朝历代人所喜爱，但在沈石友的心目中，堪称博雅之物、铭心之品的无上极品却是"和轩氏紫云砚"。他自己亲自作铭，还请来吴昌硕、邵松年两大名家为"紫云砚"作铭。在西泠印社2009年秋拍摄的"文房清玩·历代名砚专场"中，这方"和轩氏紫云砚"以548.8万元的天价成交，创下了文人砚拍卖的世界纪录。

美好的东西总是引来贪婪的目光，遭受疯狂的掠夺。端砚石材也不例外。1000多年来，毫无节制的开采，毁灭性的破坏，最终导致肇庆各大名坑砚材几近枯竭。作为一种不可再生资源，长此以往，珍贵的端砚很快化为天上一朵"紫云"，人间的"紫云砚"即将烟消云散。

有识之士为端石的命运担忧。

可喜的是，从20世纪末开始，肇庆市政府采取种种强硬的措施，禁止开采名坑砚材，有力地保护了宝贵的端砚石材。我看到了肇庆的另一种硬度。

我对朋友说，肇庆的硬度，保护了生态，也创造了高度。

深圳:与"鹏"结缘

我到过深圳很多次。虽不敢夸海口,说闭着眼睛都能说出她的每条街、每条路的名字,但也绝不属于陌生之列。最早去深圳,是在广州读大学期间。广州离深圳不远,想去的时候就跑去。最近几次去深圳,是去香港,或是东南亚旅游时途经那里的,做短暂的停留。

说起来有点惭愧,作为一个写旅游散文的人,对自己熟悉的深圳,对这个国际大都市,我却未曾写过一个字。

我有过写深圳的念头啊,比如,在福田区深南大道北、荔枝公园东南口,看到邓小平同志的巨幅画像,我就想起响遍中国、妇孺皆知的《春天的故事》。

"1979 年,那是一个春天,有一位老人在中国的南海边画了一个圈,神话般地崛起座座城,奇迹般地聚起座座金山……1992 年,又是一个春天,有一位老人在中国的南海边写下诗篇,天地间荡起滚滚春潮,征途上扬起浩浩风帆。"

这位"老人"就是中国改革开放总设计师邓小平同志。他在春天,南下深圳,在这个昔日的小渔村,"画了一个圈"。从此,深圳发生翻天覆地的变化。曾经的小渔村像一只大鹏,一飞冲天,鹏程万里。这时,我想写写春天的深圳,可又恐才疏学浅,力不逮意,想着等考虑成熟再写。这一放,就是好多年。

今年夏天,我又一次去深圳。这次去深圳不是去高楼林立、人密如蚁、灯红酒绿的市区,而是去大鹏半岛。

大鹏半岛形似哑铃,与惠州市接壤,一手牵大鹏湾,遥望香港,一手拉大亚湾。与中国的其他半岛相比,大鹏半岛面积可称得上是"袖珍",它的陆地面积只有 294.18 平方千米,海岸线长 133.22 千米。但对于深圳来说,在繁华热闹的

深圳大鹏所城

城市之外,有这么一个"桃花源"式的半岛,实在是城市人的福气。

　　被称作深圳的 "生态乐土""黄金海岸" 的大鹏半岛, 拿了深圳几个之"最":面积最大、保存最为完好等。对深圳最后的"世外桃源",深圳人当作是宝贝,爱着,宠着,严格保护其中的生态资源,2003 年,深圳市领导发话,不经市里批准,任何单位和个人都不准在此开发建设。

　　大鹏、葵涌、南澳是大鹏半岛上的三个镇,各具特色。作为山地性半岛,大鹏半岛有它的独特之处。给我印象最深的是,蔚蓝的大海、洁白的沙滩、挺秀的山峰、幽深的山谷、茂密的林木、碧绿的溪河、争艳的百花、啁啾的鸟儿;风景真是很迷人。

　　我最初想把大鹏半岛比喻成一个站在海边的天然美女,没有任何现代铜臭的污染。后来,我仔细观察大鹏半岛,甚至研究整个深圳的地图,惊讶地发现,深圳像只鸟!当然不是小小鸟,是巨大的鸟,是昂首挺胸、威风凛凛的大鹏!你看,大鹏山,也就是七娘山,是大鹏的头;大亚湾、大鹏湾,分别是大鹏的两翼;大鹏半岛是大鹏健硕的身躯;排牙山是大鹏的尾翼。

鹏,是传说中的一种由鲲变成的巨型鸟,在中国的文化中,是吉祥、好运的象征。其最早见于《庄子·逍遥游》:"北冥有鱼,其名为鲲。鲲之大,不知其几千里也。化而为鸟,其名为鹏。鹏之背,不知其几千里也。怒而飞,其翼若垂天之云……水击三千里,抟扶摇而上者九万里。"当然谁也没有见过这种鸟,是庄子想象出来的厉害角色,但是人类相信有这种鸟的存在,给予它美好的寄托,并创造不少带有"鹏"字的词语,而且都是褒义词。比如,鹏术、鹏举、鹏起、鹏飙等等。

深圳别称"鹏城"。相传,很久很久以前,有一只鹏鸟从遥远的地方一路翱翔,飞到中国南部海边,看到这里风光旖旎,百姓朴实,就喜欢上这里,于是它就再也不走了,化身为大鹏半岛。这里的重峦叠嶂、蓝海曲湾、清溪绿河,都是鹏鸟身体的一部分。

深圳确实与"鹏"有缘。光是地名,就有不少带有"鹏"字,比如大鹏半岛、

大鹏湾。在南澳镇,就有一个地方叫"鹏城",全称叫作"大鹏守御千户所城",简称"大鹏所城",是"深圳八景"之首,占地约 11 万平方米。其始建于明洪武二十七年(1394 年),为抗击倭寇而设,是中国南部的明清海防卫所。

走在深圳这座年轻的国际大都市中,闻到的是浓郁的时尚味,而走在大鹏所城,恍如时光倒流,闻到的是古旧的味道:威武的古城门、沧桑的城楼、古意葱茏的民居、古色古香的街道、活化石般的"大鹏军语"。

夕阳西下,披着夕辉的大鹏所城就如一只飞倦了的鹏鸟,在闭目休整,养精蓄锐。在这座军事古城,我仿佛听到有人唱着大鹏山歌,可能是我的幻觉,也可能是真的。大鹏所城正是大鹏山歌的发祥地,明清时代就有了。它构成了一个大鹏山歌民俗文化圈,2012 年被列入广东省省级非物质文化遗产名录,是岭南文化的一个重要部分。

从古老的大鹏所城回到繁荣的深圳市区,我更加相信,深圳的确是一只大鹏。30 多年前,深圳还是一个默默无闻的小渔村,如今鹏程万里,成了中国经济中心城市。在 2012 年的"全球最具经济竞争力城市"榜单上,深圳高居第二,城市的经济总量,就相当于一个中等省份。

深圳叫"鹏城",名副其实。

深圳一角

东莞:梵音道风观音山

包容性强,多元文化,人文气息浓郁,这是观音山给我的印象。

我是在 6 月莲花盛开的时节,来到广东观音山国家森林公园。它位于东莞市樟木头镇。

◇偶遇湘妹子◇

在广州办完事,我坐上广深线"和谐号"动车,在樟木头站下车。从樟木头镇到观音山不到 2000 米。为了早一点见到被誉为"南天圣地、百粤秘境"的观音山,我不等公共汽车,直接坐出租车前往。

开出租车的是一个 30 多岁的中年男子,樟木头本地人。他见我独自一个人去观音山,就问我是不是去求姻缘? 我说不是。他又问我是不是去向观音娘娘求子嗣? 我又说不是。他就奇怪了,说你既不是去求姻缘又不是去求子嗣,那你上观音山干什么呢? 我坦诚地说,我上观音山是为了寻找写作灵感。

男子恍然大悟,说观音山这几年举行过几届"观音山杯"征文,他就载过不少跟我一样慕名而来的人。他还说,樟木头有个"作家村"呢。我说我知道,我还打算去"作家村"看看呢。

说话间,广东观音山国家森林公园到了。

公园正门楼是个仿古关隘式的建筑,门口的左右两边各贴着红色的"福"字。城垛用灰色的砖砌成。城垛上有 3 层——飞檐、红色圆柱、绿琉璃瓦。

从大门门口进来,是个宽阔的广场。往左转便是上观音山的通道。路口的门楼呈棕色,上面由两条粗大的横木架成,"观音山"3个大字在两条横木正中间。以横木为门楼很切合森林公园这个主题。"热烈祝贺第六届中国东莞观音山诗歌节于6月12日(端午节)隆重开幕"的横幅挂在横木的下面。门楼两边有一副楹联:"梵音妙善通心路,圣境庄严达慧门。"

观音山门楼

这天是6月9日,再过几天将在观音山举行诗歌节。如果我再迟几天来,就可以欣赏到这个诗歌节的盛况。因为要赶着回去上班,今年我无缘见识这个盛况了。从2008年起,每年的端午节,"观音山杯"诗歌节都在观音山举行,名家荟萃,新人辈出。另外,观音山和《人民文学》等刊物合作,举办过几届全国性的"观音山杯"游记文学大奖赛。文学的元素,美丽的缪斯女神,为观音山增添了浓郁的人文气息,大大提升了其文化品位。

我正在给门楼拍照,一个20岁左右的姑娘叫我帮她拍照。我帮她拍完,她主动说帮我拍。我问她是不是自己一个人来观音山,她说是的。我说我也是独自来的,她马上说,咱们一起上山吧,我表示赞成。

姑娘说她姓周,湖南人,在东莞打工。我说我姓陈,在广州办完事,专程转道来观音山游览。她叫我陈姐,我叫她小周。小周除了带一把遮阳伞,什么都没有带。我则是大袋小袋的,两手满满,光是在广州购书中心买的书,就有 10 多斤重。

"陈姐,你东西多,我帮你提吧!"小周主动请缨。虽是萍水相逢,但我对这个姑娘没有丝毫的戒备,很高兴地答应了。

这一路幸好有小周帮我提行李,不然我还不知道会累成什么样子。我也庆幸自己对小周充分信任,解放自己,成全别人,使我们的观音山之行彼此不孤单,整个行程充满快乐。

我想这就是佛祖所说的缘分吧!

◇ 美景怡心,甘露洒心 ◇

上山的路是一条弯弯曲曲的水泥路。我们慢慢走,慢慢欣赏,说说笑笑。山路两旁树木蓊蓊郁郁,挡住了 6 月劈头盖脸的酷热,送来了阵阵的清凉。

一路的风景如诗似画。

蜿蜒而下的普度溪,构成 36 级瀑布,有急有缓。仙泉瀑布,如天上白云落青山碧树间,飞花碎玉,如白衣仙女蹁跹起舞。鲜花竞相绽放,千朵万朵压枝低,笑迎四方来客。鸟的鸣声不时从树间划过,和着渗漏下来的阳光,落在我们头上,洒在我们身上。

我们走累了,停下来,喝点水,歇一歇,听一听鸟儿的啁啾。"蝉噪林逾静,鸟鸣山更幽",时长时短的鸟叫声,更衬托出林的幽静。据介绍,观音山森林公园,森林覆盖率达 99%,原始次生林成材木都在 300年以上。这里有 1000 多种植物,300 多种动物。这里有白桂木、苏铁蕨、土蚕霜、金茶花、野茶树和野生龙眼等国家保护的濒危植物。尤其是山上的中生代裸子植被化石,可以追溯到恐龙时代。

走在上山的路上,还有另外一种幽静——来自心灵、灵魂的安宁清静。光是路名,就令人想起佛的妙善,比如佛光路、佛缘路、青云路、菩提径等。

在菩提径两旁的岩石上,刻着佛言禅语,比如"佛度有缘人"(《般若波罗蜜多心经》)、"菩萨所作福德,不拉贪著,是故说不受福德"、"不悲无泪,大悟无言,大笑无声"(《楞严经》)、"种如是因,收如是果,一切唯心造",还有为现代红尘男女无数次感叹的 "前生五百次的回眸才换得今生的一次擦肩而过"等。在物欲横流的社会,有些人在金钱、权力面前迷失方向,陷入污泥不能自拔,为钱忙,为权累,为情伤。如果他们来观音山读一读这些充满智慧、禅机的文字,或许会茅塞顿开。

我和小周一路走,一路读,一路拍照,顿感醍醐灌顶,风清月朗,神气清爽。

佛度有缘人

"千年菩提路,甘露洒心,宏开圣境弘正法;
一本贝叶经,醍醐灌顶,深悟禅机渡迷津",
正是此情此景的真实写照。

不少游人围在飞来石旁。这是一块赤色
的岩石,中间雕刻着"飞来石"三个红色大
字。观音山的飞来石,跟安徽黄山、山东泰
山、河南洛阳嵩县、浙江紫阳山、广东平远项
山甑山、湖北神农架板壁岩飞来石,并称"中
国七大飞来石"。飞来石是大自然的奇迹,是
大自然的杰作。

每块飞来石背后都有美丽的传说,动人
的故事。观音山的飞来石也不例外。

很久很久以前,这块飞来石只不过是一
块顽石,与观音山相隔千山万水。后来,这块
顽石吸天地之精,采日月之华,华丽转身,终
有灵性。听说初入中土的观世音菩萨来观音
山讲经,顽石敬观音之德,慕菩萨之行,不远
千里飞来听经。可是顽石被护法神将拦截,
未能如愿。观世音菩萨得悉后,感其诚,念其

飞来石

感恩湖

挚,点化之,顽石得道升天,而其原形留在此山中。

虽然山道弯曲,天气酷热,手里又提着笨重的东西,可一路赏美景,我们倒也不觉得累了。

我们终于走到海拔 488 米高的观音山顶,占地近万平方米的观音广场就在眼前。这里地势平坦,视野开阔。广场主体部分是世界最大的玄武岩观世音菩萨石雕像,净高 33 米,重达 3000 多吨。雕像由国家一级雕塑师陈宝设计,择富有灵气的玄武岩,历时 3 年,靠人工雕琢而成。雕像中的观世音菩萨端坐须弥莲座,神态安详,质朴典雅。观世音雕像成了观音山的标志性建筑。

广场左边有一棵古老的许愿树,树枝上挂满了红色的许愿带。小周也要了一个许愿带,双手合十,喃喃自语,不知说什么,然后把带子挂在树上。广场内还有平安鼓、香案、莲花池、放生池、十八罗汉等。

感恩湖就在广场脚下,被葱绿的树木紧紧环抱,就像一颗明珠镶嵌在翠绿的群峰中。湖水浅绿,湖面如绸,平静如镜。感恩湖原来是一口小潭。看山人阿牛独居潭边的小茅屋,终身不娶。他把潭里的鱼虾当作亲朋好友,常跟它们嬉戏。有一次,阿牛不小心烧着了小茅屋,这时山风很大,观音山的茫茫林海眼看就要遭受火光之灾。突然,潭里的鱼虾争先恐后地跃出来,不顾一切前来救火。火灭了,阿牛却不见了,只见很多香味四溢的鱼虾。村民为鱼虾的精神所感动,在小茅屋原址上建一座寺,称其为观音寺,将寺前的小潭改名为"感恩湖"。

◇多元文化和谐共处◇

从观音广场下来,我走进观音寺。这座古寺,历史悠久,饱受灾难,像一个历经磨难的老人。寺始建于盛唐,五代十国香火最盛,明代开始衰落。因兵火之灾不断,到了清末,这座古寺已是元气大伤,满目疮痍。后来,观音寺得以重修。传说,它有观世音菩萨幻化三十六法身。现在,观音寺已经重现当年的香客如云、青灯不熄、木鱼声声、梵音袅袅的盛况。

佛教文化(观音文化)是观音山的主流文化,观音寺是莞邑举行法事活动的重要场地之一。

2013年,"千里取经·佛佑众生——2013年元旦东莞观音山《大藏经》迎请安放仪式"在观音山举行。千千万万的信众登高祈福,迎接新一年的到来,并在观音寺举行七天七夜的盛大祈福大法会等系列活动,恭迎《大藏经》送入法坛。

信宫岭在观音寺的对面山岭,二者遥遥相望。沿石阶拾级而上,两旁密林如盖,鸟语花香,清凉无比,恍如走进福地洞天。"奇踪千载无人识,洞天一敞天下惊",信宫岭不仅有小洞天之美誉,还有道教的古遗迹。火龙和缥缈是太上老君、元始天尊的弟子。他们来到信宫岭,被这里的美景迷住了,感叹此乃人间仙境,夫复何求,于是两位真人在此结庐。现在,他们的遗迹仙人居,仙风道骨犹存。

道教和佛教是两种不同的宗教,有着不同的文化背景。道教是中国"国产"宗教,发源于春秋战国的方仙家,创立于东汉时期。得道成仙、济世救人是其宗旨。佛教创立于印度,是世界性的宗教,有3000多年历史,东汉明帝时期传入中国。其宗旨是普度众生。

在观音山,佛道并存,既有佛教文化,又有道教文化,"观音大士"与"太上老君"和谐相处。这得益于东莞人对不同文化的宽容与尊重,求同存异,与孔子主张的"和而不同"一脉相承,与世界文化多元化的趋势接轨。

东莞是一座只有20多年"市龄"的城市,是全国外来人口最多的城市之一。东莞能在短短20多年时间迅速崛起,成为广东"四小虎"之一,除了天时、地利,还有人和。海纳百川,有容乃大。东莞人在本土文化的基础上,注入时尚的健康元素,兼容并蓄外来优秀文化、外来人才,为我所用,成就自我。

东莞人在发展经济的同时,大力扶持文化,创建文化,努力打造好"历史文化名城"这张名片。单是在观音山,这些年举行过不少跟文化有关的活动,除了前面提到的观音山诗歌节,还有观音文化节、观音山健康文化节、万人登山节等,均取得良好的社会效益。

从观音山下来,小周继续帮我提行李。在门楼,我和小周依依惜别。望着小周的背影,我忽然想到,如果东莞人故步自封、夜郎自大,排斥外来的东西,我会慕名来观音山吗?我和打工妹小周会相遇吗?

广州：风雨百年大元帅府

千年古城广州，不仅是祖国的南大门，还是革命摇篮。作为国民党的建立地，中华民国的发祥地，她在中国近现代史上扮演着重要的角色，具有举足轻重的地位。

在广州求学期间，我参观、凭吊了黄埔军校、十九路军烈士陵园、广州起义烈士陵园、黄花岗七十二烈士墓等地方。这些泛黄的历史遗迹，在默默向你诉说先烈们为革命抛头颅、洒热血的英勇不屈。站于其前，你仿佛听到了"轰隆隆"的炮声，看到了坚贞不屈与屈膝求荣，百年的血雨腥风隐约可闻。

今年冬天，我借到广州办事之机，和朋友参观了孙中山大元帅府。

我们是在一个雨后的上午到大元帅府的。这天，很早就下着毛毛雨，有点冷。我们到的时候，雨已经停了，太阳也有了一点笑意，暖暖的。

孙中山大元帅府旧址坐落于海珠区纺织路，濒临珠江，是孙中山革命的大本营。1917 年和 1923 年孙中山两次于此建立大元帅府。其间，孙中山建立革命政权，组织北伐、改组国民党，筹建黄埔军校、广东大学等。孙中山在这里度过了晚年最重要的时光。不少历史名人，如廖仲恺、李大钊、宋庆龄、蒋介石、胡汉民、宋美龄等都曾在大元帅府工作、

广州大元帅府

生活过。

这里成了名副其实的国民革命大本营。

在南京,有总统府、中山陵等与孙中山有关的物址。而大元帅纪念馆是广州市唯一仅存的孙中山、宋庆龄纪念地旧址。纪念馆是以大元帅府旧址为基础,由南、北两座主体大楼,东、西广场和门楼组成。南北两座主体大楼均为米黄色的3层拱券的西式建筑,由澳大利亚著名建筑设计师亚瑟·帕内设计。20世纪初,帕内先生来华,定居于广州沙面。在此期间,帕内设计了众多既具西式风情又有东方格调的各式建筑。后成为孙中山大元帅府的广东士敏土厂办公楼就出自他的大手笔,充分体现了他中西合璧的建筑风格。如大门口的门楼中间"大元帅府"四字从右到左平齐,左右两边各有5只蝙蝠围着的一个圆形繁体"寿"字,是中国式的审美习惯;门楼所采用的尖顶、压柱石等却又是欧式建筑风格。

我们从大门口进去,便看到一个不大的天井。天井和院落周围种着富有南国特色的棕榈树。这时虽说是冬天,但宽大的树叶依然苍碧翠绿,保持着盛夏那种姿颜,没有一丝的萧条。树干笔直、挺拔、不弯不曲、不虬不蔓,如同忠诚的卫士,日日夜夜守护着经过百年风雨的大元帅府。

穿过天井便是北楼。北楼比较简单,主要有"孙中山在广州三次建立革命政权"基本陈列厅、会议室、纪念品商店等。

南楼是纪念馆的重要部分,一共有3层。里面按当时陆海军大元帅大本营时期各个房间的原样恢复。我们一层层地参观,查看介绍。一楼有值星副官室、卫士队宿舍、武器库等;二楼有4个房间,分别为蒋介石办公室、廖仲恺办公室、大本营公报编辑室、胡汉民办公室;三楼当时是孙中山和宋庆龄的主要活动区域,有孙中山伉俪卧室,大元帅府办公室、餐厅,还有招呼客人的小客房等。

孙中山纪念馆现免费对市民、游客开放,每层楼有一个工作人员,没有讲解员。这幢楼所有的房间都有前后相对的两个门,不能进内,只能站在门外面观看。我想这是出于保护文物的需要吧。我站在孙中山、宋庆龄卧室外停留良久,从不同角度拍摄。卧室内,摆有两位伟人的硅胶像,人物神态自若,栩栩如生。塑像是用高分子硅胶材料制成。头发、眉毛、胡须等毛发都是用真人的毛发制作。在这个名为"孙中山口述文件、宋庆龄记录"的小场景中,孙中山穿着长衫,反剪手,站在茶几前,口述文件。宋庆龄坐在椅子上,手中拿着笔,认真地聆听,做记录。

"孙中山口述文件、宋庆龄记录"的小场景

孙中山和宋庆龄是革命伉俪。宋庆龄原是孙中山的英文秘书，两人在频频的接触中渐渐产生感情。1915年10月25日，这对革命情侣跨越年龄相差27岁的差距，冲破层层阻力，在日本东京结婚。从此，宋庆龄不仅是孙中山工作上的得力助手，也成了他亲密的生活伴侣，跟随他转战南北。

1917年9月，孙中山当选为中华民国军政府大元帅，在广州建立大元帅府。后因备受军阀、政客的排挤，孙中山无奈于1918年5月向非常国会提出辞职，离开广州前往上海。1920年10月，在孙中山的督促下，当时的粤军总司令陈炯明，率领粤军从广西回粤，打败盘踞于广东的桂系军阀，攻克广州。同年11月，孙中山重返广州，重新成立护法军政府。1921年5月，孙中山在广州就任非常大总统，成立正式政府。陈炯明在第二次护法战争期间与孙中山意见不合，于1922年6月发动叛乱，围攻总统府，意在驱逐孙中山离开广东。孙中山被迫化装离开广州再度到上海，二次护法运动又一次失败。1923年1月，陈炯明被击败，孙中山又回到广州，重建大元帅府。

孙中山当时贵为国父，陈炯明炮轰总统府，犯上作乱，简直就是乱臣贼子。这段历史，史学上似乎早有定论。现在不少史学家、学者为陈炯明喊冤翻案，重新审视历史，厘正陈炯明。孙中山和陈炯明这两个广东男人之间的恩恩怨怨，公仇私谊，成为中国近代史上一道独特的风景，也为研究历史的人所感兴趣。孙中山去世后，陈炯明曾送去一副挽联："惟英雄能活人杀人，功罪是非，自有千秋青史在；与故交曾一战再战，公仇私谊，全凭一寸赤心知。"陈炯明是学者型的军人，在广东执政期间也颇有建树，但功过是非，公仇私交，也只能由后人评说了。这副挽联可以看出陈炯明当时复杂的心态。

在三楼的小客房外面，悬挂着一帧宋庆龄、宋美龄姐妹在大元帅府中的亲密合影。宋庆龄坐在前面的藤椅上，神态安详；宋美龄则手扶藤椅站在后面，注视前方,微笑。两人都围着围巾。她们的身旁,还有身后的阳台上,大朵的菊花开得正艳,绚烂如这对影响了中国历史的姐妹花。

1923年,从美国回到上海的宋美龄,应姐姐宋庆龄之邀请南下广州玩,当时她就居住在三楼的小客房里,一直到1924年。而蒋介石所在的参谋长办公室,恰好就在宋美龄所住的房间的楼下。一个楼上,一个楼下,就是这么巧。也许这就是缘分。

在大元帅府这段时间,蒋介石和宋美龄开始了交往。史学界对蒋宋二人之相识时间、联姻持有不同的观点。有的认为大元帅府是蒋宋初次相遇的地方,有的认为在此之前他们已于1920年在上海见过面。不管是哪种意见,大元帅府之岁月是二人交往的重要阶段,为后来的蒋宋联姻打下基础。这是不争的事实。

就在我写这篇文章查阅有关史料时,看到一本名叫《在宋美龄身边的日子》的回忆录。作者是当过宋美龄秘书的张紫葛。书中记录了宋美龄对元帅府生活的回忆。宋美龄说,在孙中山家第一次见到蒋介石时就被对方迷住了,"他远比我二姐夫(指孙中山)英俊"。当时宋美龄尚是小姑独处,待字闺中,而蒋介石早已娶妻生子,两人年龄相差甚远。爱情这种东西真是奇妙,不可理喻。两个年龄有差距的人初次见面,便一见钟情。后来两人开始鸿雁传书,飞鸽传情,感情与日俱增。不久,蒋介石向孙中山吐露了对宋美龄的爱慕之情,并想请宋庆龄帮忙。孙中山表示赞同,但宋庆龄极力反对。

大姐宋霭龄开始也站在母亲一边反对蒋宋联姻,后来被宋美龄说服了。宋美龄说:"这桩婚事自始至终都是我自己做主,与阿姐何干?至于蒋介石和我结婚是为了走英美路线,那更是天大的笑话……"按宋美龄的说法,她和蒋介石是一见钟情,有感情基础,并非外面所言的纯粹政治联姻。我想,如果婚姻有爱情做底色,又对双方的事业、前途有促进作用,这样的婚姻应是珠联璧合,锦上添花。蒋宋婚姻如果抛开政治野心之传说,那应是理想的姻缘。婚后,宋美龄对蒋介石的帮助,也证明了这点。

百年大元帅府,风雨百年,见证了历史的变迁、社会的发展、人物的悲欢。对后人来说,它是了解近代中国史、接受爱国主义教育的重要基地。

吴川:春满蛤岭

在鉴江水暖、桃花盛开的时节，我们来到了蛤岭村。这个有着"粤西生态第一村"美誉的村庄，驻满了春，到处是春的气息。

一条宽敞的硬底化大道通往村口，两旁的大王椰树，高大笔直，充满亚热带风情。摇曳的树叶，迎着春风婆娑起舞，像热情的蛤岭人，拍着春天的手，迎接远方的客人。

走在春天的大道上，远远地望见高大气派的村牌楼。红琉璃瓦做顶，花岗石镂身，牌楼上面正中雕刻着3个字:蛤岭村。这3个苍劲有力的烫金大字，在阳光照耀下发出耀眼的光芒，像是一种无声的召唤，我们不由得加快了脚步。

雕刻在牌楼的一副对联很吸引眼球:"一泓绿水瑞蛤腾欢歌盛世，十里荷塘祥岭映笑庆升平。"其背面又是另一联:"门泽临江瑞气盈庭开锦绣，楼高望海春风得意展宏图。"前一联巧妙地把"蛤岭"二字镶嵌其中。联中的绿水、荷塘、祥岭、临江、望海，恰是对蛤岭地理位置、形貌景致的形象写照。蛤岭村东濒南海，西临鉴江。清朝初年，化州人陈元宾入吴川经商谋生，路经这里，见此地水域源长、荷塘环绕、碧波荡漾、绿树成荫，且有一岭形似蛤蚧，立即喜欢上这里的山山水水，于是定居此地，开枝散叶。因村外有岭似蛤蚧，于是称之为"蛤岭村"。

联中的"歌盛世""庆升平""开锦绣""展宏图"则写出了社会主义新农村欣欣向荣的景象，道出了蛤岭人展望未来的雄心壮志，

娇美的荷花仙子

蛤岭村的十里荷塘闻名遐迩

表达了他们对党的富民政策的感恩。

村前铺展一幅十里荷塘美景。荷塘周围柳树环绕,翠竹掩映,密密麻麻,与碧波荡漾的荷塘构成一幅"荷花荡里柳行间"的诗意图。这正是自古以来文人骚客心之所系、笔之所酣的意境。此时正值柳枝发芽抽丝时节,丝丝柳条垂于荷面,如同一支支碧绿的钓竿,钓出这个姹紫嫣红的春天。看柳枝婀娜、婆娑轻扬,任春风拂面,让人顿感春意盎然,荡胸生层云。荷塘上面建有曲桥亭台、飞檐榭阁。曲桥小亭里游人来往穿梭,或观赏玩耍,或摆姿拍照,或闲聊休憩,热闹非凡。

春天不是赏荷花的最佳季节,这时的十里荷塘,荷叶枯黄,只有莲蓬的空壳直挺挺地笑迎游客。看残荷枯茎,你会想起李商隐那句"留得残荷听雨声"。此时若是有滴滴答答的雨声,十里荷塘笼罩在层层雨帘中,听雨打枯荷,那是何等壮观!观荷摄莲,夏季是最佳季节。

记得去年夏季季风把雷州半岛吹得绿意葱茏、热浪灼人的时候,我陪一朋友专程来蛤岭拍摄荷花。那时的十里荷塘,"风卷莲香不断头,田田荷影动清流"。极目处尽是挨挨挤挤、层层叠叠的荷叶,如碧圆的翠盖,似展开的雨伞;荷花如临风舞翠裳的红蕖佳人,亭亭玉立,娇艳欲滴,幽香袭人,清雅醉人。一幅幅荷叶美图,或动或静,意趣横生,诗情画意,美不胜收,不知迷倒了多少摄影家、摄影"发烧友"。这个时节的蛤岭村简直成了"长枪短炮"的世界,金毛黑发、京腔闽调、吴言侬语,那又是另一种热闹的人文景象。蛤岭村的荷花摄影比赛,让充满诗情画意的十里荷塘闻名遐迩。

在村里宽阔的迎宾大道旁,有两个园林式的漂亮园子特别引人注目。里面的别墅,豪华气派,既有中国特色,又有异国情调。它们是陈华、陈辉两兄弟的家园。每个园子的入口都有漂亮的牌楼,雕刻着烫金对联。一个是"报春庐",其联是"柳绿荷香归流远,孙贤子义报春晖";另一个是"双润堂",刻有联曰"德富双荣荣世代,身居同润润儿孙"。

"报春庐"语化自唐代诗人孟郊的《游子吟》"谁言寸草心,报得三春晖"。寸草就是萱草之意,诗人用"寸草心"喻子女的孝心;"三春晖"形容母爱如春天和煦的阳光。谁能说像萱草的那点孝心,可报答春晖般的慈母恩惠?"报春庐"用的正是此意。对联折射出陈氏兄弟富不忘本,不忘家乡,不忘亲人,福泽子孙的美好心愿。蛤岭村能有今天,陈氏兄弟可谓功不可没。

蛤岭村原是地少人多的贫穷乡村,乘着改革的春风,村中青壮年外出务工经商创业。他们用聪明智慧,用辛勤的汗水,换来成功的喜悦,不少人成为闻名遐迩的建筑企业家、房地产开发商和民营企业家,身家过百万千万甚至亿万。陈华先生是其中的佼佼者。19岁那年,他背着简单的行囊,背着亲人沉甸甸的希望,来到深圳这个讲述春天故事的地方打拼。如今他创立的京基房地产开发有限公司,创造了巨大的社会、经济效益。2002年,他请来当时的美国总统克林顿,为中美文化的交流、经济的发展,做出了应有的贡献。他被誉为"中国民间邀请克林顿第一人",轰动大半个中国。

蛤岭村先富起来的大老板致富思源,反哺社会,报答桑梓,带动村民共同致富。得知当地政府实施"回归工程",陈华带头积极响应,慷慨解囊。蛤岭人通过"政府推动,老板带动,集体联动,群众齐动"的创建模式,集思广益,科学策划,合理布局,建成了环村大道、十里荷塘、文化中心、小公园、商业街、文化长廊、集体猪舍等公共设施。

在别的村庄,最漂亮的恐怕是寺庙祠堂,但在蛤岭村最漂亮的是文化大楼。"致富思源,富而思进",这8个醒目的红色大字,镶嵌在文化走廊的墙壁上,也镶嵌在蛤岭人的心中,折射出富裕后的蛤岭人的精神风貌。

我们参观了文化大楼的展览馆。楼馆共4层,包含"蛤岭之窗""湛江之窗""中国之窗""世界之窗"4个部分。规模宏大,制作精美,内容丰富。一个小小的村庄能办起这样的展览馆,在广东省也属罕见。我们不禁为之感叹。

沿着环村大道,我们边走边看边拍摄——漂亮的楼房,干净的街道,葱郁的树木,美艳的鲜花,怡然自得的村民春风满面。"黄发垂髫,并怡然自乐。"那神态、那幸福,叫我们这些城里人心生羡慕,不由得想起陶渊明笔下的《桃花源记》。陶渊明所描绘的田园生活,所向往的理想家园,1000多年来成为无数人的梦想,如今已被蛤岭人变为现实。展现在我们面前的蛤岭村,就是一个如诗如画的公园式村庄,堪与城市相媲美。

徐闻：从剑麻的海到木兰园

初冬，我参加了由《大众摄影》杂志社组织的摄影创作，地点在广东省徐闻县。这是一片充满激情的红土地。在下桥木瓜林、剑麻基地、广安新农村、神州木兰园等地，我们都留下了脚印。在光与影、点和线、动与静、画面与构图中，我们既领略了红土地的旖旎风光、古朴的民风民情，又享受了"视觉盛宴"、创作与旅行的双重快乐。

◇木瓜的海，与美女舞动◇

15日早上，影友们或坐统一的包车，或自驾车，浩浩荡荡地出发。随行的还有来自广东海洋大学的两位青春可人的美女模特。

9时30分，我们到达下桥镇木瓜林。一时间，木瓜林两旁的公路成了车的海洋，颇为壮观。

木瓜林是本次采风活动的第一个拍摄地。茫茫木瓜林，成行成行整整齐齐地排列着，从行与行的间隔中望去，无际无边。木瓜树长得很秀美，有着秀长的躯干，苍翠的叶子，长而碧绿的果实。此时正是木瓜挂果的时节，放眼望去，木瓜树上挂满累累的果实，散发出诱人的幽香。我们一行人的到来，使这片宁静的木瓜林顿时热闹起来。

在木瓜林，扛着"长枪短炮"的摄影师们各出奇招，争相拿出看家本领，全方位地进行创作。两位美女模特按照摄影师的指导，摆出各种姿势。

姑娘肤白如雪,身材修长,妩媚的瓜子脸,秋水般的大眼睛,美丽动人。她上身穿一条白色的针织衫,下身穿一条黑色超短裙,外披一件橘红的风衣。这件风衣成了她的"道具",只见她时而披着风衣,时而把风衣系在腰间,时而挥舞着橘红的风衣,从木瓜林深处走出来。在茫茫绿色的木瓜林中,这件橘红色的风衣像一团燃烧的火焰,点燃了人们冬天里的激情。"太好了,太美了!"连见多识广的摄影师们也情不自禁地发出赞叹,不停地按着快门。

拍完木瓜,摄影车队继续前行,开往下一个摄影处——剑麻基地。

剑麻原产墨西哥的龙加丹半岛,在中国主要分布在雷州半岛、海南岛。它和木瓜一样都是徐闻的常见作物。徐闻地处热带,属热带季风气候,一年四季雨水、阳光充足,高温炎热,年平均气温 23.3 摄氏度,是广东省的热带作物基地。徐闻的热带经济作物,如剑麻、甘蔗、菠萝、香蕉、杜果等都颇有名气。在徐闻,到处可见大面积的热带作物,茫无际涯,成林似海。菠萝的海,剑麻的海,木瓜的海,蔚为大观。由于地处偏远,徐闻基本上保持原生态,颇具欧洲田园风味。所以,这里被人称为"世外桃源"。走在徐闻,就像走在绿色隧道中、绿色海洋里。

剑麻基地到了。一望无际的剑麻绿得乱花你的眼。剑麻叶子硬直而狭长,像一把长剑。叶顶有硬刺。开花的剑麻主茎高达 5 米。一个老农赶牛车正好经过。那牛不知是看见人多不敢赶路,还是被两位美女模特迷住了,居然任由老农吆喝,用鞭子抽,就是不肯走。

"吁,驾,快走!"老农用雷州话对老牛说。老牛瞪着牛眼,鼻子喷着气,还是停在田埂上。

老农与老牛的对峙,激发了我们的创作灵感,大家纷纷把镜头对准老农和老牛。老牛似乎被闪光灯吓坏了,"哞哞"叫起来,跑到美女模特身后,贴着她的身子。"老牛也爱美女哦!"众人大笑。

离开剑麻基地,经过一处剑麻加工地,车子停了下来。剥好的剑麻晾在一行行棚架上,在太阳底下,这些雪白的麻丝白得晃眼。我们伸手摸麻丝,丝丝缕缕、柔柔软软。

"飞流直下三千尺,疑是银河落九天。"一个影友边拍边吟起李白的诗。

另一个影友说:"哪像'疑是银河落九天'啊?我觉得应是'白云万里动风色,白波九道流雪山'。"他把诗中的"黄云"改为"白云"。

◇广安农俗馆,述说徐闻的前世今生◇

第二天上午,我们要到两个地方拍摄,一个是广安新农村,另一个是神州木兰园。

由于昨天早上起得太早,中午没有休息,晚上又出席摄影活动,整天的行程排得满满的,大家都感到颇为疲劳,所以这天早上一直睡到8点才吃早餐。9点整,我们驾车前往海安镇广安村。

走进被称为"城中别墅"的广安村,我们恍如身处人间仙境。这里茂密的原始森林环抱着村子,颇有唐代田园诗人孟浩然写的"绿树村边合,青山郭外斜"的意境。沿着大街小巷,只见座座小洋楼耸立其间。绿树成荫的庭前院后,处处是鸟语花香,绿意葱茏,生机盎然。微风吹来,疏影摇曳,叫人神清气爽、心旷神怡。

广安民俗馆是我们的摄影重点。这个民俗馆可以说是徐闻的一个缩影。徐闻县历史悠久,早在六七千年前的新石器时代,这里就有先民刀耕火种、繁衍生息,于汉元鼎六年(公元前111年)置县,因地理位置显要,曾是古代"海上丝绸之路"的始发港。为探讨徐闻远古的民俗民风,挖掘汉港文化之精华,保护和传承非物质文化遗产,2007年,徐闻县委、县政府投资100多万元在海安镇的广安村建起这座占地约1000平方米的民俗馆。

民俗馆地势较高,从正面拾级而上,恰好可以临风远眺,令人产生"前不见古人,后不见来者。念天地之悠悠,独怆然而涕下"之感。民俗馆建筑参考了徐闻当地的古民居建筑风格——四合院式。馆内分3个展厅,展示当地民俗文物200多件,图片近100幅,图物并茂地演示汉港徐闻的古老而朴素的地方习俗。

◇神州木兰园,花开故园香◇

到达世界珍稀濒危植物"大观园"——中国科学院华南植物园徐闻县神州木兰园时,已是 11 点多。我们对木兰园的热情跟热带阳光一样火热。木兰园之大让我们不知该往何处走,放眼望去到处都是葱葱郁郁、层层叠叠的植物,使人犹如置身于绿色的海洋。我们问一位在园里锄草的工人,哪里的木兰花最美,他指向东边。但我们来得不是时候,沿着浓密的绿荫走了好久也不见木兰花的踪影。不知过了多久,我们看见一个 30 岁左右的男子站在一棵木兰树下等我们。

"哪里有木兰?"有人急切地问。

"在这里!"他指向一棵树的高处。

果然有一朵粉红色的木兰花盛开在树顶上。影友们欣喜若狂,纷纷把镜头对准那一枝独秀、高高在上的木兰花。花的位置太高太难拍,于是有人搬来梯子,大家轮流爬上去拍摄。

在我们这行人中,有些是报社、网站的摄影师,他们似乎都和一名男子很熟。原来,这名男子就是神州木兰园的老总朱开甫,我们这次影友联谊会的协办人之一。他也是一位摄影"发烧友"。

我曾看过关于他的报道,没想到那个充满神奇色彩的人,就是眼前这个男人,他正站在我们面前,跟我们零距离接触。我不禁细细打量他:穿着短袖休闲服,天庭饱满,气质非凡,神情飘逸,脸带微笑,颇有亲和力,似是习武之人,又像是艺术家。

朱总是一个土生土长的徐闻人,一位有着传奇故事的企业家。从北京艺术学院毕业后,他在一家公司干了 2 年后停薪留职,经营有关水泥、钢材、有色金属的生意。在商海里摸爬滚打了短短几年,他就盈利 1000 多万元。他的生意越做越大,2003 年前已是湖南株洲钢铁有限公司、云南洪德实业有限责任公司、广州市洪德利实业有限公司等 5 家大公司的执行董事。

2003 年,在一次朋友聚会中,他从一位国家林业局濒危树种植物专家的口

朱先生镜头下的玉兰花

中得知木兰已危在旦夕，目前全世界仅存无几，是稀世之宝，于是对它产生了兴趣。他背起相机与简单的行李，跟着中国科学院专家以及外国专家跑遍大半个中国寻找木兰的"踪迹"。 在拍摄的过程中，他被那美丽清新而又宁静脱俗的木兰花迷住了，简直是如痴如醉。有一次，为了拍一种木兰花，他在云南一个原始森林里，整整住了2个月，半个多月都没洗澡。鞋子烂、裤子破、胡子拉碴，浑身脏兮兮的，看起来就像个与世隔绝的野人。有一次，他不小心碰到了马蜂窝，这可不得了，恼怒的马蜂群起而攻之，吓得他四处逃窜。他在前面跑，马蜂在后面追。跑了几千米，那马蜂还是不罢休。危急时刻，一片水塘出现在他的面前，他像抓住救命稻草似的，赶忙跳进水里躲起来。几十分钟后，马蜂们这才很不情愿地离开了。跟我们说起这次经历时，朱总至今仍心有余悸。

2005年4月，朱开甫倾尽心血在徐闻投资3000多万元建起了占地1000多亩的世界珍稀濒危植物大观园——神州木兰园，引起了社会的广泛关注，也惊动了中国科学院……

朱开甫老总如数家珍般向我们

介绍神州木兰园。他说,我国栽培木兰科植物已有2500多年的历史。木兰科植物是园林绿化的珍贵树木,全身是宝,可以观花、观果,四季枝繁叶茂,是建筑、造船、家具、雕刻等的珍贵用材,有的还具有广泛的药用价值,花、叶、枝可提炼名贵的植物香精。神州木兰园科研人员已成功培育出濒临灭绝的国家一级保护植物——单性木兰树。

为了木兰,他吃尽了苦头,与家人离多聚少,几乎倾家荡产,还挪用丈人的退休金应急。

"大家看,这就是木兰园最珍贵的华盖木。"朱总带我们在一棵高大的树前停下。一听说是珍贵的华盖木,影友们纷纷用镜头对准它,有的人还争着跟朱总合影留念。

我在木兰园拍摄到的木兰花虽然不多,但木兰花的高贵美丽,以及能接触到像朱开甫老总这样有开拓精神的徐闻人,却是我们这一行程中最大的收获。

阳春：与崆峒岩和春都有个约会

　　阳春，位于广东省西南部。这里有着与广西相似的喀斯特地貌，风光旖旎，山峻水清，素称"广东小桂林"。

◇崆峒岩，镶在阳春的瑰宝◇

崆峒岩

　　阳春市周边分布着众多的溶洞，其中最有特色的溶洞，就是凌霄岩、玉溪三洞、龙宫岩和崆峒岩。这四个溶洞中，最有名的就是被誉为"南国第一洞府"的凌霄岩。10多年前，我就探访过凌霄岩，它雄伟壮观，名不虚传。

　　这次重游阳春，我最想看的却是崆峒岩。这种情结源自对"崆峒文化"的向往。

　　看过《倚天屠龙记》《笑傲江湖》《天龙八部》等武侠小说的人，都知道武林界有个崆峒派。它与少林、武当、峨眉、昆仑并称为我国五大著名武术流派。崆峒派创始于崆峒山，是道教文化的重要组成部分，历史悠久，源远流长。《庄子》《尔雅》《史记》中皆有记载："崆峒之人武。"李白亦有诗云"世传崆峒勇，气激金风壮"。金庸大侠的《倚天屠龙记》里有过记载,"七伤拳"是崆峒派的独门功夫。小说中谢逊曾以此拳击毙空见大师。

随着武侠小说的广为流传,崆峒山名扬天下,声震四海,因此被道教尊为"天下道教第一山"。崆峒山,许多人就是慕名而来,带着某种情结而来,包括我在内。

全国有四大崆峒山。阳春的崆峒岩(山)被称为第四崆峒道教名山,与位于甘肃省临洮、山东省安定、河南省汝川的诸崆峒山相并列。

我们在一个下午到达崆峒岩。初夏的阳春,阳光灿烂无比,映照得崆峒山峰更峭拔,树木更碧绿。

溶洞门口的一副对联很有趣:入座探微试看鲜花含笑,登门访道须知顽石点头。给我们讲解的是一个清秀的阳春姑娘。随着姑娘的娓娓而道,我们仿佛看到了崆峒岩的前世今生。

彩灯映衬下如同梦境

《慧石铭》记载着一个跟崆峒岩有关的神奇故事。传说,清代乾隆二十一年,阳春县令姜山想把东岩与西岩打通,有一巨石阻挡其间,无法通行。姜山见能工巧匠一连凿了半个月也无法凿通,就留宿于岩洞,沐浴焚香,面对巨石诵经。也许是姜山的诚意打动了顽石,经诵到夜半时,只听见一阵轰隆隆的巨响,顽石滚落到门口的池塘里。

洞内凉风阵阵,清凉无比,跟外面的酷热难耐形成鲜明对比。我们跟着导游小姐,赏洞中无限风光,闻千年沧桑。溶洞分3层,各岩层中的石幔、钟乳、石柱千姿百态,在洞内各色灯光的映衬下,如梦似幻,如行仙境中。穿过洞内石幔高

千姿百态的石幔、钟乳、石柱

垂的"瀑布泉",闯过清风阵阵的"风洞",我们继续拾级而上,几近崆峒岩尽头,便是其最高洞府,抬头可见洞顶石壁上刻着"崆峒岩"3个大字,这是明代万历丁丑年所刻,旁边刻着"洞开重立门虚旷中,景物千端呈本色;丹成一点隐明处,变态万种透天机"。游人有的在此拍照留念,有的在石凳上歇息。

　　如果仅从溶洞角度看,崆峒岩跟别处的溶洞无多大区别,甚至略逊于它的邻居凌霄岩。但它自有独特之处:洞中有洞,洞内有寺,寺外有峰;佛教和道教并存,自然风景和人文景观和谐。雕梁画栋,清幽古雅。洞内壁上留题摩崖石刻、碑碣众多,皆出自名儒显宦之手,文化底蕴深厚,人文气息浓郁。也许正是这些造就了崆峒岩的名气。

出西门,是新开发的崆峒山"秀峰景区"。我们只是休息一会儿,便继续登崆峒秀峰山。山上建有动物园、猴子山、孔雀园等游玩景点。山中秀林苍郁,奇峰突兀,巍峨陡峭,重峦叠嶂。沿山设有登山步阶3888级,通往各个峰。山道弯曲,盘旋如龙摆蛇行,最狭窄处仅容一人,肥胖一点的要侧身才能过。崆峒峰虽不是很高,但山太陡,越往上爬感觉越辛苦。幸好一路美景伴我行,才不至于放弃。石、洞、花、草、树木构成一幅幅美丽的画卷,令人目不暇接。

登上最高峰,阳春美景尽收眼底,真是无限风光在险峰。

◇春都温泉,给心灵放个假◇

从崆峒岩出来,已是下午3点多。接着我们前往这一天的最后一个地点:春都温泉。春都温泉位于阳春市马水镇河表水库旁。我们将在这里吃晚餐、泡温泉、住宿。

"让我们抛开闹市的烦躁,带着暖暖的泉水、暖暖的祝福向远方的新旧朋友问好吧。把所有的烦躁用山地温泉洗刷,让快乐的源泉喷涌而出,让快乐的心灵自由飞翔!"导游小姐这番话很动情。走了一天,早已疲惫不堪、昏昏欲睡,听了导游小姐一番话,我们突然就像打了兴奋剂,睡意全无,仿佛已泡在温泉里洗刷尘世的烦扰。

转眼间,春都温泉就在眼前。我们先去办理住宿手续,放好行李。

春都温泉坐落在高山盆地中,三面环山,如同躺在崇山峻岭张开的怀抱里。远处群山连绵,起起伏伏,莽莽苍苍。山不算高,长着各种各样的树木,高大挺拔,郁郁葱葱,苍翠碧绿。从山顶到山脚,绿树一层层,密密麻麻,像千朵万朵绿云飘落于人间,像翻腾的波涛,又似绿色的梯田。旁边有千亩橘园。待到那橘子成熟时,园子里将是黄澄澄、金灿灿一片,那是何等壮观啊!

漫步在春都园内,只见古木参天,浓荫蔽日;山洞幽静,岩石奇特;小桥流水,河水潺潺;泉水叮咚,飞瀑如雷;繁花似锦,瓜果飘香;蜂飞蝶舞,清风送爽;

空气清新,如饮甘霖。好一派南国风光!好一个人间仙境!

最爱听小鸟唧唧啾啾,清脆婉转。听着小鸟不时发出的欢鸣声,感觉如同清泉在心间不停地叮咚作响,顿时衄生清凉,心情舒畅,烦恼全忘。我独自坐在石凳上,背山面水,醉心于小鸟的欢唱。我想,这就是天籁,是全世界最动听的音乐。不知为什么,我特别爱听小鸟鸣叫,不是密集的那种,而是在万籁俱寂中,一声、两声长长短短的欢鸣,从密林间传出,从树冠上划过,在蓝天白云下回鸣。

我呆呆地坐着,独自聆听,如痴如醉。这么喜欢小鸟的唧啾,也许我前生就是一只鸟吧,又或许是小鸟无忧无虑、自由自在的歌唱感染了我,让我轻易忘却了凡尘的烦躁,让我放飞心灵,直引诗情上碧空。所以,我才如此钟情。

同游者大声地说终于找到我,把我拉起来,叫我给她们拍照。我这才从冥想中回到现实。

我们5点半吃晚餐。导游说早点吃晚饭,早点去泡温泉,好好泡澡,好好享受。席间,同游者余兴未尽,以酒助兴,把当地名酒"春砂仁酒"摆上台。阳春是"中国春砂仁之乡",这种酒就是用当地特产春砂仁炮制的。这种酒度数不高,但后劲厉害,喝多了慢慢就会醉。有人就醉在春砂仁中,醉在春都温泉。酒逢知己千杯少,人生难得几回醉?偶尔小醉,醉在青山绿水中,醉卧花丛芳香间,也是一种情趣。但醉无妨。

晚饭后,已是黄昏,落霞满天,斜晖脉脉挂树上。山色空茫,树影绰约。那山,那水,那树,还有那如同童话世界里的小木屋,缥缥缈缈,隐隐约约,朦朦胧胧,如梦似幻。这时的春都就像一个羞答答的姑娘被黄昏温柔地拥抱。"月上柳梢头,人约黄昏后",今晚我们和温泉有个约会。

我们直奔宾馆,宽衣解带,换上泳衣,外披一件浴袍,踏着余晖,披着霞光,走到离住处只有三四百米远的温泉区。

春都温泉是中国目前最大的山地氡温泉,泉水属世界珍稀高热氡泉。它内含大大小小的露天温泉池、室内温泉池几十个。形状各异,造型美观,构成了一道道美丽的风景。据介绍,春都温泉温度最高的近80摄氏度,水中含有48种对人体有利的稀有微量元素,矿化度低,其中最有医疗价值的氡元素含量是普通温泉的31倍。经常沐浴,男人可强身健体,延缓衰老;女人可滋阴养颜,消除雀斑及粉刺,艳若桃花。

黑夜早已拉开帷幕,四周黑漆漆的。路灯朦胧昏暗,像喝醉酒的人睁着有些暧昧的眼睛。看不清楚是什么温泉池了,也不管是适宜男人泡的,还是女人泡的,男男女女,三五成群,成双成对,大家一齐下池泡。一个池一个池地试,每个池泡上 10 分钟左右又换池。累了,渴了,上岸喝上一杯免费提供的茶水,补足体力,然后继续泡温泉。如此反复,乐此不疲。

还有瀑布泉。老远就听到瀑布跌落池中发出巨大的哗哗声,我不禁想起李白写瀑布的诗:"欻如飞电来,隐若白虹起。初惊河汉落,半洒云天里。仰观势转雄,壮哉造化功!"大家纷纷跑到瀑布泉下,任如同从天而降的瀑布,从头淋到身,洗刷头发,洗刷身躯,洗涤心灵,给心灵放个假,让心灵在此刻忘掉一切。

我本来是用浴帽包着长发,不敢到瀑布下,怕水弄湿头发。不知是谁扯掉我的浴帽,把我推到瀑布泉下。我的头发全湿了,身子也早已湿透,我再也无所顾忌。于是,我跟着她们一起让瀑布淋个彻底,淋个痛快。黑色的夜,白色的瀑布,欢乐的人群。跌落池中溅起的水花,还有如水花纷纷扬扬的笑声,播撒在初夏的春都,城市的喧嚣被风干,心灵的尘埃被洗净。

到春都,给心灵放个假。

新会：人间毕竟有天堂

在广东新会天马村一个叫作"雀墩"的地方，有一棵古榕树独木成林，村民视之为神树，人丁兴旺的象征。天马村定下规定，不准砍伐榕树一枝一叶，不准捉拿小鸟。良好的生态环境，吸引了成千上万的鸟儿来这里安家，生儿育女。其中最多的是鹭，当地人称其为鹤。鹤被认为是一种吉祥鸟，捕鹤者将被装入猪笼沉入河底。

三百多年来，时序在变化，朝代在更改，唯一不变的是，天马村人对"雀墩"上一树一鸟的爱护。爱鸟就是爱他们自己。村民把这种爱代代相传，当作一种责任。在这里，人、树、鸟和谐相处，其乐融融，形成了一道独特的风景。

"雀墩"这种奇特的景观，引起了人们的关注，也吸引了大作家巴金。七十多年前，他从上海千里迢迢来到新会，在新会朋友的陪同下，在清晨和黄昏两个时间段来到"雀墩"，看到了小鸟，写下了脍炙人口的名篇《鸟的天堂》。后来，这篇文章被选进小学语文课本。很多人就是从《鸟的天堂》中，知道新会有这么一个美妙的地方。现在，巴金笔下的"鸟的天堂"是一个湿地公园，叫"小鸟天堂"。

"小鸟天堂"是新会的一张名片，一道风景。不少人慕名而来。

去台山学习结束后，我打算转去新会看一看巴金笔下的"鸟的天堂"。得知我有这种想法，去过的朋友劝我别去，说那里只有一棵树，什么鸟都没有！想看鸟的话，哪里没有啊？偏要花钱到新会看没有鸟的天堂！一起来学习的同事也说，既然"鸟的天堂"没有什么鸟了，那我们就不去新会，选其他的景点吧。

"鸟的天堂"真的没有鸟了？巴金笔下的那些鸟都飞到哪里去了？新会人难

道忘记祖训,不爱惜这张名片了吗?

我不甘心。无论如何我都要去看一看"鸟的天堂"。如果我能看到,在碧水绿洲中,有数不清的鸟儿在飞舞,在欢鸣,我也会凌风起舞。如果我看不到一只鸟,我就为"鸟的天堂"写一首哀歌!

同事们得知我的心愿后,都同意去新会。

我们在台山包了一辆车,去翁家楼、梅家大院,看中西合璧的古老建筑。到浮月,看散落在田野乡间的碉楼。最后才去新会看"鸟的天堂"。

下午3点多钟,我们到达"小鸟天堂"景区,购票准备坐船赏鸟。船20多分钟后才到,所以要等。

我走到巴金广场,看到在一块像打开的书的岩石上,刻写着巴金写的《鸟的天堂》。

我在"小鸟天堂"重读《鸟的天堂》,一字一句,读得很慢,很轻。

船来了,是一艘木船,枣红色,有篷顶。坐上木船,我选了一个靠窗的位置,以便观赏鸟儿。红色的船在一道碧绿的水间缓缓行驶。两旁是茂密的树木,其中以水榕树为多。河水清澈见底,水下游动的鱼儿历历可见。这岭南的水乡真是如此秀美。

船走了几分钟,除了绿树,就是碧波,看不到一只鸟的身影,甚至听不到一声鸟鸣。"鸟的天堂"果真是一只鸟都没有吗? 同事从船舱内走到船舱外,看一看,又走回船舱内,又走出去,一脸的落寞。我觉得有点愧对她们,如果不是我坚持要来,她们才不会到这个据说没有鸟的"天堂"。

"瞧,那里有很多白鹭!"在船舱外的同事兴奋地叫了起来。果然,在船前方的左边,出现了密密的白点。"白点"飞起,又停在绿洲上。没错,是白鹭!

船离白鹭洲近一点了,白鹭鸟不再是一个白点了,我渐渐看清楚了它的模样:白身子,黑长喙,细长腿。真是俊俏极了!"所谓伊人,在水一方",白鹭就是从《诗经》里飞出的那个临波而立的"伊人"吧?

白鹭很爱飞翔,一会从绿洲飞到树上,歇了一下,又从树上飞到树下的草地;一会从草地飞到绿树上,又扑棱着翅膀,飞到绿洲中,把长而尖的喙伸进水里,啄食着什么。

我的喜悦之情溢于言表,同伴也个个兴奋不已,忙拿出手机拍白鹭。在小鸟

鸟 的 天 堂

我们吃过晚饭，热气已经退了。太阳落下了山坡，只留下一段灿烂的红霞在天边。我们走过一段石子路，转弯就到了河边。在河里有一条小船。

我们陆续跳上了船。一个朋友解开了绳，一个朋友拿起了桨。一个朋友站在船头，用竹竿往岸上一拨，船便向河中心移去。

河面很宽，白茫茫的水上没有一点波浪。那些都好像很疲倦了，自然都要休息了。三支桨有规律地在水里划，那声音就像一支歌。

在一个地方，河面变窄了。一簇簇树叶伸到水面上。树叶真绿得可爱。那是许多株茂盛的榕树，看不出主干在什么地方。

当我说许多株榕树的时候，朋友们马上纠正我的错误。一个朋友说那里只有一株榕树，另一个朋友说是两株。我见过不少榕树，这样大的还是第一次看见。

我们的船渐渐逼近榕树了。我有机会看清它的真面目：真是一株大树，枝干的数目不可计数。枝上又生根，有许多根直垂到地上，伸进泥土里。大部分树枝垂到水面，从远处看，就像一株大树卧在水面上。

榕树正在茂盛的时期，好像把它的全部生命力展示给我们看。那么多的绿叶，一簇堆在另一簇上面，不留一点缝隙。那翠绿的颜色，明亮地照耀着我们的眼睛，似乎每一片绿叶上都有一个新的生命在颤动。这美丽的南国的树。

我在新会"小鸟天堂"读巴金先生的《鸟的天堂》

天堂看到鸟了，而且是美丽的白鹭鸟！我先前的惭愧被得意清除了。

船继续行驶，白鹭在我身后又渐渐变回白点。"白鹭翔绿洲"图消失了，又开始了"触目皆是绿，满眼都是翠"一只鸟都不见的情况。在南粤，最不缺少的颜色就是绿。尽管这时已是深秋，周围依然是碧绿一片。

刚才出到船舱外看白鹭鸟的人都回到船舱内了，他们不再看碧绿世界了，拿出手机来玩。

我也回到船舱，坐在靠窗的位子上，百无聊赖地看着河水。过了一会，我突然觉得天好像暗了一些，紧接着听到各种叫声。我抬头一望，一团黑压压、灰蒙蒙的"乌云"在空中飘动。

哇，好多鸟啊!我惊喜不已，脱口而出。我迅速离开座位，走到船舱外。传说中独木成林的古榕树就在眼前! 茂密如盖，千万条长长的气根垂挂下来，像褐色的帘子。有的垂到地上，有的垂到水里。气根正是榕树强大的生命力之源，使这棵榕树得以代代繁衍，生生不息，以致"几代同堂"，绵延成占地 10 亩、树冠覆盖面积达 15 亩之多的"榕树家族"。

榕树顶端、中部、底部，全都是鸟! 它们或飞到树上，或盘旋在空中，或在树顶歇息，或不停地翱翔。它们飞翔的姿态，就像神话中长了翅膀的小天使。有的鸟很大，像一架轰炸机，从高空俯冲下来，震得树枝抖个不停，我从来没见过这么大的鸟。在这欢聚的时刻，大鸟们大概想展示它们的雄姿，刚停下，又张开翅膀。"怒而飞，其翼若垂天之云"，我不由得想起庄子的《逍遥游》。

这些鸟中，有野生鹭鸟、毛鸡、麻鹤等。最多的是野生鹭鸟，有的全身呈灰色，有的翅膀呈灰色，肚皮呈白色。

空中的鸟儿边飞边叫，停在树上的鸟也发声回应。大家都活跃了起来，你呼，我唤，你唱，我和，场面热闹而温馨。我们平时听得最多的鸟鸣声，是清脆的"啾啾"声。而"雀墩"鸟的叫声很特别，"嗷嗷""呜呜""哇哇"。有的叫声高而尖，有的低而沉;有的像小孩子在斗嘴，有的像妈妈在着急地呼唤儿女回家。

真是百鸟鸣古榕，一树一天堂!

石船、碧水、白鹭

　　船到岸了,我们下了船,先在观鸟长廊看鸟,然后登上赏鸟楼,从高处赏鸟。透过大玻璃窗,我们看到对面,一条灰色的石船横于碧水中,河畔的翠林上布满白点,就像五线谱上的音符。

　　赏鸟楼上有几架望远镜,通过望远镜可以清清楚楚地看到河对面鸟的活动。那些白点原来都是白鹭鸟!这时已是黄昏,早晨外出的白鹭鸟都停在绿树上歇息、发呆,安安静静、斯斯文文,像个淑女。它们刚刚从外面玩回来,大概累了,不想动了。我多么希望它们在水一湄,飞翔、欢歌、翩翩起舞。

　　一栋贴着红墙砖的3层楼房,静静地立于密林背后,默默地注视着前方的白鹭鸟。不知道白鹭鸟有没有注意到红房子脉脉的注视和静静的守护。斜晖中,红房子、绿草木、灰石船、碧小洲、白鹭鸟,构成一幅静美的"白鹭歇黄昏"图。

　　"人择邻而居,鸟择林而栖。"白鹭鸟是一种很特别的鸟,对大气和水质十分挑剔,被国际环保界誉为"大气和水质状况的监测鸟"。白鹭鸟居住的地方,生态环境状况一定很好。新会人坚持给鸟儿提供良好的生存条件,白鹭鸟把家安在这里,就是对此处环境的肯定。

　　来楼上赏鸟的人轮流通过望远镜观赏白鹭。望远镜可以望见鸟的活动,可看不清贪婪的人对鸟的邪念。曾经有人,在白鹭鸟漫天飞舞的时候,举起枪向它们射出罪恶的子弹。小鸟天堂的护鸟队员,很快抓住那邪恶的手,救起被打伤的白鹭。

白鹭歇黄昏

现在，新会人更是爱惜"小鸟天堂"这张名片，爱鸟、护鸟行动蔚然成风。不仅景区有护鸟队日夜巡查，还有学生自愿组成"开心护鸟队"，主动保护鸟类。

河中又有一艘赏鸟的船驶过，有人唱起歌。我想起田汉到天马村作的一首诗："三百年来榕一章，浓荫十亩鸟千双。并肩只许木棉树，立脚长依天马江。新枝还比旧枝壮，白鹤能眠灰鹤床。历难经灾全不犯，人间毕竟有天堂。"

好一个"人间毕竟有天堂"！这里是名副其实的"小鸟天堂"！我庆幸自己的坚持。如果不是坚持，我就会与大榕树上的鸟儿擦肩而过，无缘见到"雀墩"上的白鹭。

很多美好的东西，就在于坚持！

遂溪孔子圣山大门

孔子文化城:水润遂溪

　　遂溪,你一直与水有缘,是水灵灵的"美人"。你伫立雷州半岛北部,左手轻挽湛江港,右手紧搂北部湾,踮脚眺望琼州海峡。西溪河、风朗河、遂溪河……30多条河流,是你流动的血脉。还有一条人工建成的河流,叫雷州青年运河。这条洒满坚毅的汗水、见证不屈精神的长河,如同一条长龙,蜿蜒在半岛,滋润着你的心田,哺育着红土地。

　　不知从何时起,北部湾的潮汐在你身边起起落落,西海岸的海风拨动你的秀发。8000年前,新石器时代,海的儿女开始在西海岸捕鱼晒网,刀耕火种,生生不息。沧海桑田,海上明月依然年年圆,岁岁缺,只是听不到半岛最初子民的

处处可见潮水

　　低吟浅唱。不必惆怅,鲤鱼墩贝丘遗址,那埋在地下的厚厚贝壳会说话,说这个"雷州半岛第一村"的潮起潮落,说西海岸秘境的前生今世。

　　遂溪,不是你的乳名,你有好多名字。直到唐朝天宝二年,你才开始叫遂溪,取意"溪水合流,民利遂之"。你名字中带水,既是你真实的写照,又是你殷切的祈望。

　　遂溪,你虽然地处百越,被称为"南蛮之地",但并不妨碍你对文明的向往。你推崇至圣先师孔子,南宋时,建起学宫,亦名孔庙。你的子民不远千里,舟车劳顿,奔赴齐鲁孔子故里曲阜,叩拜孔圣人,按御旨塑成孔子像头部,安放在学宫内,让子孙尊崇孔圣遗风,让后代传承儒家文化。从此,你欣喜地看到:孔庙里香火袅袅,学堂内书声琅琅。

　　你知道孔子爱观大水,察水之形,品水之味,悟水之德。孔子说过,水有德、有义、有道、有勇、有法。你把水之"五德"传播,让每条河流听到,让每股海流也闻到。千百年来,甜水长流,福泽遂溪,哺育文明,滋养了你的子民。民风淳朴,尊孔奉儒,勤奋好学,人才辈出,健康长寿。

　　遂溪,你看到了,溪流淙淙,海水茫茫。孔庙,打宋朝来,吹过元明清的风,穿过民国的雨,几度沧桑,几度修葺,你的子民爱它如水,初心不变。然而,在 20 世纪 70 年代,孔庙遭遇野蛮的摧残,倒下了。多少人为之黯然,多少颗心为之憔悴。你不甘心,呼吁重建千年孔庙,重振孔儒雅风。

　　这呼声,从 20 世纪传到 21 世纪,从西溪河传到北部湾,你听到了,他听到了,我也听到了。

　　2015 年,重建孔庙不再只是呼声,而是举全县之力的实际行动。溪水奔海,遂民心愿。无论富贵,无论贫困,四面筹款,八方捐赠,汇集成爱的海洋、情的河流,堆起"孔圣"的高度,以孔庙为灵魂,建设以展示孔子精神、弘扬儒家文化为主题的孔子文化城。

　　遂溪,我穿过古色古香的仁济门,走进位于西溪河南岸的孔子文化城。

　　城外,四岭护邑,六水润城;城内,满眼可见水抱绿,石枕山,玉带缠腰,古意葱茏,亭台楼阁各具情态,孔儒遗风无处不在。孔子语录雕刻在一块块石头上:"智者乐水""仁者乐山" ……也成为一座座桥名:"举直桥""天命桥""好礼桥"……

　　水是有灵性的,人还水的心愿,水才会还人的心愿。从护城河到仁智湖、大

杏坛

成湖等,时时见河流潺潺,处处现湖水涓涓;水域面积占整个孔子文化城近一半。这里的水,并非人工新开凿,而是顺势而为,整合原来的山塘水、自然河溪,整合成一道道绿水欢歌,一幅幅山水图画。

我绕城细看,这河那水,或高或低,或深或浅,或缓或急,或方或长,无论呈哪种情态,无不滋润万物,生机勃勃,水之美好正如孔子所言似德、似义、似道、似勇、似法。

遂溪,你知道,一草一木都有情,一石一水皆含意。我融进其中,恍如人为景,景是人,在山环水绕中走到九龙坡。这是孔子文化城的最高坡,也是中心所在。重建的孔庙就在九龙坡。

与我同游孔圣山者,是一研究孔子思想文化多年的老者。我们带着崇敬,怀着虔诚,走在几百米长的朝圣大道,随着上升的地势,一步步走向孔庙。这里是孔子文化城的核心、灵魂所在。大成殿、东西庑、崇圣祠、儒学讲堂、聚贤堂、棂星门、泮池,我们一一领略孔儒文化的博大精深。

我见过不少古孔庙,或是建在平地上,或是街道上,环境欠佳,人声纷杂。而你,遂溪,重建孔庙选择最高的山坡,一座孔庙一座山,清静幽雅,"一览众山小"。我知道的,你一直景仰孔圣人,万世师表,高山仰止,所以,把这里亲切地唤作"孔圣山"。还有,就像宋朝时一样,你的子民数度造访孔子故里,孔庙的设计出自曲阜,"孔圣山"之水也取自曲阜,一脉相承,千秋万代。

老者说,孔子设帐讲学,弟子三千,"德侔天地",智慧之言如水哺育华夏,润泽遂溪,将孔子文化城打造成尊孔崇儒的朝拜圣地,使前来朝拜观光者,灵魂得到洗礼,精神得到升华。福地遂溪,才获"国际长寿养生基地"金字牌匾,又打造"中国水生态文明城市",绘西海壮锦,筑南粤宏图。

遂溪,你听到老者之言了吗? 我听到了,记得了!

百福遂溪,甜水常润;千年孔庙,儒风长存。

有一种遇见在岭南
YOU YIZHONG YUJIAN ZAI LINGNAN

广西:千万里把你追寻

有 一 种 遇 见 在 岭 南

桂林:鸬影桨声漓江晨

桂林山水天下美,漓江神秀天下先。

踏上桂林的土地有多少次,我已记不清楚了。如花似玉、万人爱恋的桂林,就像我的邻居姐妹,熟悉、亲切。

以前去桂林是玩,玩山玩水;这次去桂林也是玩,玩拍摄——专程拍摄冬日漓江之晨。我们一行人,从广东乘火车到桂林,晚宿桂林市区。

第二天,不到4点,我们就从暖暖的被窝里起来,洗漱梳理,整装待发。这天碰巧遭遇冷空气南下,我冷得直发抖,真想重回被窝里。

坐上桂林影友前来接应的车辆,我们前往漓江。

城市还在沉睡,夜色依旧朦胧。街上除了偶尔驶过的车辆、早起的清洁工,

漓江上一叶小舟缓缓划来

悄无声息,静得叫人心生寒意。

寂静的漓江边,架起一排排长枪短炮。夜雾笼罩下,人影绰约。

冬天的漓江,冷风萧萧,寒气袅袅,如烟似雾,似轻纱笼盖。我们穿着厚厚的衣服,围着围巾,戴着帽子,远不胜风凌厉,烟水寒。哈气成雾,手脚冰冷。

漓江两岸,重峦叠嶂,高高低低,起起伏伏,连绵不断。那山峰,像骆驼静卧,似公鸡仰鸣,如少女酣睡,千姿百态,栩栩如生。山峰倒映水中,如战马饮水。夜还在"嗖嗖"地唱着主角,看不清哪是青,哪是翠,一律是黛色。韩愈描述过"江作青罗带,山如碧玉簪",这青,这碧,只能留给想象了。

漓江上一叶小舟缓缓划来。舟上,一渔翁,一鱼篓,一渔网,一渔火,几只鸬鹚。那渔翁,戴斗笠,披蓑衣,穿长靴,划木桨。木桨有节奏地一划一划,一拨一拨,灯下的水波一圈一圈,似在相互和鸣,轻轻吟唱。燃亮的马灯,扎在舟尾。昏黄的灯光,驱散了阵阵寒意,温暖了冬之晨。渔翁"咿咿呀呀"地唱着渔歌，划破夜的黑，揭开晨的幕。

太阳渐渐从沉睡中醒来。天色浅红浅黄，落在水面也是浅红浅黄，像一匹浅色的绸缎铺在江面上，和深黛色的峰峦形成鲜明对比。

晨雾还是迷迷茫茫，四野依然朦朦胧胧，还不是透明透明的亮。

渔火、鸬鹚、鱼篓、渔翁、木桨，倒映在水里，还有远方近处，连绵起伏的峰峦都倒映江中，构成一幅典型的中国水墨画。扁舟就从这倒映的画面缓缓划过，就像船在山顶行，人在画中走。这般景象，如此意境，真是美极了！

这情形让我想起张志和的《渔歌子》："西塞山前白鹭飞，桃花流水鳜鱼肥。青箬笠，绿蓑衣，斜风细雨不须归。"只是此时是冬天，山前没有白鹭飞，也没有桃花艳鳜鱼肥。如果是春天来，这一切应该再现。

渔翁是长年在漓江以打鱼为生的渔民，是我们特意请来的"模特"。他非常敬业，很配合我们的拍影，不厌其烦地从江的这边划向那边，又从江的那边缓缓划回来。划桨，撒网，捕鱼，拨弄鸬鹚飞起。

太阳从沉睡中醒来

鸬鹚、渔翁、扁舟

那鸬鹚,长厚嘴,绿黑眼,白嘴基,披一身黑衣,像威风凛凛的黑侠士;跳上鱼篓,跳上马灯,伸开双翅,舞动;离船飞出,又收翅飞回;不时把头伸进水里,拔出,抖动一身的水珠;嘴里发出"咕咕"的低吟,很是惬意。

鸬鹚天生是当演员的料,江边那么多人围着拍摄,长枪短炮瞄准,闪光灯闪个不停,它们一点也不怯场、害羞,任由你拍摄。而我们选角度、取镜头、调焦距、按快门,全神贯注,忘记了这是风萧萧兮漓江寒的冬日早晨,忘记了手冻得皲裂。

天色已大亮,我们的拍摄也从漓江的这头转到另一头。渔翁也早已灭了那渔火。

天,依然是冷。漓江,依然是寒,氤氲着凉凉的诗意。

鸬影桨声的漓江晨曲,继续唱响。

海洋乡:千万里也要把你追寻

  又是一年秋浓时。深绿的树叶由深绿变浅黄,再变苍黄,与树身告别,纷纷扬扬地落下,如同美丽的蝴蝶飞舞、旋转,最后与大地相拥。这情景多么熟悉。

  想起那一年的深秋,我跟一群朋友,不远千里特意到"中国银杏第一乡"寻访银杏秋色。那是一个叫"海洋乡"的地方,有着如海洋般广阔的银杏树林。

  "中国银杏第一乡"在广西桂林海洋乡,那里是银杏的世界、银杏的海洋。

满地的落叶似地毯铺展于林荫间

上百万株银杏，多得让你难以想象。光是百年以上树龄的就有近两万株，那里是世界上人均占有银杏最多的地方。

看"银杏秋色"最美的季节是 11 月的中下旬，观赏时间只有一两周，非常短暂，就如人生，短暂得你还没来得及回味，就化为一缕轻烟，绝尘而去。

我们去的时候是 11 月下旬，美丽的"银杏秋色"依然可见。据说，早一天来，会看到更美的"银杏秋色"。我们来时，银杏树的身子已经"瘦"了很多，掉了很多叶子。在我眼里，这已是绝妙的秋色，是真正的秋天。跟来得迟的人相比，我已没什么遗憾。

在山坡上，在农家院子里，放眼望去，到处都是苍黄的银杏，密密麻麻，挤挤挨挨。走在其间，头顶金黄，脚踩苍黄，天地同色，不知是人在画中游，还是画随人在走，感觉真是美妙。

橙黄的叶子，像羽毛、似流云，一片又一片，从树上脱离，轻飘飘的，像柔若无骨的女子在轻微地叹息。她在我们的三脚架上，在我们发间、身上，轻轻抚摸、停歇，我仿佛都能听到她的轻吟浅唱。那般光景，叫人平添几分"岁月安然静好，幸福真简单"之感。

仰起脸，闭着眼，静听叶落。这秋之静美，叫人如此欢喜。我想起泰戈尔的喟叹，"生如夏花之绚烂，死如秋叶之静美"，绚烂的夏花容易叫人顿感生命的蓬勃、生命的可爱。但静美之秋叶，也是生命的形态，是对生命的另一种表达。"不盛不乱，姿态如烟／即便枯萎也保留丰肌清骨的傲然／玄之又玄。"我相信，秋之落叶不是生命的终点，而是另一个行程的开始。人生亦如此。

满地的落叶，似地毯铺展于林荫间，古道旧巷，最深处落叶几乎达到膝盖处。脚踩其中，沙沙作响。累了，席地而坐，不，应该是席叶而坐。坐在满地的落叶上，如同坐在柔柔的、软软的羊毛地毯上，身子被金黄的落叶深抱。一对情侣，相拥于苍黄的"银杏秋色"间，女的躺在落叶上，如同一个睡美人，男的用秋叶，轻轻地一片一片铺在她身上。躲在云后的秋阳偶尔露出脸来，投影到情人身上，斑斑驳驳、光怪陆离。爱情的油画，被秋天描绘得如此浪漫，如此迷人，叫人不忍离开。

我们来到了海洋乡的大桐木村。据说这里是湘桂故道。这个村子有保存较为完好的古民居和清朝嘉庆年间始建的古井，一切都古色古香。村口塘边那棵桂花树下，清代同治十三年国子监太学生唐亨琦立的拴马石还在，它叫你想起古道西风瘦马，想起打马落叶离人泪。被银杏树包围的古村落，叫你不由得发出幽古之思。

铺天盖地的金黄

来海洋乡的人，除了摄影爱好者，还有纯粹为了看"银杏秋色"的游客。村里村外停满了各式车辆。平时比较冷清、安静的村落，一下子被人群、车辆包围了，密密麻麻得如满树的银杏果。村民把自家种的东西拿来卖，如红薯、玉米、花生等，放在炉子上蒸，热气腾腾。有人还打出"农家特色小吃"招牌，其实卖的都是当地常见的小吃，如酸萝卜、本地油茶、白果桂花糖水、油炸红薯饼，每份（个）才3元，很便宜。

与银杏温柔相拥的村庄

中午，我们买了村民的鸡鸭，还有菜类，租下他们的餐具，在银杏树下，架灶生火，唱起锅盘油盐之歌。大地为餐桌，落叶为凳子。那秋叶，甚是热情，不请自到，与我们共进午餐。

这美丽的"银杏秋色"，叫我念念不忘。

那满眼的红叶

德保:红遍我心扉的你

梦里几度枫林醉,如今红叶眼前见。

想念了几秋的红叶,终于见到了。

每年的秋天,我就想着看红叶,也策划了好久,皆被各种原因推迟了一次又一次。

今年 12 月,我和几个同样有着红叶情结的朋友自驾,来到著名的枫林区广西德保,终于见到了魂牵梦萦的红叶。

来德保之前,我们不断在网上搜索有关信息。广西那边的朋友也不断给我们提供红叶的情况:叶子什么时候红了,红到什么程度了,天气好不好……默默无闻的德保,因为这红色的精灵,让我们魂牵梦萦,分外向往。

德保只是广西的一个小县城,但枫林种植面积有 10 多万亩,主要集中在巴头、马隘、那甲等乡镇。每年从 10 月份开始到第二年 2 月,德保枫叶五颜六色,披满山头。在这几个月的时间里,你只有用心选择最佳时机,才能看到最美的红叶。

为了便于寻找和欣赏红叶,一了夙愿,我们选择了自驾游。行程是从广东一路走高速经过广西平果—田东—作登,最后到达德保。

德保有着"德保枫叶赛九寨"的美誉,果然名副其实,名不虚传。这里简直是枫叶的世界,仿佛全世界的枫叶都跑到德保了,漫山遍野,层林尽染。那枫叶,深红、绛红、霞红、黄红混合着,漂亮极了。"霜叶红于二月花",这红,红遍了我的心扉,红醉了我的情怀。

除了红叶,还有黄叶、绿叶。红的像火,黄的如橙,绿的似翡翠。一层层,一片片,一坡坡,一树树,似醉金洒地,如云霞缭绕。连片的枫林在阳光映照下绚丽多彩,似一幅幅浓抹艳彩的油画,又仿佛是大山奏鸣曲的五彩音符,风姿绰约,美不胜收。

红叶是我的最爱。见到红叶那一刻,如同见到等待了千年的恋人,我和同来的朋友情不自禁地张开双臂,直想把它拥入怀中。我们尽情欣赏这魂牵梦萦的红叶,沉醉于色彩斑斓的童话世界,忘记了跋山涉水的疲倦。

德保是属于红叶的。红叶成就了德保,德保因红叶而美丽。每到红叶的季节,平时不太热闹的德保,变得热闹非凡。夜宿德保县城时,我们见到不少外地的车子,尤其是南宁的居多。他们也是来看红叶的。这世上原来有这么多人跟我一样也爱着红叶。这不奇怪,美的东西总是让人神往,让人放下红尘俗事,不顾一切去追寻。

这里也成了摄影爱好者的天堂,我们不时见到扛着长枪短炮的摄影家、发烧友。在大章,恰好遇到一帮影友在搞户外拍摄活动。漂亮的模特在枫树下、树上、落叶中,摆出各种诱人的美姿,千娇百媚、风情万种,任由你拍摄,引得无数

如画的红叶

游人驻足观看。我们的镜头也不失时机地瞄准模特。

在多美,我们还偶遇了同城影友。真是人生何处不相逢!既然有缘千里来相会,何不携手共赏秋色? 于是我们的车子跟他们一起,继续寻找心中最美的枫叶,最迷人的秋色。

在这一行程中,我们拍到许多叫人心醉不已的红叶,收获颇丰。我的喜悦就如德保的枫林,漫山遍野,流光溢彩。这是梦想实现之后的幸福。有梦就要圆,有梦就不要停止脚步,没有什么比圆梦更叫人快乐。

中越边境：徜徉"五百里画廊"

阳春三月，草长莺飞，万物争荣。

3月的一天下午，我和几个好友坐上开往昆明方向的列车，开始了我们的中越边境行。

一路风言花语，一路心花怒放。火车经过 6 个小时左右的跋涉，于当天晚上9 点到达广西首府南宁市。是夜，我们入住南宁一酒店。

这一行程，我们徜徉在号称"五百里画廊"的桂西南中越边境，欣赏边境旖旎的山水画廊，领略边境富有异国情调的风土人情。每一处景色，从不同的角度

号称"五百里画廊"的中越边境山水

看，都具有不同的形貌和神韵，透出难以穷尽的意蕴，散发出直冲心底的、净化魂灵的魅力。

◇明仕田园："画廊"醉人的田园风光◇

游罢德天跨国大瀑布，我们接着又坐上旅游大巴前往有着"中国最美的乡村度假营地"之称的明仕田园。

明仕田园跟德天跨国瀑布，还有我们接下来要游览的通灵大峡谷一样，同属于"广西德天旅游联盟中越边境山水画廊"的景点。这样的"联盟"大致相当于一个团体，"联盟"属下的几个景点连同游览，在价格上有较大的优惠空间。

明仕田园本不在我们计划的旅游路线中，但是在导游的积力推荐下，我和几个同行者全部报名参加游览。我们这样做的原因不是价格上的诱惑，而是对"心灵的田园，隐者之故乡"的向往，我们幻想踏上隐者之居领略醉人的隔世时光。

独特的喀斯特地貌

明仕田园位于崇左市大新县,是国家一级旅游景点,有着"不是桂林,胜似桂林"之美誉。为庆祝中华人民共和国成立55周年,国家邮政局于2004年发行主题为"祖国边陲风光"的特种邮票一套12枚,明仕田园风光入选小全张中的第7枚"桂南喀斯特地貌"邮票主图。

从德天跨国瀑布到明仕田园只有37千米,但这段路路况险峻,要经过19道弯。司机开得很慢,要1个小时才能到达目的地。幸好一路的美景令我们目不暇接,让我们不寂寞。我们一路向前推进,桂南独特的喀斯特地貌也一路展现它的精彩,让我们留下声声赞叹。它的雄奇壮观,简直可以跟南美著名的安第斯山相媲美。明代旅行家徐霞客在他的《粤西游日记》中,记载了当年千里跋涉到此游历的许多见闻。

明仕田园方圆10千米内,最美的就是发源于越南的明仕河。

通过明仕田园风景区大门,再走一段路就到明仕河。颇具壮家特色的竹筏一字排开,静静地停在悠悠的明仕河上,似是列队欢迎远道而来的客人。

我们这个团一共有16人,分乘两只竹筏。每只竹筏最多可坐12人,上有帐篷,可遮风挡雨。里面两排

椅子对称摆放,中间有一茶具,上面放有土花生、香蕉,还有当地特产苦丁茶。泡好的热茶,早已在桌上满怀希望地恭候我们,散发出壮家人浓厚的热情。

身穿统一的壮族服饰的船工,吆喝一声后就轻轻地划进清澈蜿蜒的明仕河,一篙一篙地划开它清清的柔柔的碧波,将我们带进如梦似幻的仙境。

多么清啊,明仕河的河水!清得如同一面镜子,把两旁的峰形竹影照得山青叶翠,摇曳生姿,婆娑起舞。

多么绿啊,明仕河的河水!绿得像一匹巨大的水绿绸缎铺在群山之间。连河底那碧绿的水草也忍不住伸出修长的、柔软的双手,轻抚过往的船只,把浓郁的绿意、春的味道泼洒在河间,融入客人的心海。

多么静啊,明仕河的河水!静得像美丽的姑娘在午睡,而那绵绵细雨后的阳光轻柔地洒在她婀娜多姿的身上。那是一种怎样的静谧!我仿佛听见两岸的凤尾竹在月光下曼妙地轻吟,似乎看到漫山遍野的春花在竞相绽放。

河里那几只嬉戏的土鸭,给静谧的明仕河注入了美妙的音符,谱写了醉人的旋律。

水在画中流,鸟在画中鸣,花在画中香,人在画中游。

明仕河就像一幅浓淡相宜、恰到好处的水墨画。我们一路看峰峦叠叠,争奇竞秀;看翠竹萧萧,柳树婆娑;看一叶轻舟划入碧空,任由碧水悠悠天际流;看小桥流水人家,独木桥自横;看田野绿油油,农夫戴笠荷锄归,牧童春风戏水忙;看峰林环抱村落,听鸡鸣犬吠……

多么醉人的山水田园风光!倘若陶渊明在世恐怕也会惊叹道:好一个山水画廊!好一个隐者之乡!好一个世外桃源!

如此美景人间不多,可见上苍对桂南人是多么偏爱啊,把这么美的山山水水放置于此。

传说,很久很久以前,南海有一条妖龙,它非常神往桂林的美景,于是就变作人形,到桂林游览。回去的时候,恋恋不舍的妖龙施了妖法,将桂林的一段迷人山水缩小藏入袋中,想带回南海。谁知这一举动被玉皇大帝知道了,玉皇大帝便派出雷公用大斧将妖龙劈死。妖龙死后,它口袋里的那段山水便掉落下来,刚好落到明仕的地面上。所以,明仕的山水景色和桂林的一样美。

每座山都有灵性,每条水都有情意。

当我们的竹筏划到回音峰时,一船人齐声喊道:"明仕河,我们来了!"明仕河马上回应着"我们来了——""我们来了——"。有人说听不到它的回音。其实那种回音不是用耳朵听,而是用心听,要融入山水中,需要用灵魂去感应。

明仕的美不仅吸引了中外游客,也吸引了影视公司。香港无线电视有多部电视剧就在这里拍摄,如《酒是故乡醇》《牛郎织女》《天涯侠医》等。随着电视连续剧的播出,明仕更是广为人知,越来越多的人领略了它的美。而拍电视的地方也成了一道美丽风景。

在我看来,明仕的美不仅在于外形,还在于那种意境,那种难以言传的真意。"结庐在人境,而无车马喧。问君何能尔,心远地自偏。采菊东篱下,悠然见南山。山气日夕佳,飞鸟相与还。此中有真意,欲辩已忘言。"在明仕田园,我情不自禁地吟起陶渊明这首诗,玩味"青山看不厌,流水趣何长"的禅意。直到现在,每每想起明仕田园,我心里依然不禁感到恍惚,如同回到过去。

◇通灵大峡谷:"画廊"的七彩壮锦◇

从明仕田园回来,当晚我们住在硕龙小镇。第二天早上,我们到指定的餐厅用餐,然后前往有着"中国最绿的生态健康峡谷""连接天与地的七彩壮锦"等美誉的通灵大峡谷。

从我们昨晚所住的边陲小镇硕龙到通灵峡谷将近 30 千米的路程,开车要1 个多小时。当汽车行驶在前往通灵大峡谷的路上,中越界河归春河与我们并驾齐驱,深情款款地为我们送上一段。早上的归春河,还有河对面的越南,都笼罩在烟雾中。晨风送来阵阵清凉,对岸越南边民的小楼时现时隐,鸡鸣犬吠隐约可闻。

"大便,越南!"导游告诉我们,"大便"在越南语中是"再见"之意,于是全车人便大声喊道:"大便,越南!"

1 个多小时后,我们到达位于中越边境广西靖西县湖润镇新灵村的通灵大峡谷。通灵大峡谷其实是一个峡谷群,由念八峡、铜灵峡、古劳峡、新灵峡、新桥峡等组成。峡谷全长 2800 米,宽 200 米,深 300 米,连接天与地,仿佛是地球上一道"美丽的伤痕"。

我们这团人是这天最早一批来通灵峡谷的游客,当我们从车上下来时,10多位蓝衣壮族导游早已一字排开列队欢迎。随着一个美丽的蓝衣壮族导游的脚步,我们进入了通天彻地、灵气飘逸的通灵大峡谷。在通灵大峡谷,导游都是由年轻的蓝衣壮族姑娘充当。她们穿着统一的民族服装——蓝衣蓝裤蓝帽,衣帽上绣花缀珠,看起来很秀气。

我们拾级而下。石砌的小路很陡很长很曲折,一共有 800 多级。周围古木参天,蓊蓊郁郁、密密匝匝,满眼苍翠,构成一个巨大的"绿棚"。偶尔有一两束阳光刺破这无际无涯、婆娑多姿的绿色海洋，洒到小路上，斑斑驳驳、影影绰绰。在绿色的海洋中，这条小路就像一条曲曲折折的绿色隧道，我们小心翼翼地穿行在这条陡峭的"隧道"上。

通灵大峡谷，荟萃了 2000 多种植物。峡谷植被面积达 70 万平方米，覆盖率95%。在我国，除西双版纳外，这里的植物种类最多，其中不少是国家重点保护的珍稀植物，可谓是天然的植物王国。有的植物在侏罗纪恐龙时代（距今 1 亿8000 万年）就出现，例如被叫作"活化石"的桫椤、原始观音座莲等蕨类植物，以及木莲、大叶水田七、魔芋、润楠、桃榔树、火焰树、金丝李、枧木、观光木等一大批珍稀植物，还有举目皆是的药用植物，如黄精、绞股蓝、砂仁、半边莲等。这些长在春天里的植物无言地向世人诉说它们的原始与古老。看着这些跟恐龙同时代的植物，只在电影电视中看过的恐龙，一下子从我脑海中跳出来，似乎它们就在我身边穿行、吼叫。恍惚间，我仿佛置身于侏罗纪时期。

"走路不看景，看景不走路。"导游姑娘不时提醒游客。在这里，如果边走边抬头看周围的景色，一不小心就会摔跟头，下面就是深不可测的谷底，那是非常危险的。我赶紧收起相机，不敢边走边拍。

"大家注意了，前面就是'咬人树'，千万不要碰它。"听到导游的话，走在小路边缘只顾着看风景的游客马上条件反射地走回到路中间，唯恐被"咬人树"咬了。"咬人树"是一种罕见的植物，学名叫作全缘叶火麻树，其叶有毒，人接触后立马会皮肤痛痒红肿。这种树很有排他性，百里之内不容二树，它旁边的一棵"咬人树"已枯死就是证明。

"前面有个藏金洞，据说里面藏过金，看谁运气好能找到金子。"有不少游客就跑到导游所说的藏金洞。这个洞位于路的右边，藏于一块巨岩里。这块巨岩下部向里凹陷，凹陷的岩壁里有一个溶洞，洞口很小，仅容一人进出。岩洞前有一堵由不规则的石块垒叠成的围墙，风侵雨蚀，已破旧不堪，似是一老者蹲坐在岩前诉说岁月的苍凉。我们走进所谓的藏金洞，只见洞口已被木条封堵，意在防范游人入洞遇险。据说，这个藏金洞是北宋时壮族首领侬智高率领的壮族起义军储藏经费之处。附近的石垒营盘、神掌断石等景点也是他们留下的。

一路的风景形态各异，就如多姿多彩的画卷一路铺展：洞穴、深潭、地下河星罗棋布，河涧曲折，流水潺潺；钟乳石高崖悬挂，绝壁千仞，深邃幽幽；古树老藤满眼青翠欲滴,阴凉清逸之气扑面而来……

最美、最高潮的一段就是大峡谷尽头的通灵大瀑布。这个单级落差 188 米、宽 30 米的亚洲最大的单极落差瀑布远远地展示它的魅力,使我们情不自禁、心急火燎地向她奔来。在远处看,高悬的瀑布犹如一幅素绢挂在悬崖前,又仿佛是遗世独立的空谷佳人,轻舒广袖,风吹过,一袭轻纱飘飘然;走到离瀑布几百米的观瀑台,只见白练飞流直下,飘散出漫天白雾,“哗哗哗”的水声如同激越的交响曲。我们张开双臂,用身体感受水雾的迷蒙,呼吸富含负离子的空气,享受大自然的恩赐。那些雾气飘飞在我们脸上透出清澈的凉,那飘逸的灵气叫我们飘飘欲仙。

我们所站的观瀑台是一个谷底。通灵大峡谷原本是一个盲谷,峡谷有顶盖,就如一个巨大的水缸,上面用东西盖住。因为天行地运,顶盖塌陷了,使深藏溶洞的山体开了“天窗”。通灵大峡谷就是地球裂开的一条缝,是一道通天彻地的“美丽的伤痕”。多彩的阳光就从这道“美丽的伤痕”洒进,洒在奇花异草上,洒在与恐龙同时代的参天古木上,洒在千奇百怪的石岩峭壁上,气象万千,五彩斑斓,构成一幅连接天地的七彩壮锦。

大新:归来之美

◇归春河:归来的游子◇

归春河,一条飘在桂西南中越边境的玉带,"五百里画廊"最美的一段。

归春河,有着诗一样的名字,有着谜一样的经历,有着神秘的色彩。

归春河,我在和你一般美丽的季节,和你相遇。

归春河,你本是一条藏匿于中越边境的河流,秀气、纯朴而安静,像一个养在深闺无人知的美女。随着德天瀑布声名大噪,世人纷至沓来的脚步和各种探寻的目光吵醒了你多年安静的梦,掀开了你神秘的面纱。而我也加入了这支探寻的队伍。

我们到达南宁的第二天早上,便坐车前往位于广西大新县的德天瀑布景区。

从南宁到德天瀑布要 4 个小时左右。离开南宁境内,基本上都是山路了。山路弯曲如龙蛇,两旁高山峭拔,烟雾弥漫缥缈。一路独特的喀斯特地貌,展现出原生态的美。这里相对内地发达地区来说,经济略为落后,但风景绝对是秀丽的。看山看水看原生态,是我们这次中越边境行的最大收获。

不久,车到德天瀑布行政区域所属的大新县。大新县是我国和越南交界的地方,国境线长 40 多千米。当车经大新县最大的河流黑水河时,导游叫我们赶快向窗外看,司机也有意放慢速度,以便我们更仔细地观赏。茂密的树木、峻陡的山峰倒映在碧绿的河水中,河水看起来呈黛色,黑水河由此得名。

我们来的时候恰好是阳春三月,径流量很少,有些地方已露出河床,奇形怪状的石头随处可见。那种河水滔滔不绝,碧峰倒映在河中,山水浸染成黛色的景象是看不到了。

黑水河是归春河的下游,并由此流入左江。归春河,我们已闻到你的气息了。

车过大新县硕龙镇,归春河,你蜿蜒于我们眼前了。从硕龙镇到德天瀑布,中越两国以归春河为界,一衣带水,隔河相望。在两旁的高山崇岭的怀抱中,青碧透彻的归春河就像一个眉目含春、纯情可人的乡村姑娘,令人怦然心动。

从外形来看,归春河跟我们平日在内地看到的河流没什么两样。如果不是河对岸插着越南的国旗,我们这一边高扬着五星红旗,人们是不会刻意把归春河跟国家主权、领土完整等神圣的东西联系在一起,也不会想到它是一条意义非凡的河流。

归春河,发源于广西靖西县的鹅泉。一程山水一程歌,归春河像个顽皮的孩子,在母亲的怀抱里,一路游玩,一路欢唱。不知是太顽皮,还是在山高林密的山林里迷失了方向,归春河一不小心拐进了那个叫"越南"的地方,离开了母亲的怀抱。流落他国几十千米后,"游子"归春河,难以忘记对亲人的思念,几经转折后又重回母亲的怀抱,所以又被人称为"爱国河"。

"归国遇春"是当地边民赋予归春河的美好寓意。在中国,春天是一个美好的季节,象征着生机勃勃、欣欣向荣。一个"归"字道出了多少重逢的喜悦,多少不舍的依恋;而"春"字,又承载着多少美好心愿,多少人间真情。

左为越南板约瀑布，右为中国德天瀑布

"归国遇春"是当地边民赋予归春河的美好寓意

◇德天瀑布:归春河的激情演绎◇

重回母亲怀抱的归春河一路潺潺不绝。当它奔涌到德天地区时,遇上了断崖裂层横阻江流。但是河水在这时不屈不挠,奋力冲破一切阻滞,呈现出归春河最富激情的一面。它纵身三级跳跃,跳出了声势浩荡的大瀑布群,跳出了德天瀑布耀眼的光环:亚洲第一、世界第二的跨国大瀑布。在由《中国国家地理》杂志组织开展的"中国最美的地方"评选活动中,德天瀑布荣获"中国最美的瀑布"称号。"得天独厚,四季飞瀑,风情如画,雄奇壮观"是世人给予德天瀑布的赞美。

一进景区的大门口, 德天瀑布便如一匹匹巨大的素绢远远地悬挂于前方。德天,在土壮语中就是很多瀑布的意思。"飞流直下三千尺,疑是银河落九天。"眼前的德天瀑布令我情不自禁地想起李白的诗句, 它的意境跟德天瀑布很相似,借用它来描绘德天瀑布那是再恰当不过了。

德天瀑布水势激荡,气势磅礴,声闻数里,蔚为壮观,与越南境内的板约瀑布相邻并列,共同构成了中越边境的一对"姐妹花""并蒂莲"。

沿着瀑布飞流而下的河流一步一步往前走,瀑布的轰隆声越来越大,像隆隆雷鸣,似万马奔腾,似壮怀激烈的生命交响曲,又如山呼海啸、雄浑激越的战歌。站在它的脚下近距离接触,我感到热血的沸腾,生命的蓬勃。那飘飞在脸上的水珠,丝丝缕缕,清清凉凉,叫我顿生羽化成仙的幻想。

瀑布从碧山翠林间飞流而下,溅珠飞玉,水汽蒸腾,白茫茫一片。那溅起的水珠,洋洋洒洒,轻飞飘摇,迷迷茫茫,似烟如雾,又像串串玉珠。

春日的德天少了夏天的奔放、狂野不羁,多了几分柔和清丽与婉约,像小家碧玉,显得清秀可人,又似遗世独立、清纯脱俗的仙女,在晾晒纱裙,在长舒广袖,白衣白袂飘飘扬扬。

德天瀑布呈三级跌落,共有3个观瀑台。我们沿着瀑布右边的小路,拾级而上,从不同方位观赏瀑布。瀑布四周古树蓊郁,花草掩映,蝶蜂飞舞,香气阵阵,碧水悠悠,逶逶迤迤,置身其中恍如在世外桃源。

疑是银河落九天

◇53号界碑：归来的祥和◇

位于归春河上游的德天山，山峰下有一个小岛，叫作"浦汤岛"。归春河从岛的两侧潺潺流淌而跌落断崖。中越两国的界线标志53号界碑就位于岛右侧离德天瀑布约50米处。走在通往界碑的路上，不时见到路旁立着的指示牌，指引人们一步步走近53号界碑，好似在提醒人们，这就是中越边界了，要分清楚哪边是中国的土地，哪边是别国的土地，别在岔道迷失了方向！

53号界碑就在眼前。

一块是旧界碑，碑身为青石，左右两侧各有一个豁口，破损严重。斑驳的碑身上刻着"中国广西界"5个字，繁体，暗红，似是凝结了的血液。这块界碑是清朝政府于 1896 年所立，至今已经历了 100 多年的风吹雨打。岁月悠悠，风侵雨蚀，界碑显得沧桑而苍凉，就像中越两国的关系，也经历了风风雨雨。30 多年前，这里曾经上演过炮声隆隆、血溅界碑的悲剧。那段历史叫人不堪回首！

旧界碑旁边是 2008 年立的新界碑，勘定时间为 2001 年。碑身是崭新的大理石。界碑两面的内容分别用汉字和越南文字刻写。界碑面朝中国领土的一面用鲜红大字刻写着：中国，835，2001。界碑表面看来普普通通，很不起眼，但却肩负着庄严使命，是一个国家主权神圣不可侵犯的见证。

游客纷纷在界碑前拍照留念。我们先到雕刻着汉字的这一面，也就是中国领土上留影。站在界碑前留影，一阵庄严、神圣感油然而生。而如果你转身走到界碑另一面时，那么你的双脚已经踏在了越南的土地上。在这里你会体验到什么是一脚踩两国。

我在 53 号界碑拍到这样的画面：两个中国男子坐在界碑前，面朝中国，脚踏在中国的土地上，背对越南。他们缓缓回头望向界碑上的"中国"二字，神情庄重。我的镜头定格在这一画面上。这是我在中越边境行拍到的最美、最满意的画面。

在 53 号界碑周围有一个自由边贸市场，是中越两国边民自发组建的临时市场。在坑坑洼洼的地面上，用竹棚、帐篷、太阳伞撑起的市场，显得凌乱、简陋而寒酸。但是这里叫卖的东西并不"寒碜"，"国际名牌货"应有尽有，俨然是一个"国际市场"。当然这些都是越南产的"名牌"。越南小商贩不停地用中国话叫卖来自越南的香水、糖果、生胶拖鞋及农产品等，很是热闹。游客对这些货物似乎也颇为热情，拿起来左看右瞧，问这问那，压价砍价，看中了就买回去当纪念品，反正便宜得很。在这里人民币很值钱。

"你是哪国人？中国人还是越南人？"有些游客对小贩的国籍比对他们的货物更感兴趣。

在中越边境，两国不少边民同属于土壮族的后代。由于相近的地理环境、气候、生活习俗和两国悠久的通婚历史等因素，当地的越南人和中国人长得很像，你一下子很难分辨出他们是哪国人。

小贩的回答也很巧妙，他指着身后的归春河说："你能分辨得出哪滴水来自德天瀑布，哪滴水来自板约瀑布吗？"

但愿边境的安宁就像河水一样潺潺不息

　　真的无法分清！它们已融为一体,浑然天成。一样的碧水荡漾,一样的潺潺不息!

　　我们能分清的是,30多年前落在这里的炮弹已成为历史,现在的边境有着重归的祥和,安静的美丽。但愿这里的安宁,就像归春河一样潺潺不息!

硕龙:走近边陲小镇

位于广西大新县的边陲小镇硕龙,是我们春行中越边境中的一站。

◇有灵性的"爱国山"◇

去硕龙的公路九曲十八弯,逶迤盘曲如龙摆蛇行。当汽车行驶到高处,往下回望时,盘旋在山中的路,曲曲折折,似是一条白色的巨蟒盘旋在半山腰,有恐高症的人恐怕会当场晕眩。公路两旁同样是桂南地区典型的喀斯特峰林地貌景

路如白蟒盘旋在半山腰

山水也有灵性

观，崇山峻岭绵绵不断。

对面一衣带水的越南地貌也是如此。

导游问我们，越南境内的山跟中国境内的山有什么不同？沉默片刻，一老者答道：越南境内的山山脉走向倾斜于越南，而我们中国境内的山山脉走向倾斜于中国。老者的回答得到导游欣喜万分的肯定。导游说，带队这么久第一次有人这样回答，每次问这个问题，游客的回答千奇百怪，没人能说出它们本质的区别。

当地人把这一带的山叫作"爱国山"。

我想，大自然也像人一样是有灵性有灵魂的，它们也懂得每一个姿势、每一次呼吸、每一次心跳都应该朝向自己的祖国，都应该与祖国同命运、共呼吸。就像中越界河归春河，源自中国，中国就是她的母亲，在流到越南境内一段后，又恋恋不舍地重回母亲怀抱。

"爱国山"也是如此，尽管风吹雨打，尽管岁月蹉跎，但是它们向着祖国的姿态永远不更改。

◇五星红旗格外红◇

汽车很快到达硕龙镇。硕龙镇,因沿归春河的山岭走向形似巨龙而得名。这个小镇像在大新县城一样,到处可见飘扬的五星红旗。无论是边民的住家楼房,还是酒店、商店等,也不论这楼房是高耸豪华,还是低矮简陋,一律在楼房顶部用电焊固定钢筋制成旗杆,旗杆上高扬国旗。可见祖国在边民心目中是何等重要!只有经历过残酷战争的人,才更懂得和平的珍贵;只有经历过生离死别的人,才更懂得活着的幸福。

我久久凝视着边民楼房上的国旗。蓝天白云下,青山绿水间,飘扬的五星红旗显得格外鲜红,格外醒目,格外亲切,成了一道最亮丽的风景,唤起了我们最纯朴的爱国热情,给了我们最原始的感动。

◇泪洒边关硕龙地下长城◇

去硕龙镇不得不看看"边关硕龙地下长城"。这是对越自卫反击战留下的军事遗址。边关地下长城原来是地下防炮工事,后改名为边关地下长城。它建于20世纪70年代后期,为配合当时对越自卫反击战而建,全部用钢筋混凝土浇筑而成。全长3千米,像蜘蛛网般密布于硕龙街数十米深的地下,构成了一道坚不可摧的地下钢铁长城。整个工程设计科学、布局合理,地道纵横交错,并与四周的山峰、泥岭界河、民房贯通,具有防空、防炮、躲避战乱的功能。边关地下长城里面有指挥部、作战室、武器弹药库、军用物资供应室、地下医院、通讯室等设施,地道的出口四通八达,有的在山脚、岭地,有的在街头巷尾,十分隐秘。整个工程动用了数千民工挖地道、凿山洞,日夜奋战,历时数年才得以竣工。

从硕龙街后山左边山脚走进地下长城,讲解员娓娓的讲解把我们带回30多年前硝烟弥漫的对越自卫反击战。

羽翼渐丰的越南，忘记了中国人民的友情，在边境持续不断制造事端，打死打伤我国边民多人。中国政府在多次调解无效的情况下忍无可忍，于1979年2月17日，派出中国人民解放军在广西、云南边境地区对越南发起自卫反击战。在完成预期目标之后，中国边防部队于当年3月16日全部撤回中国境内。

几千年的中国历史，是一部灾难史，内扰外侵，战火连绵不断。对越自卫反击战是距离中国人最近的一场战争。这是中国历史一个痛苦的烙印，是留在中越边境的一个深深的裂痕。

前事不忘后事之师，忘记历史就意味着背叛。我们怎能忘记，越南调转枪口，用中国人无偿援助给他们的枪支弹药攻打中国人？我们怎能忘记，多少人血洒疆场，马革裹尸？他们中很多人是20岁左右的年轻人，他们鲜活的生命正在绽放。他们还没来得及抚摸父母脸上纵深的皱纹，还没来得及享受爱情的甜蜜，还没来得及迎接21世纪的曙光，就被无情的战争吞噬了！30多年了，有多少失去爱子的父母没能到儿子长眠之地奉上一炷香？有多少人已渐渐淡忘长眠在南疆土地上的将士？有谁还会想到烈士的寂寞？

想起这些，我不禁哽咽难言，从地下长城出来已是泪流满面、不能自已。

边关硕龙地下长城

◇繁华的边贸◇

当年战火连天的硕龙镇，现在呈现出一片繁荣昌盛的景象。中越两国边民已和平相处，友好往来。

硕龙镇只有1000多人，是名副其实的小镇。整个镇只有一条街道，仅有几百米长，来往车辆必经此街道。街道两旁店铺林立，到处可见卖越南货的小摊，小摊上的东西五花八门，如各种小食品、香水、名牌包包，还有越南男人最喜欢的绿帽。在越南，绿帽几乎是身份与地位的象征，越南男人喜欢骄傲地戴上这种绿色的帽子。在中国，"戴绿帽"是贬义，是一种耻辱，没有一个男人愿意"戴绿帽"，白送也不要。如果越南人知道"绿帽子"在中国的文化含义，他们就不会拿绿帽到中国叫卖了。这体现出两国文化上的差异。

在硕龙这个小小的边陲小镇，处处充满了异域风情，异国情调。因为跟越南隔河相望，山水相依，鸡犬之声相闻，两国边民来往密切，贸易非常频繁。每逢集市日，河对岸的越南边民就会来到硕龙镇上赶集。他们来硕龙兜售自家产品，顺便带回一些中国货。越南姑娘更是喜欢来中国赶集，她们的目光不仅落在中国货物上，还落在中国小伙子身上，她们都希望能在中国找到如意郎君。越南连年的战争导致不少男人成了炮灰，男女比例严重失调。导游说，中越两国相比，中国的经济远远比越南发达，现在越南的经济水平大致相当于中国20世纪70年代的水平，所以，越南姑娘希望嫁到中国来。

现在的硕龙人凭借旅游业，小日子过得红红火火。越南人很是羡慕中国人的生活。据说，有些越南人吃完晚饭后，就划着小船从归春河来硕龙，或买卖东西，或探亲访友，或是来娱乐，完了再划着小船回家睡觉。这情景很是悠然，很是惬意，也很浪漫，让人平添几分和平真好的感慨。

漫步在硕龙小镇，看着熙熙攘攘的行人，望着对面的越南山水，顿感春天的美丽、和平的珍贵。

骑楼城：一城文化盛宴

最早知道梧州这个名字，是因为梧州龟苓膏。我这里一年四季都有梧州龟苓膏卖，尤其是夏天，我常常买回放进冰箱，冰冻之后再吃，口感更好。这次到梧州龟苓膏的产地广西梧州市，却主要是看骑楼城。当然，品尝正宗的梧州龟苓膏是少不了的。

◇温情的骑楼文化◇

我们乘坐南宁至武昌的 1804 次列车，在梧州站下车。之后从火车站的公交车站坐公交车去骑楼城，很方便。

从写着"中国骑楼城"的牌楼进去，壮观的骑楼城便出现在我们面前。走在骑楼城内，就像走进建筑博物馆，精美的建筑设计令人叹为观止。

在我看来，骑楼城，不只是一座旧"城"，还是一本"书"，一本厚厚的书。"阅读"它，可以读到许多文化元素，品尝到醇厚的文化艺术盛宴。

骑楼城共有 22 条骑楼长街，560 栋楼。每条街两旁的楼房，座座相连、幢幢紧挨，楼与楼之间没有常见的间隔。它们就像亲密的爱人，紧紧相依。楼不高，以三四层为多，以白色调为主。建筑风格主要有中国传统式、仿巴洛克式，兼有现代式的简洁、实用、明亮。

临街的每座建筑基本上都是这样：一楼大门前留出两三米宽的空间，用作

精美的梧州骑楼

骑楼城的街道

人行交通道。四方形的建筑梁柱承托二楼。远远望去，这种"外廊式建筑"，如同骑在人行交通道上，叫作骑楼真是很形象生动。骑楼人家多是前面做商铺，后面做住宅，或者是一楼做铺面，楼上做住房。这样商住合一的建筑，跟我在安徽屯溪老街等地见到的相似。

骑楼城的街道不算宽。这天太阳很猛，不少行人走在骑楼下的人行道上，而不是走在街道上。我为了看景、拍照，顾不得骄阳如火，直奔街道。到了下午4点多钟，天阴阴沉沉，雨飘飘洒洒。我和阿明赶快跑到骑楼下的人行道上避雨。这时的骑楼在我眼里，不只是建筑艺术，还是充满温情的和蔼的长者。

好的建筑，不单应该"书写"各种漂亮而有特色的建筑语言，还应该散发出浓浓的人情味，表现出人文关怀。骑楼就是如此。

梧州地处岭南，恰好处于北回归线上，天气炎热，雨水丰沛，大风常吹。骑楼留出两三米的空间，方便行人遮阳挡雨，也给商家带来好处。行人走在商铺前，商品直接进入视野，他们看中某个商品马上就购买。这样，商家给自己提供了商机，带来了财源，利人利己，可谓一举多得。梧州人的聪明、善良由这种建筑可见一斑。

骑楼城的建筑并非梧州人独创，它既继承了中国传统建筑艺术，又融合了欧洲古典建筑风格。这里不只有牌坊、花窗、砖雕、石刻，还有罗马柱、浮雕。在大南路，那几幅精美绝伦的浮雕，使我产生浓厚的兴趣，以至于留恋不舍。在人行道的二楼楼面上，白色的墙体镶嵌着一幅长方形的浮雕。浅紫色的背景中，4只白鹤站在灰色的岩石上，张翅欲飞、仰颈长鸣，旁边一树青松、挺拔苍翠。这幅"松鹤长春"浮雕，画面逼真、栩栩如生。再如"连年有余"。这幅浮雕架于楼与楼之间的巷道上，其上是一个半圆形的白色墙面，一池碧水，红莲正盛，两尾鲤鱼，悠悠游动。

这些浮雕体现的不只是灰雕艺术，还有中国传统文化。松鹤和鲤鱼，都是吉祥的象征。

在骑楼城，像这种蕴含着中国传统文化的建筑还有很多，比如大门口的牌楼。牌坊上的横梁及四柱落墩上，分别雕刻着各种镂空图案、花纹，有龙凤呈祥、百鸟朝凤、二龙戏珠等，还有憨态可掬的大象、喳喳叫的喜鹊、怒放的牡丹、风摆的翠竹等寓意吉祥的动植物,使人联想起中国,万象更新,喜上枝头,花开富贵,竹报平安。

◇ 婉约的"女儿墙" ◇

在梧州骑楼城,我们看到古建筑中常见的"女儿墙"。

刘禹锡有首颇为有名的诗,叫《石头城》:"山围故国周遭在,潮打空城寂寞回。淮水东边旧时月,夜深还过女墙来。"诗中的"女墙"就是女儿墙。女儿墙是建筑物屋顶外围的一方矮墙,高不过人头。

在封建社会,由于受封建礼教的束缚,大户人家的女子养在深闺,在庭院深深中黯然了她的美丽,苍白了她的梦想。不像现在的女子,可以满世界花枝招展,可以在大街小巷展示自己的万种风情,古代的女子绝大多数只能宅在家里,耗尽一生,只能通过那方矮矮的墙,偷偷地欣赏外面世界的精彩。某天,美丽的深闺小姐,趴在女儿墙上窥视,街上人如春潮涌动,引车的、卖浆的、杂耍的、唱着粤曲小调的……热闹非凡,看得她心花怒放。突然,一个公子哥儿走进她的视野。他面容英俊,穿着绫罗绸缎,摇着纸扇儿。小姐的眼睛像被强力胶水粘住似的,再也挪不动了。似是前世的约定,像是500年前的回眸,公子无意间抬头一望,正好望见墙上的可人儿,脉脉的注视,撩拨了她的心思,萌动了她的春情。从此,有了"墙里秋千墙外道,墙外行人墙内佳人笑"的相悦,有了"过尽千帆皆不是"的断肠,有了"多情反被无情误"的懊恼。

女儿墙这种建筑,是对封建礼教的折中,使女子既可以不失礼节,又可以满足她们窥视外面世界的愿望,避免被人耻笑。由此,女儿墙不是一堵死板的墙,而是有生命的墙。从这个角度来说,女儿墙是一种温情、婉约的建筑语言,不少精彩的故事就从站立在女儿墙旁的女子的张望中开始,别致的人情味溢于墙内墙外。

◇独特的梧州"水文化"◇

走在骑楼城中,我发现基本上每幢楼的一楼的廊柱上都有圆形的铁环。上下两个铁环镶进廊柱里面,大概是年代久了,铁环锈迹斑斑,使人不禁想起这座城应该发生过许多泛黄的故事。另外,有些人家的二楼有一个像鸟笼一样的东西。在九坊路、居仁路、桂江一带,除了这两样东西,有的人家阳台上还搁置着小艇、高高的梯子。

我问阿明这些东西用来做什么用,阿明摇头说不清楚。

在一户人家楼下,几个老人正围在一起娱乐,他们中有拉二胡的,有唱粤曲的……每个人都自得其乐。

来到梧州,我有许多没想到,其中一点,就是被周恩来总理誉为"南国红豆"的粤剧在梧州居然如此盛行。在骑楼城居仁路,就有一个名为"梧州粤剧"的石雕,雕像刻画的是正在演戏的花旦和小生。粤剧的发源地在广东佛山,是广东的大戏种。咸丰年间,粤剧随广东人的"红船戏班"传入梧州,并被发扬光大。被称作"八桂红豆"的梧州粤剧,享誉粤、港、澳一带。就算在地方戏剧渐渐式微的今天,粤剧这种民间艺术在梧州还很受欢迎。我在梧州期间,就看到不少粤剧票友相聚在一起自弹自唱,成了一道亮丽的文化风景线。

在一曲散了的当儿,我走上前请教老人。他们讲的粤语跟广州话一模一样,连我这个土生土长的广东人都自愧不如。大概是地理位置相距不远,语言交流毫无障碍,自古以来,两广之间的交往密切,所以老人对我很热情,大家聊起来也无拘无束。我从交谈中,了解到更多的梧州历史,以及独特的梧州"水文化"。

梧州是一座有2000多年历史的岭南名城。从有文字记载算起,梧州的历史可以追溯到汉代。赵佗于汉高祖三年(前204年),在广州建南越国后,封他的族弟赵光为"苍梧王"。赵光于公元前183年来梧州建苍梧王城。到了汉元封五年(前106年),梧州成为岭南首府。

梧州是一座被水眷恋、宠爱的城市,汇集了广西85%的水量,成了"广西水上门户"。它在珠江上游,地处桂江、浔江和西江"三江"交汇处。桂江绿,西江黄,一清一浊,紧密相拥,令人想起戏水鸳鸯,于是,被称作"鸳鸯江"。我站在鸳鸯江边,还特意去寻找那青与浊,寻觅苏东坡的足迹。据说,苏东坡经过梧州,看到鸳鸯江的独特景象,欣然提笔,写下诗句:"我爱清浊频击楫,鸳江秀水世无双。"中央电视台拍摄的《走遍中国·走进梧州》大型系列片,就从文化层面解密了这座千年水都。

水如果利用得恰当,则会带来滚滚财源。自清光绪二十三年(1897年)梧州开埠,成为通商口岸后,各地商贾如云,大小商号1000多家遍布大街小巷,尤其是以骑楼城为多。梧州成为富庶之地,"百年商埠" 的繁荣如鸳鸯江潺潺不绝。

事物都有两面。水给梧州带来了财富,也带来了隐患。在近100多年间,梧州平均每5年发生一次洪灾,成了全国25个重点防洪城市之一。过去,当暴雨成灾,洪水泛滥时,骑楼城靠近江水的街道常成为"水街"。

梧州的洪水跟别处不同,它不是急速如箭,一下子把城市淹没,而是慢吞吞的,像一个温文尔雅的人在散步。洪水上涨的速度很慢,慢得你不必大呼小叫、惊恐万状;慢得你有时间去对付它,甚至可以看它是如何一点一点"爬"上楼房。于是梧州人想出在洪水来的时候,选出方便使用的工具。那个铁环就是这时候发挥作用,叫"水环"。那个鸟笼样的东西,叫"水门"。洪水浸城时,梧州人用水环拴船,用梯子从水门出入。在街上晃晃荡荡划着一叶小船,看起来很浪漫,实际上是一种无奈。

水环、水门,凝结了梧州人应对洪灾的生活智慧,是对自然一种有形的抗拒,也是骑楼城"水文化"的注脚。

容县:探访贵妃故里

广西容县是中国古代四大美人之一杨贵妃的故里。容县也因出了个大美人而名扬天下。

◇杨外村探秘◇

第一次到容县,是 10 多年前的事了。那时是跟团旅游,只是浏览了贵妃园,没有到她的出生地杨外村。这次重游容县,我采用自助游的方式,去哪里由自己选定。所以,在此次的桂东南行中,杨外村是铁定的路线。

从梧州坐班车到达容县后,我们选了车站附近的一家酒店。放下行李,我马上向当地人打听怎么去杨外村。杨外村离县城 10 千米,没有直达杨外村的班车。见我们在问路,一个开着小四轮车的女人主动提出带我们去。当然天下没有免费的午餐,讲好价钱后,我们坐上了小四轮车。

坐这种车最大的好处,是可以零距离了解当地的风土人情,等于找到了免费向导。女人姓杨。我问她是不是杨外村的,她说不是,她的村子离杨外村不远,有个姨妈嫁在杨外村,小时候常去走亲戚,现在开四轮车,常载像我这样慕名来探访贵妃故里的远方来客。

在路上,我们不断向她打听贵妃故里的情况,她有问必答,还主动向我介绍她所知道的贵妃故里、民间传说,很健谈。我对贵妃故里因此由陌生到有大致的了解。

通往杨外村的路,全部硬底化、很平坦,路况还好。

"这里要开发成旅游区。"在一片红泥空旷地,女人停下车子,指给我们看。在路的左边,立有一块长方形的木板,上面挂着"容县杨贵妃故里旅游区"的效果图。路的正前方有一牌坊式门楼,正中写着"贵妃故里"。门楼崭新,应是刚建好的。

下车拍了几张图片,女人叫我们上车,说杨外村在前面。

四轮车沿着水泥路继续往前开。不到一分钟,女人说:"杨外村到了,你们从这里上去。"她指着路右边一块指示牌。在一幢青色灰的二层楼前立着一块木牌,上面写着"杨贵妃庙由此上"。

前往杨贵妃庙的路是一个斜坡。没有硬底化,是红土沙泥路,狭窄、崎岖,越往上走,山坡越陡。路不是那么好走,倒是两旁的风景很美,四周种着各种果树、速生林。绿树环抱小路,青翠碧绿,遮天蔽日,构成一个阴凉的绿色世界。麻竹、香蕉、松脂、玉桂、沙田柚等不时闪现。尤其是椭圆形的沙田柚,挂满枝头,清脆、碧绿。熟透的龙眼串串挂在枝头,无人摘取。蝴蝶在我们身边飞舞、追逐,时不时有几只蜜蜂飞来凑热闹。我们一路走着,周围空无一人。

在建中的贵妃故里

走了大概 10 分钟,我们终于见到了贵妃庙,青灰砖墙,红琉璃瓦顶,显得比较陈旧。

贵妃庙在山坡高处,庙门朝南,门前有一块平整的空旷地。朝远处望,群山连绵不绝,苍苍茫茫,与天相接。往坡下看,丘陵层层,碧水潺潺,水田漠漠,绿树郁郁,楼房幢幢。碧绿的山、湛蓝的天、白色的楼,构成一幅岭南田园风光图。这么山明水秀的好地方,难怪孕育出杨贵妃这样天姿国色的美人。

绿树环抱着贵妃庙,其中以荔枝树最多。荔枝树是南方常见的树木,而其果实荔枝是岭南佳果。杨贵妃爱吃荔枝。"一骑红尘妃子笑,无人知是荔枝来。"唐朝著名诗人杜牧这首《过华清宫绝句》写的就是杨贵妃。

◇生死皆成谜,纷争故里人◇

贵妃庙门两侧有一楹联:杨外诞生籍本容州留胜迹,马嵬殒灭仙成蓬岛寄芳魂。杨贵妃的出生地,以及是否死于马嵬坡,历来有不同的看法,众说纷纭,各执一词。这使她的身世扑朔迷离,充满神秘色彩。

杨贵妃跟貂蝉、西施、王昭君并列为中国古代四大美人。她原名杨玉环,生于唐开元七年,天姿国色。对于她的美貌,历代诗人不惜笔墨,留下了许多美丽的诗篇。李白说她是"云想衣裳花想容,春风拂槛露华浓。若非群玉山头见,会向瑶台月下逢"。白居易夸她"回眸一笑百媚生,六宫粉黛无颜色"。美丽的女子就像花,不断有蜜蜂"嗡嗡"叫。唐玄宗的儿子寿王李瑁对她一见钟情,娶她为妃。成亲后,小两口恩恩爱爱、甜甜蜜蜜。可惜好景不长,她的美色早令家公唐玄宗垂涎三尺。为了得到她,唐玄宗先是让她出家,号太真,后召她入宫,册封为贵妃。虽然得到她的过程有些不光彩,不过两人都喜欢音乐,精通音律,琴瑟和鸣,算是知音。安史之乱,唐玄宗为安慰军心,以求自保,无奈赐死杨贵妃于马嵬坡。一代美人消香玉殒。

关于杨贵妃的出生地,历史上有几种说法。各地纷纷拿出证据,以证明杨贵妃籍贯在此。广西容县拿出的证据之一是许子真写的《容州普宁县杨妃碑记》:

贵妃庙的一副楹联

　　"杨妃,容州杨冲人也,离城一十里,小名玉娘……"这个证据有一定的可信度。首先是地名相符。容县古称容州,自西晋置县以来,有 1700 多年历史了,是岭南重要的政治、经济、文化中心。离容县县城 10 千米有一个村子叫杨外村,也就是我此次前来探访的村子。其次是写作者身份有说服力。许子真是唐朝天宝年间的四门助教,跟杨贵妃生于同一个时代,熟悉她的身世。在杨贵妃被赐死后,他写了这个碑记,且收录于《永乐大典》《全唐文》等史书。试想,许子真敢乱写皇帝妃子的碑记吗?他敢拿自己脑袋和家族人的性命开玩笑吗?于是许子真的《容州普宁县杨妃碑记》成了杨贵妃是容县人的最有力的证据,容县也顺里顺章成了"贵妃故里"。

◇村民奉贵妃为神◇

我们进贵妃庙的时候,见到几个上了年纪的人坐在庙里,还有一个长相漂亮的小女孩。他们都是山民,穿着很朴素。见我们进庙,一个50多岁的女人端来一个托盘,盘中放有几杯茶水。她叫我们喝茶。阿明什么都不问,端起茶杯就喝。看着那几个模样粗糙、陈旧的茶杯,我略微迟疑。但出于礼貌,我还是喝了,喝完道了一声谢。庙里的几个人都看着我们,表情各异。我心里咯噔了一下。这里是庙啊,我怎么能不问清楚就喝了别人的茶!这茶水代表什么?要不要收钱?要收

我从这里走进贵妃庙

多少钱?假如他们要敲诈我们,那怎么办?假如他们在茶里下了药,那如何是好?一连串的问题在我脑海里盘旋,我顿感汗毛倒竖。

我忙问喝这茶水代表什么意思。刚才那个端茶水给我的瘦高女人说,没别的意思,你们大老远来这里,天气热,先喝杯茶水解解渴。听她这么一说,我高度紧张的神经这才松弛下来,又为自己的多疑惭愧。出于感谢,我给庙里捐了一点香油钱。

我跟瘦高女人聊起来。她说,贵妃娘娘死后,灵魂无着落,夜夜哭泣。她的灵魂回到杨外村,于是故里人为她建庙。贵妃庙在"文革"期间被"破四旧"毁掉了,20世纪90年代初,村民在原址上重建贵妃庙。贵妃庙平时由他们几个打理。每逢贵妃的诞辰日、初一、十五,逢年过节,进庙烧香拜祭的人特别多,平时就少些,来访的人主要是一些游客。

说话间,有两个女人用簸箕挑着祭品进庙。瘦高女人赶忙去接待她们,给她们倒茶水,帮她们摆放祭品。那两个女人在贵妃像前跪下,双手合十,口中念念有词,神态非常虔诚。

在很多人心目中,杨贵妃只不过是中国四大美女之一而已,她贵为妃子,被诗人歌之吟之,那是最正常不过了。但在这些山民心目中,贵妃娘娘是他们的亲人,是神灵佛祖,能给他们带来幸福平安。所以他们把她当神来敬,当佛来拜。

我从贵妃庙出来,刚才给我端茶水的女人也跟着出来。

庙外面的墙上贴着几张红纸,上面写着捐香油钱人的姓名,我饶有兴趣地读起来,里面的姓氏很杂,有饶、欧、潘、李、刘、黎等,还有姓独的,这姓真少见。我很奇怪,杨外村的人怎么不姓杨?

瘦高女人说,哪敢姓杨啊?贵妃娘娘不在了,姓杨的村民怕被迫害,都改名换姓了。

我想起历史上对杨贵妃之死的质疑,想了解一下村民对她的死的看法。于是我就问她,杨贵妃是不是自缢于马嵬坡?

她说,贵妃娘娘没有死,在马嵬坡,是一个侍女替她去死。在遣唐使的帮助下,她逃到了日本。我想,这只是村民一种美好的愿望罢了。或者说,杨贵妃永远活在他们的心中。不过,村民认为杨贵妃到日本去了并非一面之词。著名"红学家"俞平伯也认为,杨贵妃没有死于马嵬坡,而是东渡日本,定居今日的山口县久津村。现在,在日本还有杨贵妃的坟墓和塑像。

对杨贵妃之死的质疑,有待继续考证,我不敢妄加言论。作为一名普通游客,我在她的故里,只想多看一些、多听一些。

◇贵妃旧居◇

据说,杨外村原来还有贵妃井、贵妃祖坟等多处遗址。但现在这些都没有了。

从贵妃庙按原路下坡,开车送我们到杨外村的杨姓女子还在等我们。她指指大路左边的一个山坡,说杨贵妃旧居在那。我说,你再等一下,我们上去看看。

"贵妃旧居"是仿古建筑,白墙、红柱、红琉璃瓦顶。房屋基本上建好了,不过里面还没摆放什么。门前有几个施工人员在忙着铺地砖。

我踩着一堆建筑废弃物下坡,一不小心摔了一跤,双手撑地,幸好无大碍。我自嘲道自己为杨美人倾倒。下到坡下,一个手抱孩子的女人见我手脚沾满了红泥,忙叫我进她家洗洗。洗手出来,那孩子老是冲着我笑。这是一个漂亮可爱

在建中的贵妃旧居

的小女孩，不到1岁。我忍不住逗她玩。我说，我给她拍张照片好吗？女人同意了，抱着小孩任我拍。我送给小女孩一个小礼物，表达自己的美好祝愿。但愿她快乐成长、一生顺利，不像她的先人杨贵妃那样命运多舛。

◇再访贵妃园◇

阿明他们没去过贵妃园。所以，从杨外村回来后，我叫杨姓女子送我们到县城梳妆楼遗址的贵妃园。

贵妃园在绣江北岸。和10多年前一样，里面是仿唐建筑，各个主题按杨贵妃的经历来设置，共10个部分："贵妃碑记""贵妃出生""贵妃井""梳妆容州府""敕封贵妃""贵妃醉酒""贵妃出浴""妃子笑""贵妃起舞""含冤马嵬坡"。9组人物，每组人物都是仿真硅胶，还有模拟声音，声情并茂、形象生动，再现了这位唐朝贵妃传奇的一生。

贵妃园旁边有一座始建于唐乾元二年（759年）的经略台，取"天子经营天下，略有四海"之义，台高近20米，是时任容州刺史的著名诗人元结所筑。将士们常在经略台操练，观光赏景。

经略台上有一座真武阁，为明朝所建。真武阁高3层，其最妙处，是全阁为杠杆式纯木结构，不用一枚铁器。其木柱不与地面接触，呈悬空状态。这种高超的建筑艺术，令人叹为观止。

许多人都知道名扬天下的滕王阁、黄鹤楼、岳阳楼。殊不知，真武阁跟它们齐名，合称为古代"江南四大名楼"。在四大名楼中，只有真武阁没有进行重建，完整保留到今天。说起建筑艺术，真武阁一点也不逊色于其他三楼，但是为什么名气远远比不上它们？可能与它地处偏远的岭南，酒香也怕巷子深，闻之者少有关吧。直到20世纪60年代，建筑学专家、清华大学教授梁思成专程考察真武阁，认为它是"我国古代建筑史上罕见的一颗明珠"，寂寞了几百年的真武阁才为人所知。而滕王阁、黄鹤楼、岳阳楼，早早就有王勃、李白、崔颢、范仲淹等名家作序赋诗写记。这些诗文世代流传，三楼也随之留芳千秋，慕名而至者纷至沓

贵妃园中的真武阁

来。假如很早就有名家写真武阁并广为流传,那么真武阁的命运又会是如何呢?

像真武阁这样"养在深闺无人识"的例子,在岭南并非个案。岭南并非没有文化,而是由于偏远,由于偏见,往往就被忽视了。

这天,我们来得不巧,正遇上真武阁维修,不能上楼,只能在一楼欣赏。一楼挂着"天南奇观""天南杰构"的横额。

我们站在高高的经略台,绣江风光尽收眼底。远处山色如黛,连绵起伏。江面澄碧如绸、波光粼粼。江岸花红柳碧,百鸟啁啾。

我在贵妃故里发现另一种美。可惜我不是名家,无法吟诗作赋,借名远播,留芳百代。我只是一普通行者,作陋文记录此行。

都峤山:寻访娑婆岩

中国的名山,如华山、黄山、泰山等,大部分我已攀登过,往后,对要登的山选择就比较挑剔了。来到广西玉林市,开始我对离容城不到10千米的都峤山兴趣不大。后来,我选择登都峤山,是因为这里有瑰丽的丹霞地貌,苏东坡、李纲、徐霞客等古代名人曾于此游览题咏。还有道家在此修道,佛家建寺,儒家讲学……这里早就是佛家、道家、儒家的圣地,自然风景秀丽,人文历史悠久,文化底蕴深厚。

◇雨后登都峤山◇

为了登都峤山,我们特意住在容城。第二天早上我起床一看,天还在下雨。这场雨从昨晚就开始下了。这样的天气,登山很危险,路滑、山体滑坡、泥石流等都会发生。尽管我想登都峤山,但这些自然因素不得不考虑,而且也要顾及同游者的感受,不能因为自己的喜好而连累了同伴。可阿明说,去吧,别想那么多了。他知道我有个计划,就是沿着苏东坡走过的足迹走一遍。

吃完早餐,我们打听到有去都峤山的班车,但不是很多,而且人少的话,班车不会直接开到山脚下,从下车的站点去都峤山还有很长的路。我们等了很久,还不见有班车开来,就租了辆当地人开的小四轮车,要价25元。

丹霞貌岩石

占了大半个山面的"佛"字

　　都峤山方圆 37 平方千米,分为 4 个区。我怕司机开错地方,跟她说,我们要去的都峤山有苏东坡曾经去过的娑婆岩,有百岁道姑,有七十二房井。她一听马上"哦"了一声说:"知道是哪里了!上车吧,我天天走这条路,不会有错。"

　　一路风雨相送,一路绿树夹道欢迎,直到"庆寿岩风景区"几个大字出现在眼前,雨才依依不舍地退去,把舞台让给阳光。我用手机拍下立在门口的"都峤山庆寿岩风景区导游线路图",按照这个线路图选线路,择景点。

　　雨洗后的世界很清新,大道两旁种满了各种各样的树木,苍翠碧绿,鸟鸣声声,溪水淙淙,微风阵阵。这样的天气,旅游很舒服。走在路上,不时有猴子之类的小动物跑出来,给我们阵阵惊喜。

　　都峤山属于典型的丹霞地貌,四周都是崇山峻岭,群峰茫茫,丹岩层层,洞穴幽幽,云雾袅袅,巍峨壮丽。尤其是众多的暗红色的丹霞岩石,掩映在苍碧的草木中。洞穴半开半合,像狮子张口,似藏龙卧虎。依洞穴而建的寺庙,基本上是深红色的墙体,黄色的琉璃瓦面。

　　我们到的第一个寺庙是建于宋朝的庆寿岩禅寺。这座被称为"岭南一绝"的禅寺建于一个天然的丹霞洞穴里。暗红色的粗沙砾岩壁,紫红色的山石,清凉爽朗的洞穴,如同天然空调机。寺里住着一些香客,都是上了年纪的女人。她们来这里吃斋念佛,为家人祈福,见我们进来,马上热情招呼。

　　禅寺二楼一僻静无人处,一个男子独自坐着,面朝对面的山,口中念念有词。我朝对面山上望去,摩崖金"佛"字像是一尊坐佛,坐于我们眼前,仿佛伸手可抚。这个占据了大半个山面的"佛"字,出自中国佛教协会前会长赵朴初先生之手,高 108 米,宽 88 米,被认为是目前世界上最大的单个"佛"字,号称"天下第一大'佛'字"。

　　"山是一尊佛,佛是一座山",此言不虚。在上庆寿岩寺之前,我们已在金"佛山"脚下细细欣赏。经过菩提树,转过放生池,坐在望佛亭,一回眸,一转身,"佛"的金光总是照耀着我们。从庆寿岩出来,走在五百罗汉堂、观音岩、莲花岩,转至菩提岩,无论走在哪个地方,我们都可以从不同角度欣赏到金"佛"字,感觉到身上始终映着"佛光"。

　　天气时晴时雨,我们游兴不减,走了一个又一个景点。我最想去的是娑婆岩,这里有一段发生在 900 年前的友情。

◇艰难寻找娑婆岩◇

时间已是午后 1 时了,带来的水早已喝光,饼干之类的食物也已吃完,我们肚子饿得不行。我对阿明说,我们先去吃饭,再去娑婆岩。

山脚下有一家"容县农家乐饭店",望见招牌,我们直接朝它奔过去。吃饱肚子才是硬道理。老板夫妇都是 30 多岁的年龄,为当地山民。像多数山里人一样,他们个子不高,皮肤呈古铜色,不过,看起来都很壮实、健康。

这天生意很冷清,除了我们几个,就是老板夫妇了。我们点完菜,老板娘去做菜了,老板过来给我们倒茶水。我趁机问他,娑婆岩在哪里?他说,都峤山有胜景"八峰山,南北二洞,二十岩",八峰就是中峰、云盖峰、八叠峰、马鞍峰、兜子峰、仙人峰、丹灶峰、香炉峰,娑婆岩就在中峰。老板很健谈,大概生意冷清,难得有食客,聊起来滔滔不绝。

可是我最想知道的是怎么去娑婆岩。老板指着饭店右边说,从这条路往上走,见到云溪寺,再从云溪寺去娑婆岩,很远啊,他们走也要 1 个多小时。看见我们几个累得像一摊泥,他又说,娑婆岩没什么好看的,路那么远,就不要去了。

娑婆岩我是一定要去的。吃完午饭,我们就按老板指的路走。上到一个斜坡,左边一棵树上挂着一块牌子,上面写道"塌方路段,请勿停留"。坡的右边有一座寺庙。寺庙正在扩建,脚手架依山搭建,就像悬在半空。进入庙里没见到写有"云溪寺"的字样,于是认为这个不是云溪寺。从寺里出来,继续往前走。走了几十米,有人告诉我们,前面没有路了。我们只好往回走,又走到刚才那个扩建中的寺庙。

按照风景区导游线路图所示,还有饭店老板的说法,这座寺庙就是云溪寺了。我们在寺里找来找去都没见到"云溪寺"几个字,于是不敢肯定它就是大名鼎鼎的云溪寺。寺里摆有神像,案台上有供品,香火不绝。但寺里空无一人,找不到可以问路的人。其实,这天山上游人很少,走了好多个地方,都只是我们几个。我很奇怪,云溪寺这么有名的寺庙,为什么会没有人呢?这天下雨,路滑,没有游

在这里歇息一下

客上山一点也不奇怪，可是云溪寺作为一座名寺应该有人管理啊！况且正在扩建，怎么没有人看管？难道我们又走错路了？如果它不是云溪寺的话，那么娑婆岩就不是往这个方向走了。

在一个案头上，我发现一本云溪寺的宣传小册子。而转角的一排平房中央，则挂着一块残旧的"云溪寺"牌匾。没错，这座寺就是云溪寺了，是去娑婆岩的必经之路！

我们分头找路。云溪寺周围堆放的建筑材料，这里一堆，那里一沓，根本没有什么路，也没见有去娑婆岩的指示牌。庆寿岩风景区，大的景点都有指示牌，路都是用岩石铺成，或是水泥硬底化。像娑婆岩这样颇具人文历史的地方，居然没有明显的标示！我喃喃自语，很是不解。阿明理解我的心情，知道我非常想去娑婆岩看看，急切地想找到去娑婆岩的路。

他跳上寺左边斜坡的一条红泥小"路"。路已被洪水冲毁，烂得不像路了。坡很陡，路崎岖不平、泥泞不堪，他又背着一个大背包，稍有不慎，就有摔下来的危险。我宁愿不去娑婆岩也不想他出什么事。我在后面叫他停下，不要再往前走了。他好像没听见，继续揪着路边的草，猫着腰往坡上爬。我也顾不得危险，跟在他后面爬。

一辆小轿车停在一排旧房前。车顶有厚厚的落叶，应是很久前就搁置在这里了。我纳闷，这一带都是高山峻岭，这车怎么上来的？难道路被遮住了，我们没看见？我们往房子里瞧，希望见到人可以问一问。房子的门窗都大开，可是里面空无一人，也没见有人烟的痕迹，只有风吹树叶发出的"沙沙"声，和鸟儿偶尔的啼叫声。我顿觉毛骨悚然。

我又用手机上网搜索，希望找到去娑婆岩的信息。叫我失望的是，没有找到。"这里有路！"突然，阿明像发现新大陆般高兴。真的是路！这条路掩在密林中，需要非常细心才会发现。我认定这就是通往娑婆岩的路，急切的心情也不容我们仔细去研究到底是不是了。

走了几分钟，前面没路了。我们正奇怪为什么会这样，突然，一条青色的东西从我脚下滑过。我还没反应过来是怎么回事，阿明惊恐地叫道："蛇！"我平时最怕这种东西，这一吓非同小可，我顿时双脚瘫软了。

我们只好下山往回走。走到靠近大道时，看见左边的树林里隐隐约约有人家。"我去看看。"我说着就跳过沟渠，走进林子。我心有不甘，想弄清楚去娑婆岩的路到底在哪里。林子里有几间房子，鸡们正在林里啄食、追赶。这里的鸡呈瘦长形，跟我们平时见到的家养鸡有些不同。

一个中年男子从屋子里走出来。我赶忙上前打招呼，说明来意。男子是典型的山里人特征，穿着破旧，但面容和善，我稍稍放心了些。

他说，这些都是山鸡，他专门在这里养山鸡，家就住在都峤山山脚下。

我问他知不知道怎么去娑婆岩，他的说法跟饭店老板一样，都说很远，不容易找到，像他这样走惯山路的人上去都要1个多小时，我们就更不用说了。我告诉他刚才迷路了，他说我们走错路了，去娑婆岩不是那个方向。

"您可以带我们去娑婆岩吗？"我问。他爽快地说："可以。"当我问他要多少钱带路时，他显得有点不好意思，低头望着脚。那双粗壮的脚穿着一对旧拖鞋。一会儿，他厚实的嘴唇嗫嚅着说："随意。"

山民姓苏。这一带不少人都姓苏。900多年前，苏东坡曾经来过都峤山，登上娑婆岩。这里的山民与他之间有什么故事吗？

前往娑婆岩的路崎岖坎坷，没有硬底化。在茂密的树林中有一条小路，狭窄、隐蔽。这样的路，很容易让人想起鲁迅那句话"地上本没有路，走的人多了就成了路"。由于没有路标指示，除了本地人，知道这条路是前往娑婆岩的估计不多。

亚热带的阳光猛烈照射，穿透树林射到身上，让我们感到燥热无比。没有树木遮掩的路段，阳光把裸露的皮肤烤得生疼。

越往上走，山越陡，路越难走。山民健走如飞，如同走在平整的大道上。而我们早已气喘吁吁、汗流浃背，只好走走歇歇。走在前面的苏不时回头看我们，见我们停下来歇息，他也停下脚步等我们。路弯弯曲曲，看不到尽头。如果不是山民带路，我还真怀疑是不是又走错了。每当我们问他还有多远的时候，他都是说不远了，就在前方，加把劲，快到了。他的话像一支强心剂，我们振作精神，继续攀爬。

一路没有路标。像娑婆岩这样人文底蕴深厚的地方，对于喜欢人文历史的人来说是不二选择，设路标可以大大方便探访的游客，也体现一种人文关怀。多少人因为怀揣梦想，想亲眼看看娑婆岩芳容来到这里，结果因为路难走，或是找不到路，而无奈放弃。连大名鼎鼎的明朝旅行家徐霞客都是这样。当年，他来到都峤山，考察了2天，夜宿过当时就闻名遐迩的"灵应十方，景致幽雅"的灵景寺。他也想登上苏东坡到过的娑婆岩。村民说娑婆岩"岩高路绝，可望而不可到"，劝他不要去。结果，徐霞客与峻峭绝境的娑婆岩失之交臂，娑婆岩无缘一睹这位走遍神州大地的地理学家的风采。幸好，徐霞客留下写都峤山的游记，盛赞都峤山之美。这些都记载在《徐霞客游记》之《粤西游记》中。

◇娑婆岩，苏东坡曾住过◇

娑婆岩到了，我不辞劳苦，一定要见的娑婆岩到了！它在都峤山中峰半壁处。这里的寺庙建在巨岩之下的穴罅中，依洞穴而建。岩就是寺，寺就是山。现成的岩壁充当天花板，当作墙壁，浑然天成。这是最环保的建筑。

我站在岩前眺望前方，只见白云袅袅，抬手可握，苍山万仞，悬崖绝壁。山上山下的树木，在雨后苍翠欲滴。空气清新，猛吸一口，清爽之气滑落心底，顿感芳香满腹。

　　两个老和尚长年累月守着寺庙。他们不轻易下山，吃的东西主要靠自己种，还有香客送。带我们上娑婆岩的山民热情地跟老和尚打招呼，看来他们很熟悉了。老和尚慈眉善目，神态安逸。他让我想起一些词，比如天高地远、高深莫测、清心寡欲、与世无争、悠然自得。在世人为利趋之若鹜的红尘世界里，这些僧人却住在几乎与世隔绝的洞穴里，过着简单的日子，甘于寂寞、乐于清贫。每天陪伴他们的，是青灯木鱼、晨钟暮鼓，还有心中如香火一样不灭的信念。

　　娑婆岩墙壁上的诗词、楹联依稀可见。最惹人注目的是苏东坡赠送给邵道士的壁联和诗。这些诗联见证了他们的友情。

　　邵道士本名邵彦肃，跟苏东坡一样也是四川人，亦是同窗好友，两人先后中进士。之后，苏东坡走上仕途，成为朝廷命官，曾邀邵一起为朝廷效力。无奈邵无意为官，喜欢仙家道学。听说在千里之外的岭南容州，有一座仙家汇聚的名山都峤山，是中国道家"三十六洞天"之二十洞天，邵就前往都峤山修炼。"洞天"意为神仙居住的地方。汉代时，刘根、华子期等人入都峤山修道。东晋时期，道人葛洪看中都峤山，在丹灶峰建灶炼丹多年。

　　邵彦肃来到都峤山，发现这里岩洞众多，林密幽静，气象不凡，确实是修炼的好地方，就隐居娑婆岩，专心修道养性。后听说苏东坡被贬至琼州儋耳（今海南儋州），十分同情好友的不幸遭遇，于是横渡琼州海峡，来到儋耳，陪伴苏东坡

娑婆岩

3年。苏东坡基本上稳定下来后,他重回都峤山继续修炼。

元符三年(1100年),新皇宋徽宗即位,苏东坡得以遇赦北归。这年的9月,他路过容州,感于邵道士的患难真情,特意到都峤山拜访他,登上他修道的娑婆岩。人生无常,世事难料,久别重逢,二人自是百感交集,天天有说不完的话。有一天,苏东坡看到邵道士书写在岩壁上的"傍石眼云邵道士观星台"字样。眼前景,眼前人,触发了他的灵感,他在岩壁上挥毫,写上一联:"卧看日垂地,俯闻风入松。"他意犹未尽,又在中间修上一疏:"身如芭蕉,心如莲花。百节疏通,万窍玲珑。来时一,去时八万四千。此义出《楞严》,世未有知之者也。元符三年九月二十一日书赠都峤山邵道士。苏轼。"

人生没有不散的筵席。苏东坡在都峤山游玩了10天后,将要赴永州上任。邵道士送他去藤州。藤州就是今天广西藤县,处于古代"水上丝绸之路"北流河跟西江的交汇处。他们泛舟江上,只见江水浩渺,一泻千里,明月皎皎,月华如注。今晚月圆如轮,但终将会缺,还会再圆,年年轮回。可是人呢?想到此别后不知何时能再见面,二人无心睡眠,干脆在月下放歌。豪放的苏东坡即吟诗一首《藤州江下夜起对月赠邵道士》。

送到藤州城,苏东坡要在此转西江乘船到永州。邵道士又一次谢绝苏东坡的为官之邀,就此回娑婆岩继续他的仙道。尽管他们心里有千般依依,万般不舍,二人最终还是互相道别。送君千里,终有一别。苏东坡作诗《送邵道士彦肃还都峤》赠送邵道士。离开娑婆岩的第二年,苏东坡病逝于常州。

苏东坡和邵道士的友情,以及他赠送给邵道士的诗,连成了一道亮丽的风景。后人感于此,慕名上都峤山,登娑婆岩,其中不乏文人雅士,留下了许多墨宝。

在娑婆岩没待多久,带我们上山的山民望望天,又看看我们,小声说,时间不早了,早点下山,要不天黑了,路就更难走了。我说好,又一次对他表示感谢。如果不是他带路,我肯定会和徐霞客一样与娑婆岩擦肩而过,无缘见到此处的胜景,无缘见到我所景仰的苏东坡的真迹。

我庆幸自己的坚持。好多时候,是因为你的坚持才如愿,而不是如愿了才坚持。

溪流处处，或缓或急

古龙山大峡谷：漂流溶洞暗河

古龙山大峡谷就在通灵大峡谷的旁边，二者只相距1.2千米。我第一次的中越边境游，只游了通灵大峡谷，没游古龙山大峡谷。这次则相反。

游通灵大峡谷，我们只是徒步，而游古龙山大峡谷，除了徒步，还坐船在溶洞里的暗河漂流。因此，在这里有多重感受。

我们从德天跨国瀑布，开车前往相距30千米的古龙山大峡谷。它在广西百色市靖西县湖润镇境内。

古龙山大峡谷是典型的喀斯特地貌，由"三峡三洞"连通的大峡谷群组成，于是"一水贯三峡穿三山"成了古龙山大峡谷独特的"名片"。"三峡"包括古劳峡、新灵峡、新桥峡；"三山（洞）"
是三个暗河溶洞，包括古容迎宾洞、
百福洞、水帘洞。

　　8月的阳光很猛烈，就算在山区
依然有炽热的感觉。下午2点钟，我
们到达古龙山，停好车，由景区的专
用车送上一程，然后下车沿着山路徒
步游览。

　　山路蜿蜒，如同一条长龙盘曲在
崇山峻岭中。一路走，一路景色不断
变化，如同不同风格的画。古木参天，
野花争艳；悬崖峭壁，岩石突兀；溪流
处处，或缓或急。

　　就这样，我们一路下山，终于走
到谷底。远远望见一白色瀑布挂在青
山悬崖中，背后是蓝蓝的天空。这瀑
布仿佛是登天的天梯。其声响，轰鸣
如响雷，在耳边轰轰不绝。

　　我们朝着瀑布的方向走，阳光
不再强烈了，凉意阵阵袭来。瀑布的
水雾缥缥缈缈，缠在我们身上。冲下
的瀑布水形成的潭水，很急。大概是
前几天洪水冲坏了护栏，工人正在
抢修。

　　溶洞在左，瀑布在右。

　　我们小心翼翼地走在高低不平
的岩石路上，走向第一个溶洞迎宾
洞。水从溶洞上方跌落成一挂挂的水
柱、水珠，形成了水帘洞，正好流在通

从瀑布下面这座桥走进水帘洞

往迎宾洞的路上。

这里是名副其实的水帘洞。据说，水帘洞是整个古龙山大峡谷溶洞的精华所在。水帘洞的水如同倾盆大雨，有人怕被淋湿，退缩了；有人觉得很刺激，不顾一切冲进雨帘中。

我们打开雨伞，挡住头顶上的溶洞喷出的水。水打在雨伞上，噼里啪啦作响。脚下的岩石被时光打磨得光滑无比，如同鹅卵石。我们左手扶着岩壁，右手撑着雨伞，像探地雷一样缓缓前行，生怕脚一滑，跌进水潭里。

穿过水帘洞，全身湿漉漉，终于走到了迎宾洞的地下暗河口。光线很暗，仿佛进入黑夜。河里停有几艘橡皮船。几个穿红色工作服的男子叫我们快快穿上救生衣。

我们穿上红色的救生衣，下到橡皮船里。每条船只可坐四个人。每两条橡皮船连在一起，只有一个船工。船工说"坐好啰"，把木桨往水里拨动，船就启动了。

地下河漆黑一片，我们恍如在黑夜中行船。刚才还是太阳当空照，白日朗朗，一瞬间，就走进黑夜，在"白夜"中前行。这种感觉真奇妙。

河的左边没有灯光，只有右边隔一段距离有一盏昏暗的灯。地下河的面积不是很宽，窄的地方只能容一条船驶过。

我拿着船上配的手电筒给船工照明，不时用手电筒照一照头顶和左右两旁的溶洞。这个溶洞不知经历了多少岁月的打磨，被时光抛光。溶洞壁千姿百态，渗漏的水不时散落下来，滴在我们头上。

溶洞里的钟乳石画卷是大自然这位神奇"画家"的力作，真可谓鬼斧神工：有的像大象蹲在溪旁喝水，有的像长颈鹿高高地昂起头，有的像滴水观音轻洒神露。

溶洞壁顶的水，或喷射或轻洒，有大有小。有的像鲤鱼喷玉，喷出绵绵细水；有的像金龙吐珠，喷出的水像瓢泼大雨。我全身都被淋湿了。

有一处特别有趣：一股小水柱从岩洞里射出来，像个小孩子站在高处撒尿。这情形，让我想起比利时首都布鲁塞尔的市标——尿尿小童小于廉的铜像。

脑海里想着撒尿小童，耳边听到有人说："这个真像北京烤鸭！"我们都抬头往他指的方向望去，还真是像北京烤鸭呢。我们还没惊讶完，又听到前面船上有人惊叫："那个真像一只张着嘴的恐龙啊！"我拿起手电筒一照，不错，是有几分像。

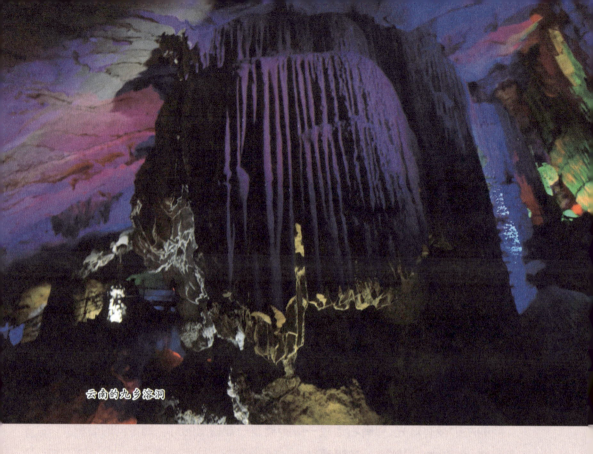

云南的九乡溶洞

船继续往前行。

整段河流相对平缓，只有个别地方才比较湍急。在比较平稳的河段，橡胶船的速度比较慢，我看看头顶的溶洞，不时用手拨动河水，感受地下河水的清凉透心。有人唱起歌。

我正享受缓缓前行的舒适，突然河水湍急；船激荡起来，狠狠撞向洞壁。我差点失控跌进水里。惊魂未定时，又遇上一个急流，河里又是一阵惊叫声。大概河水也累了，接下来缓缓流动。不一会，又似受惊的野马狂跑。

这样的起起落落几次之后，我已习惯了，水急不惊，水缓不喜，沉稳应对。人生亦如此，有高峰，有低谷，我们应把每种遇见当风景。

河的宽度不大，只能是单向行驶。最窄的地方，只可容一只小船。船开到这样的地方，我都是一只手拿手电筒，一只手撑着湿漉漉的溶洞壁。

在河流平缓处，我不时用手电筒照钟乳石。这真是一个千奇百怪、让人惊喜万分的世界。

　　我看过不少溶洞的钟乳石,像阳春的凌霄岩、桂林的芦笛、苏州的林屋岩、云南的九乡溶洞等,这些地方都安装上彩灯,把整个溶洞装饰得瑰丽多彩,如梦似幻。

　　我想,如果这里也安装上灯光,那些钟乳石和石笋,在彩灯的映照下,也会变幻出一个奇瑰壮丽的世界。可是这样一来要投入很多资金,又跟别的溶洞有雷同之嫌。旅游景点忌讳的是,雷同复制,毫无特色,让旅客产生审美疲劳,游趣索然寡味。

　　现在全国都在大搞旅游业,有些地方的旅游成为当地经济的增长点。广西边城山水纯天然,不用花费巨额资金"仿造"。从这个角度来说,这些山山水水和桂林的山水一样,是上天送给桂西南人的财富。

　　靖西人让溶洞保持原生态,打造中国最具魔力的原生态自然公园,省钱,又与众不同,而且旅客在黑暗中行船,颇有点探险的感觉。这种做法真可谓一举多得。做旅游就要因地制宜,标新立异。这样一想,我不禁为靖西人的聪明暗暗叫好。

　　二十分钟左右,我看到前方有一点点亮。我暗喜:曙光在前头!船越是往前,亮度越来越大,最后亮得刺眼,猛烈的阳光又出现在我们面前。重见天日!

　　我们上岸,重新走进如火的阳光中。

靖西：魅力鹅泉

最早知道鹅泉是因为德天跨国瀑布和归春河。

几年前，我第一次来到中越边境旅行，见到了声名远播的德天瀑布，以及中国和越南的界河归春河，得知其源头来自广西百色市靖西县的鹅泉。归春河是

鹅泉

一条很神奇的河流，发源于鹅泉，携着鹅泉清澈的泉水，一路欢歌，一度流进越南的土地。山水和人一样是有灵性的，能感受到亲人的呼唤。这条流淌着鹅泉"血脉"的河流，在崇左市大新县硕龙镇的德天村，重新回到祖国母亲的怀抱。因此，人们叫它归春河。这条河流流入左江，经邕江、西江汇入珠江，最后投入大海的怀抱。鹅泉的生命线竟如此之长，如此强大！

鹅泉！鹅泉！就这样留在我脑海里。

我想去看看德天瀑布和归春河的生命之源。可是，因为行程的原因，第一次游中越边境，我没有见到鹅泉，留下遗憾，也留下期待。今年8月，我重游桂西南地区，鹅泉当然就在我的行程之列。

位于新靖镇鹅泉村念安屯西的鹅泉，离我们当时住的靖西市区只有5千米左右。同行者中有人想拍鹅泉夕照，于是我们计划吃完午饭之后再去鹅泉。这天上午，我们先去靖西龙潭湿地公园，再去船游渠洋湖。渠洋湖是大型的喀斯特高原湖泊水库，景色跟明仕田园一样优美。

我们到达鹅泉山麓时已是下午3点钟。四周高山连绵不断，如同一道道屏风。一片青绿谷地静静地躺在青山的怀抱里。鹅泉就在这谷地中。门口的电子牌滚动介绍鹅泉，向世人亮出"名片"，展示它的魅力。

刚刚下过一场雨，一切都清洗得清清爽爽，连空气都带有清香味。最美的是鹅泉水，清澈见底，水下的游鱼历历在目，优哉游哉。泉眼在哪呢？我们寻找着。在这里！有人找到了。在石灰岩溶隙中，只见一股股白花花的泉水汩汩而出，汇流成潭，流成河，名字叫鹅泉河。

我们面前的潭水呈翠绿色，仿佛一大块碧玉落入水中。8月的天太热，而潭水很清凉。天上的白云，携着蔚蓝的天空，双双扑进清凉的水中。白云在水中晃动，不时搂住水中的草。水草在水中曼舞、招摇，如同曼妙的女子在舞动腰肢。水草的颜色，有的是红色，有的是绿色。还有褐色的枝干。

蓝天、白云、绿草、红叶、碧水、褐枝，于是潭水看起来五彩缤纷，多姿多彩。就像九寨沟中的海子，缤纷多彩，美不胜收，令人心旷神怡。见多了城市的喧闹、繁杂，而看到如此澄清之水，烦躁的心顿时安静下来，只想多看它一眼，多待一会，让身心和山水融合在一起。

我们沿着一座石桥往前走，走到外形像亭阁的杨媪庙。庙是四方形砖木结

走向杨媪庙

构，红瓦尖顶翘角。庙旁立有三块巨大的石碑，刻有题诗。其中一块叫"鹅泉亭碑"。据记载，此庙建于明朝。历经几百年间的沧海桑田，杨媪庙几度修葺。但是杨媪老人和鹅的传说，口口相授，代代相传，感恩之情永远不变。

据说很久以前有一个叫杨媪的老人，生活在念安屯一带。有一天，她捡到两枚鹅蛋，很是喜欢，虽然生活艰苦，但是她舍不得吃掉。她想把这两枚鹅蛋孵成小鹅，可是家里没有其他动物可帮忙。她便把鹅蛋放进自己的怀里，用温暖的怀抱和爱心孵蛋。她的善良感动了上天，鹅蛋终于孵出小鹅了。她把小鹅当作儿女般疼爱，有什么好吃的都留给它们吃，自己舍不得吃一口。两只小鹅，在她的精心养育下，长成白毛红冠的大鹅，非常漂亮。老人还是那样穷苦。两只鹅很有灵性，想报答老人的养育之恩。看到田间沟渠的水很少，根本不够用来浇庄稼，老人愁得要命，它们就用翅膀不断地搅动沟渠里的水。神奇的一幕出现了，那水越搅越多，最后变成一口潭水。老人高兴极了，用潭水浇稻田，淋菜地，还叫村里人用潭水浇灌农田。水是庄稼的生命，得到水润泽的庄稼，如同枯木逢春，变得生机勃勃了。从此，老人和村里人过上了好日子。为了纪念杨媪和鹅的恩情，以教育后人，人们把这里叫作"鹅泉"，或是"灵泉"，还建了一座杨媪庙。

这个传说很美，很温暖，感动了一代又一代鹅泉人，也为鹅泉增色不少。到了明代成化六年（1470年），一个地方官员听说了这个"老人与鹅"的故事，深为感动，于是写了一个奏折给皇帝。远在千万里之外的皇帝，也被这个"神鹅报恩，羽化成泉"的故事打动了。故事不断传诵，明宪宗成化皇帝，给这个当时处于南蛮偏远之地赐封"灵泉晚照"，并刻在北边的山崖上。

灵泉晚照

刻在山崖中的"灵泉晚照"

我们沿着古朴的古桥，走过荷花盛开的荷花地，一直往北走，"灵泉晚照"赫然眼前。红色的字刻在白色的山崖，非常醒目。虽然已经有 500 多年历史了，"灵泉晚照"还是清晰可鉴，魅力不减。

在"灵泉晚照"古石刻左边的半山腰上，有一座古色古香的亭子。我和同伴沿着石阶拾级而上，一直走到古亭上。

在亭子上俯视下方，眺望远处，鹅泉的景色，周围的田园风光，尽收眼底。而鹅泉就像一只引颈吟的大鹅。

登高远眺，虽然累了脚力，但"造化钟神秀""荡胸生层云"之快意胜却一切。

我能认得出山下，哪是 15 孔古桥，哪是晋代大书法家王羲之的"鹅"字石碑刻，哪里是诗意浓郁的"鹅泉跃鱼三层浪"……

我久久凝望鹅泉村。那里有一座座小洋楼，杨媪的后人也住在里面吧？楼前的水塘里，一群群鸭鹅嬉戏，在对唱，"嘎嘎嘎，鹅鹅鹅"，它们在吟哦诗词。

从古亭下来，我看到不少扛着长枪短炮的摄影者。鹅泉之美，吸引了全国各地的摄影爱好者。这里成了全国有名的摄影基地。

我的朋友加琳是一个摄影爱好者。多年前，她在"新摄影论坛"上第一次看到别人拍的鹅泉照片，立马惊为桃源仙境。被鹅泉的美吸引，她来到了鹅泉，拍了一幅幅鹅泉美图，可她觉得还没把它的美拍够，计划还要来拍摄。

有不少人专程来这里拍婚纱照。我看到一艘红色的船上，一个穿着白色婚纱的新娘子，挽着穿黑色西装的新郎，摆出各种幸福的姿势。鹅泉成了他们的幸福之泉。

游客络绎不绝，有只为来看风光的，也有专门来摄影的。

在中国，有山泉的地方不少，风景秀丽的地方更多。为什么千百年来，鹅泉上得皇帝恩赐，下受平民百姓喜欢？我想，除了景之美，泉之灵，还得益于灵鹅报恩的传承，众多的人文景观。如果没有这些，鹅泉或许没有这么大的吸引力。

知恩图报，造福社会，这是中华民族的传统美德。鹅泉水滋润了这方水土，提供了生命之源，也滋润了他们善良的本性，磨就了一颗报恩之心。所以，鹅泉不仅是清澈之泉、生命之泉，还是报恩之泉、幸福之泉。

这，就是鹅泉的魅力所在吧！

东兴：多元的"国门城市"

◇东兴口岸国旗街◇

每计划到一个地方旅行，我会做一些功课，了解这个地方的人文历史、自然风光，看其有什么独特之处，有哪些方面"点击"我的心灵，并以此作为我去这个地方旅行的依据。比如，黑龙江省漠河县，其独特之处，有中国最北的城镇北极村。像北海市的涠洲岛，吸引我的，是其用海底珊瑚沉积岩为材料建的建筑。

这次的广西之旅，我选择去广西防城港东兴市，是看中它是"国门城市"。

我最早知道东兴，是在小学。那时班里转来一个名叫景秀的女同学。老师告诉我们，她从广西东兴转来，东兴靠近越南。我们都很惊讶，她居然生活在跟越南交界的地方，如果打起仗来那多危险啊！景秀的人跟其名字一样秀气。我们成了好朋友，我常去她家玩，听她讲在东兴的生活，东兴的故事。她还说长大了带我去东兴看看。我很感兴趣，心想以后一定去东兴看看。

这些年我走过广西很多地方，尤其是中越边境山水画廊，几乎走遍，但很惭愧今年才去东兴，一偿小时候的心愿。

我们坐汽车从广东去东兴。两个多钟头，车子停下了，说是进入边境要检查。两个身穿绿军衣的边防官兵上车，请旅客出示身份证。边防官兵很年轻，他们边检查身份证，边友好地向我们解释：这是例行检查，耽误大家一点时间，请大家多理解、配合。有人说，不耽误，你们为了祖国的安全，日夜守卫边境，辛苦了！

中国东兴　国门城市

　　到达东兴市，我们放好行李，先去东兴口岸。它是我国唯一与越南海陆相连的国家一类口岸。据说，这一带是东兴最热闹、最繁华的地方之一。

　　在解放路，到处可见红旗飘飘。在街道两旁，每盏路灯、每幢楼都插着红旗，连来来往往的车上都插着一面小红旗。因此，人们称之为"红旗街"。

　　8月的天特别热，8月的天空特别蔚蓝，高楼上高高擎起的红旗在蓝天白云的映衬下，显得更加红艳。我注视着迎风招展的红旗，一种祖国在我心中的自豪感油然而生。

我为边民"守土有责、爱国至上"的热情感动。这种感动是发自内心的，就像我第一次在边陲小镇硕龙，看到边民屋顶插的红旗一样，感动万分。

　　东兴市的建筑，不少具有欧洲风情：浅黄色的墙面，白色的窗柱，半圆形开放式的阳台，哥特式的尖顶，或是罗马式的圆顶。

　　走在东兴街头，看着颇具异域风情的建筑，一种似曾相识的浪漫情愫涌

红旗飘飘的"红旗街"

上心头。我想起出生于越南的法国女作家玛格丽特·杜拉斯。她的带有自传色彩的代表作，被改编成电影《情人》，影片中的建筑风格就类似这些。越南曾是法国殖民地，法国的建筑文化留在越南，也影响了与越南一河之隔的东兴。

红旗街不宽，但很整洁。右边店铺林立，有中国货，也有越南货。有不少头戴竹编斗笠、脸围丝巾、肩挑货物叫卖的越南女人。

街上来来往往的有中国人，也有越南人。从外貌上看，不容易分出哪些是中国人，哪些是越南人。有些男人头上戴着绿色帽子神态自如地在街上走，这种男人百分之百是越南人，中国男人绝对不会戴这种颜色的帽子。

不时可见"异国特产批发部""越南风情"之类的招牌。在万众国际批发市场大厦前面，有一个小型广场，是一个二层建筑,上面写道:"中国东兴欢迎您!"下面一层写道:"国门城市。"上下两层都是绿底红字,都是用汉语和越南语两种文字书写。有的地方还保留着"中越友谊万古长青"的标语。

◇北仑河两岸◇

再往前走,便是"国门大酒店"。其实我们沿着红旗街走向东兴口岸的时候,大老远就望见"国门大酒店"几个大字,很有气势。

我们走到北仑河岸。北仑河不宽不大,河水潺潺流动。它像归春河一样,也是中国和越南的界河。

北仑河里,中越两国船来艇往,穿梭忙碌。据说,以"Q"字开头的是越南船只。

在北仑河上,一座长 111 米的桥飞架其上,它就是中越北仑河大桥,也叫中越友谊大桥。

这是一座历经沧桑、意义非凡的大桥,它见证了中国和越南两国关系的变动。1957 年,中越两国共同兴建这座大桥,第二年通车。1979 年,中越边境发生战事,越方用炸药炸毁这座桥。中越关系正常化后,双方再次在北仑河重建大桥,1994 年通车,直至今天。

东兴口岸很热闹。人们从这里进入,走过中越友谊大桥,就到越南广宁省芒街口岸了。大桥中间有红白相间的斑马线。这不是普通的斑马线,而是中越两国的分界线。跨过这条界线就出国了。

北仑河两岸的热闹、繁华程度有天壤之别。中国这边热闹非凡,高楼林立。在边贸市场,中国和越南商品琳琅满目,有檀香木、佛珠、越南香烟、纸币、法国香水等。做生意的有中国人,也有越南人。他们使出浑身解数向行人兜售商品。小商贩的喇叭里,不断重播以下几句话:"皮带比牛皮还牛,皮带比牛皮还牛的皮带,十头牛都拉不动的皮带,保用 10 年的皮带。19 元 1 条,请你不要错过,快来选购吧。"

游客络绎不绝。好多人冲着东兴是国门城市,想体验一下异域风情而来。四面八方拥来的游客给东兴带来人气,带来财富,带来发展的机遇。

　　跟我同行的阿明很羡慕东兴人,说他们有钱,有三个第一:人均存款在广西名列第一,移动电话人均拥有量第一,私人住房面积人均拥有量第一。于是,有人给东兴人编了这样的顺口溜:"钱银随街摆,商贸发大财,小车不靓随时拐,手机当作玩具买。"

　　东兴人是不是真的富得流油,我没有做过仔细的调研。从东兴的繁华程度来看,这样的顺口溜不会是空穴来风。东兴的繁荣富强,应该感谢国家的改革开放政策,感谢边境的和平。

　　想到这里,我抬头望望北仑河彼岸的越南。彼岸除了有茂盛的草木,其他的荒凉一片。两岸对比是如此鲜明。中国强大起来了,真好!一种自豪感又一次在我心中油然而生。

　　在边贸市场旁边,有一处用围墙围起来的清静地。在一片青树碧草间建有

胡志明亭

一亭,这亭子六根红柱,红琉璃瓦,圆翘角,以红色为主色调。

亭子旁边一石碑上刻写着:东兴市文物保护单位胡志明亭。

胡志明这个名字,我如雷贯耳。他是越南劳动党(今越南共产党)中央委员会主席,是中国共产党和中国人民的亲切朋友,与毛泽东、周恩来等中央领导人有着深厚的友谊,一生致力于培育中越友谊之花。

为什么在这里建胡志明亭呢?我在石碑旁边的一块碑志上找到答案,重温了一次中越两国的友谊。

1960年1月13日中午,越方有一行人从桥上走来,到中线即停步,中方人员认出这是胡志明主席。果然,他自我介绍说:"我叫胡志明,今天没有带护照,但也没有带钱。很想到贵方随便看看,是不是可以?"中方人员马上向他敬礼,说:"欢迎!欢迎!"他们一行人才迈步跨过国境线。先到桥头的东兴公社幼儿园,阿姨带孩子们迎上去,叫着:"胡伯伯好!胡伯伯好!"胡主席立刻叫随从拿糖果分给大家。他席地而坐,指挥小朋友唱起《东方红》。

胡志明主席是至今唯一到过东兴的外国最高领导人。中国人给他很高的评论,认为他对东兴的友好访问,"加强了东兴—芒街的政治、经济往来,促进了中越友好合作关系的不断发展"。因此,东兴人民特在他休息过之处建"胡志明"亭,以纪念胡志明的东兴之行,缅怀他对发展中越友谊所做的贡献,让世世代代记住中越两国人民的友谊。

◇来中国打工的越南姑娘◇

中午,我们到万众商贸城吃饭。这里有中国菜,有越南菜,也有东南亚其他国家的菜式,任君选择。阿明告诉我:有很多越南妹在东兴打工。

一个个子不高,戴一大眼镜,肤色白净的妹子问我想吃什么菜。我没有急着点菜,问她是哪国人。她说是越南芒街人,叫阿燕(音),今年18岁,是大学生,来打暑假工。

我问阿燕,这里还有哪些人是越南妹子。她指指另一个档口的妹子说:"她也是。这里好多妹子都是越南人。我们一起来一起回去。都是早上从越南带饭过来中国吃,晚上收工后再通过出入境,回到越南的家吃晚饭。"

我点好菜之后,在一些店铺走动。这里的服务生基本上是女生,我好奇地问她们是哪国人?不少人都说是越南人。我注意观察起这些越南妹子。她们不少人长得漂亮,皮肤白皙,鹅蛋脸,大眼睛,身材不高,显得小巧玲珑。在边陲小镇硕龙,我遇到的越南女子,皮肤普遍不白,而在东兴遇到的则相反。真是一方水土养一方人。还有,她们的普通话说得比较流利,如果不是她们自己说出国籍,我还真分不出是中国人还是越南人。

这是因为两国边民,除了特殊时期,自古以来交往较多,在语言、风俗习惯方面有相通之处。

这些在东兴打工的越南妹子工资一般是一千五六百元。在中国,这算是低工资了,但对阿燕这些越南边民来说,已经是她们在国内工资的几倍了,基本上可以支撑起一个家庭。

有的越南妹子在中国打工有了资本后,就自己拿货,在中国当老板,再雇越南人帮她打工。所以,越南人喜欢来中国做生意。

阿燕端来我点的饭菜。我问阿燕,你们觉得东兴这个地方怎么样?喜欢中国吗?她说,东兴人很有钱,也很包容、友好。中国让越南人过来打工,赚钱养家,真好!

◇起点与界碑◇

午后,我们的车子向东走,沿着防东一级公路开往东兴市东兴镇竹山村。

离东兴市区 12 公里的竹山,原本是一个与越南接壤的边海渔村,因为特殊的地理位置、众多的古迹,现已成为一个边海旅游景区。

在竹山,我们再一次领略东兴这个"国门城市"的魅力。

从景区门楼进来,是一条水泥大道进港路。其右是中越界河北仑河的入海口处,也是海陆交汇之处。眼前的北仑河与东兴口岸段的北仑河相比显得奔放多了，流进大海的北仑河，与海融为一体，再也分不清哪是海水，哪是河水，只见到海天茫茫一片。但我能认得清，哪是中国的领地，哪是与我们隔海相望的越南芒街市和万柱海滩。

这里有一大片红树木。

我们不时见到插着鲜红五星红旗的边防海关巡逻船只，还有威武的边防战士。

往前走，是沿边公路的零点纪念坛，立有零公里碑。这条起点于竹山、全程700多公里的沿边公路，成了广西边境线上的"国防路"。

在一个米白色的巨型圆球上，雕刻着"中国海岸线起点"字样。

因为竹山既是陆路边界线的起点，又是中国大陆海岸线的最西端，2012年，中央电视台拍摄《远方的家》《边疆行》，就是从竹山开始拍摄，终点是中国

零公里纪念坛

大陆海岸线东起的鸭绿江。

"大清国一号界碑"在零点纪念坛旁边。用透明玻璃围起来，上建一古色古香的亭子，为界碑遮风挡雨。据记载，东兴共有"大清国钦州界"界碑8块，竹山的界碑是1号。

眼前的"大清国一号界碑"，跟我先前在东兴口岸见的界碑一样，是用沿海产的坚硬海石凿成，碑的正面刻写着：大清国钦州界。是清界务总办、四品顶戴钦州直隶州知州李受彤所书，光绪十六年二月（1890年）所立。之所以叫"钦州界"，是因为当时的东兴属于钦州管辖。

这块经历了一百多年风风雨雨的界碑，是中国人民维护国家尊严和领土完整的历史见证。现在它成了爱国主义的教育基地。

1886年，清政府派邓承修与当时占领越南的法国殖民者会勘中越疆界。贪

"兴"字形的山海相连纪念碑

得无厌的法国殖民者在会勘期间,妄图把中国的京族三岛、白龙等地占据。但是邓承修等人寸土不让,与之理论,坚决维护国家主权。这场勘界历时7个月后,最后达成协议,界定于竹山。后立界碑。

从"大清国一号界碑"出来,阿明叫我们去看看新建的"山海相连地标广场"。

这个新建的广场面积很大,面朝大海,中间是一座35米高的纪念碑。

在东兴,我见得最多的颜色,除了绿色,就是红与蓝。红是随处可见的红旗招展,蓝是湛蓝的天空和大海。而这个象征着中越两国山水相连、友谊相牵的纪念碑,其颜色就是红蓝相间,形状如同两只紧握的手,又像一个抽象的"兴"字。这代表了东兴人民的心愿,希望祖国兴盛,兴旺,兴隆。

阿明给我拍了不少照片。我最喜欢这张照片:面朝大海,背靠"兴"字形的山海相连纪念碑。

有一种遇见在岭南
YOU YIZHONG YUJIAN ZAI LINGNAN

海南:天涯海角想着你

有 一 种 遇 见 在 岭 南

玉带滩：独一无二的美

竹筏漂流万泉河后，我们又在"万泉河水清又清"的深情乐声中，乘坐"博鳌号"轮船，沿着万泉河前往博鳌玉带滩码头。

博鳌，这地名很特别，按字面意思理解就是鱼又多又大。这里最早是一个"浦"，也就是水边或河流入海的地区。到了宋代，成了疍家人居住和繁衍生息之地。

博鳌很小，小到面积不过31平方千米，小到只是海南省琼海市一个名不见经传的小镇。21世纪初，一年一度的"亚洲论坛"选址博鳌镇。作为会议的永久举办地，从此，小镇博鳌声名大噪，闻名遐迩。

中国有副对联"生意兴隆通四海，财源茂盛达三江"，用"三江"来比喻财富之多。这副对联是不是源自博鳌，无从考究，不过博鳌的确有"三江"汇入大海：万泉河、龙滚河、九曲江。这源自不同地方的"三江"，各自一路奔流，到了博鳌，就像3个好朋友手拉手汇入南海。在南海与"三江"中，大自然又鬼斧神工般留下一条狭长的沙滩半岛，像一条玉带"飘"在河与海中，人们给它一个漂亮的名字，叫"玉带滩"。

博鳌玉带滩这种独特的自然景观，在亚洲地区独一无二，绝无仅有。在世界范围内，只有澳大利亚的黄金海岸、墨西哥的坎昆和美国的迈阿密能和它媲美。1999年6月，博鳌玉带滩作为分隔海、河最狭窄的沙滩半岛，而被认定为"吉尼斯之最"。

据说，当年"亚洲论坛"选址博鳌镇，就是相中这里独特的地理位置。在众多竞争者中，博鳌脱颖而出，独抱"花魁"。从此，小镇的历史发生了改变，博鳌人的命运也出现了转折。现在的博鳌成为旅游胜地，每年来自世界各地的游人不计其数。

从轮船上下来，只见沙滩上到处都是人，差点找不到地方落脚。这也难怪，毕竟玉带滩这个"美女"太招人喜欢了。

玉带滩的沙子呈橙色，柔软、细小，犹如一粒粒金沙。抓一把在手里，好像握着家乡的赤砂糖，绵软的感觉瞬时充盈心间。走在玉带滩，深一脚、浅一脚，细碎的沙子顽皮地跳进我的鞋子，发出咯吱咯吱的响声。我坐在沙滩上，脱掉鞋子，倒出沙子，又穿上鞋子，继续往前走。前面就是南海，我已听到南海的涛声，我已感受到南海的召唤，我看到欢乐的人群对着南海忘情地舞蹈。

海风裹挟着冬天的寒意，迎面扑来。我的长发被风撩起，脸被风吹得生疼，心中却装满了金黄色的温暖，那是玉带滩传递过来的暖意。

看到游人几乎都脱下鞋子放在沙滩上，我也干脆不穿鞋子，卷起裤腿，赤足走在玉带滩上，让可爱的沙子给我按摩，做免费"沙浴"，提供最体贴的抚摸。

南海就在眼前，烟波渺渺，茫无际涯。波涛一浪一浪地涌动，前面的波浪在奔跑，后面的波浪在拼命追赶，发出巨大的"哗哗哗"声，似是千军万马集结。奔跑到岸边的波浪，被堤岸一挡，马上像温顺的女子缓缓往后退。人们从玉带滩上下来，走进海水里，赤足追逐嬉戏。每一阵波浪涌上来，就引起游客一阵惊叫声。知道大海脾气的人，一看波涛扑过来，马上向岸边跑，于是没被海水打湿，全身干干爽爽；那些不了解大海的脾气，只顾着玩的人，或是跑得慢的人，被冲上来的浪涛打得晕头转向、全身湿透，被1月的寒风一吻，浑身发抖。

同样是玩海，结果完全不同。只有懂得大海的人，才会玩得更自如啊！

等海水退下去了，又一拨人下到海水中，如此反复。南海边，惊呼声、欢笑声，不绝于耳。玉带滩上人流涌动，游客纷纷在此拍照留念。当地人也来招揽生意，他们拿出用专业相机拍的相片给游客看，极力游说客人使用专业相机拍照。

在玉带滩观海，最惹人注目的是傲然挺立于南海中的黑色岸礁。它方圆20多米，距离玉带滩150米左右，由多块巨石垒成，高出海平面数米。这群气势磅礴、充满英雄气概的巨石群，就是南海奇观"圣公石"。

说它是奇观，并非夸大其词。它奇就奇在恰好处于"三江"出海口，像一个勇士，昂首挺胸地挡在河与海间，长年累月接受两股势力的"掌掴"与"飞腿"。

当暴雨如注，洪水暴发时，万泉河、龙滚河和九曲江这三条河流波涛滚滚、气势汹汹，呼啸着、咆哮着冲向大海，而南海也不甘示弱，狠狠地进行回击。一场你死我活的"龙虎斗"打得天昏地黑、惊心动魄。

夹在河与海两股巨涛中的圣公石，昂首挺胸、岿然不动，笑看它们拼杀，看它们撞出冲天的巨浪，看它们冲得疲惫不堪，看它们翻滚又低鸣。

一方是海与河的搏击，一方是历尽磨难的圣公石；一方是翻腾旋转、咆哮如雷，一方是泰然自若、笑看沧海。这里，我们看到的不仅是大自然的奇观，还是某种精神向度。

圣公石这种奇观被明朝乐会知县鲁彭称为"天险设"。他在《圣公石捍海》一诗中这样写道："海水凝望渺苍茫，圣石谁教镇海傍。此地由来天险设，更从何处觅金汤。"

这个"天险设"的圣公石可不是一般的礁石，传说它是女娲炼石补天时，不小心掉在南海的黑色岩石。这个传说增添了圣公石的神秘色彩，表达了人们善良的愿望。在我看来，圣公石是善良的女娲派出来镇守南海的"卫士"，它捍卫了南海，展现的不屈不挠的精神给人以震撼，给人以力量。

我的视线从圣公石又回到玉带滩，向"三江"汇合处望去。

脚踩玉带滩，目视玉带滩，我在心中产生了无数感叹。玉带滩像一条金黄色的飘带，不知飘过了多少岁月后，才飘落在这个碧波荡漾的地方。她是一个睡美人，躺在江海汇合之处，日夜倾听江海合唱。她一手拉着滚滚的南海水，一手牵着缓缓的万泉河，在多少月升月隐的时光里，迎接大海浊浪排空的粗犷，享受河水低吟浅唱的柔情。

雄壮与阴柔，成就了玉带滩独一无二的美。

亚龙湾:除却亚龙不是湾

亚龙湾的海水清澈得让人想变成一条海鱼

　　大海,似乎属于夏天。火辣辣的天,火辣辣的情。碧海、阳光、沙滩、椰树和穿着五彩斑斓泳衣的妙龄女子,构成了一幅风情万种的海景图。到了冬天,冷风飕飕,海水冰冷,一片萧条。喜欢海泳的人,只能望海兴叹。

　　如果你想冬季看海,三亚是个不错的选择。它是"向世界出口阳光和空气的地方"。在这个中国最南端的热带海滨小城里,你总会被三亚的海召唤,你总会与海不期而遇。三亚路旁摇曳的椰子树,婆娑的是海韵。市花三角梅绽放的是火红的热情,甚至你的呼吸里也带着海的气息。

今年1月,正是北方千里冰封、万里雪飘的时节,我来到了三亚,领略了三亚的风采。三亚境内海岸线绵长,有众多的港湾、岛屿。在亚龙湾、大东海、月亮湾、三亚湾、海棠湾、崖州湾等地,烟波浩渺、海天一色。最叫我醉心的是亚龙湾,这个离三亚市仅20千米的海湾。

江河湖海,草原高山,我看得最多的就是海。我生长在南方第一大半岛,看惯了大海的苍茫,听惯了大海的涛声,再见到大海时,不会轻易荡起兴奋的涟漪。在外地,第一次令我为海情不自禁地发出赞叹的,是在香港。那是2008年,在

我坐在椰子叶编织的凉亭里看海

坐车去海洋公园的路上,透过车窗,我看到了如蓝绸缎般的大海。我没想到在香港这个灯红酒绿、充满喧嚣的都市里,居然有如此湛蓝、纯净、纤尘不染的大海!这赞叹更多的是对香港人注重环保的赞扬。

"三亚的亚龙湾比香港的海好看多了,有机会你一定要去看看。"我记住了朋友的话,也欣赏了她所拍的亚龙湾。她镜头下的亚龙湾浪漫而风情万种,美得叫人迷醉。那一刻,我被诱惑得激情澎湃,犹如浩浩荡荡的海水。

　　终于,我见到了亚龙湾,我梦寐以求的亚龙湾。那一刻,我的感觉就像见到久违的恋人,恨不得张开双臂,紧紧拥抱。这是雨后的亚龙湾,清新而温润。早上我们从三亚一家酒店出来的时候,天正下着大雨。下雨怎么能去看海啊?一丝遗憾掠过。"你们是贵人啊,出门招风雨。放心吧,你们看到亚龙湾的时候,亚龙湾肯定会慷慨地赠送明媚的阳光!"司机安慰道。据说,三亚全年晴日在300天以上,长夏无冬,极少下雨,连续几个月滴雨不见是常事。但我们在三亚的日子每天都能见到雨,那雨如丝般顺滑,如一个姑娘轻轻飘过,还没等你看清她的模样,一转眼就不见了。三亚用珍贵的雨迎接我们这些远道而来的客人,洗刷尘世的烦恼,送来怡人的清爽。

　　果然如司机所言,见到亚龙湾的时候,也见到了满天的阳光,雨不知什么时候已停了。我立即奔向大海。

　　亚龙湾形似月牙,恍如象牙色的梳子,三面被青山拥抱,只是南面向大海敞开怀抱。

　　亚龙湾的海水真美啊,不像别处的海水只是一种颜色。香港的海虽然很美,可是颜色太单调,是一色的蓝。亚龙湾的海水则是多彩的,一层一种颜色,碧绿、深蓝、浅蓝、浅清。碧绿的一层,像湿润的翡翠,又像春天漫山遍野的绿草;深蓝的一层,像打翻了的蓝颜料,像周庄染坊里铺展的蓝绸缎,典雅而古老;浅蓝的一层,像我在澳门威尼斯见到的人工天幕,那是永远不变的蓝天白云。而此时亚龙湾的上空飘着朵朵白云,倒影在海水中,海天一色,你分不清哪是海水,哪是蓝天了。靠近海岸的浅海,海水浅清,犹如鸡蛋清,清澈、透明、光亮。海里的游鱼、虾蟹、螺贝等历历可辨。那般的清澈,让人的心一下子变得十分纯净,让人忘记世间的纷纷扰扰,只想变成一条小鱼,悠闲自在地游在其中。

　　这时,太阳的光芒,闪耀在天上,也映到海里,像大把大把的金子银子被抛进海里,金灿灿的,又像片片鱼鳞被铺在水面。海浪轻轻地涌动,海面波光粼粼、闪闪烁烁。阳光照耀在不同颜色的海水里,令你不禁想起许多美妙的词语,比如:色彩斑斓、五光十色、如痴如醉。此刻,我的脑海里闪过普希金《致大海》的诗句:"再见吧,自由奔放的大海!这是你最后一次在我的眼前,翻滚着蔚蓝色的波浪,和闪耀着娇美的容光。"但我知道,亚龙湾不会是最后一次在我眼前。

　　亚龙湾祖母绿般的碧绿诱惑着你,如纯净水般的澄清吸引着你,向你发出醉心的邀请。我情不自禁地脱掉鞋子，卷起裤脚，光着脚丫子走进海里，接受大海的洗礼。我把脚轻轻地放进海水里，生怕深冬的海水把我冻坏。没想到那海水却是温凉的！我一阵惊喜。北方的海就算是在夏季，你刚投入海水中那一刻，凉意也是如同闪电传遍全身，你要有一些时间才能适应。而深冬的三亚却似初夏，海水不冷不热，非常舒服。三亚年平均气温25.4摄氏度，最寒冷的1月平均气温有20.9摄氏度。难怪北方的老人像候鸟一样纷纷"飞"来三亚过冬，享受阳光、海水、沙滩、空气。我前一天在万泉河认识的一对东北退休夫妇，当天也来到了亚龙湾。那男的正准备下海游泳，老伴则陪着小孙子在浅海嬉戏，提着篮子拾贝壳。

在海里玩累了，我走上岸，走向用椰子叶编织的凉亭，躺在沙滩椅上看海、听涛、吸椰子汁。那椰子刚从树上摘下，我就在椰子上切一个口子，插进一根吸管直接喝，天然、新鲜。

一不小心就会迷失在季节里

亚龙湾的沙滩,沙子绵白、精细、柔软、温和。赤足走在沙滩上,那绵软如同爱人轻柔的抚摸。把脚深深地埋进沙里,瞬间感觉如靠在春天的胸膛般温和。摸一摸沙子,感觉如同丝绸掠过指尖;抓一把放在掌心,心里满是面粉般的细腻。三亚人说,亚龙湾的沙子不是普通的海沙,那是千百年来,海浪把珊瑚、贝壳等一点点打碎碾成的粉。原来这些洁白的沙子,曾经是美丽的珊瑚、可爱的贝壳,它们曾在海底展示过生命的精彩,展现过动人的姿容。而如今,它们又以洁白的风姿展示生命的另一种形态,给人类奉献高贵的华美,就如落叶一般,化作春泥更护花。

我对这些沙子不禁心生几分爱恋,心想这些华美的沙子,曾经历过多少苍凉与无奈。多少回的波卷浪压,多少年的风吹雨打,就这样伴着亚龙湾潮涨潮落,陪着岸边的三角梅,荣荣枯枯,"养在深闺无人识",不知寂寞荒凉多少岁月。

是金子总会发光的,美终究不会被污垢遮掩。今天的亚龙湾正以其迷人的风采为世人所熟知,闻名中外,被誉为"天下第一湾"。2005年,在由《中国国家地理》杂志组织的"中国最美的地方"评选活动中,亚龙湾摘取了"中国最美海岸"桂冠。

"三亚归来不看海,除却亚龙不是湾",这是人们对三亚、亚龙湾由衷的赞誉。作家叶永烈曾写过《三亚归来不看海》,盛赞三亚的海。也许你会觉得夸张,但是,三亚的确像一个魅力无穷的美女,吸引着全世界的目光。2007年,当时的俄罗斯总理普京表示,他最想去的地方就是中国的三亚。这无疑给三亚做了免费宣传。此后俄罗斯人纷纷来到三亚,尽情享受这里充足的阳光、优质的海水。尤其到了冬季,当俄罗斯人穿着厚厚的皮大衣仍挡不住如刀割般的寒冷,三亚却如夏天般温暖,他们又怎么能抵挡得住三亚蓝色的诱惑呢?我在大东海天然浴场,就见到不少金发碧眼的俄罗斯人,他们赤裸着上身,有的睡在沙滩椅上,有的直接在沙滩上铺一条浴巾,躺在上面享受阳光的抚摸。

冬季到三亚来看海,你一不小心就会迷失在季节里。

三亚:在天涯海角想着你

在我看来,天涯海角是一个适合怀想、适合放逐爱情的地方。在天之涯、海之角,想着不远千里来到这里的古人,想着揣放在自己心里的人,我不禁心潮澎湃,感慨万分。

来到离三亚市23千米的天涯海角景区,展现在我眼前的是婆娑的椰林、蔚蓝的天空、苍茫的大海、金色的沙滩、突兀的岩石和醒目的石刻。景致不算多,对于见惯大海的我来说,这些都熟悉到不能再熟悉。照理来说,这样的景致不容易使我激动,但实际上,从我听到要到天涯海角那刻起,我就开始憧憬。当我看到游客争先恐后在刻有 "天涯""海角""南天一柱" 等字样的岩石前拍照留念时,我深受感染,也站在这些石刻前。除了拍照,更多的是思考。

就算是第一次见到"南天一柱"的人,都不会对它感到陌生,因为它的雄姿早已印在第4套人民币2元面值纸币的背面上。这是一尊圆锥形巨石,高约7米,

雄傲于碧海上像盖在茫茫大海中的一个巨型印章,阳刚而大气,故而又有"财富石"之称。巨石上"南天一柱"4个红色大字,由清代宣统元年崖州知州范云梯题刻。

与"南天一柱"相对的,是天涯海角最早的勒石镌字"海判南天"。其旁边有一块崖石,上面刻有"中国古代天文大地测量崖州遗迹"字样,简单介绍"海判南天"的来历。2012年,中国科学院国家天文台等3家单位确认此处是康熙时期中国天文大地测量遗迹。由此,解开了历史上对"海判南天"来历的种种纷争,还原了历史。

清朝康熙年间,第一次进行全国性版图《康熙皇舆全览图》的绘制,测绘此处是中国陆地版图南极点的标志。负责测绘工作的钦差大臣,剖石刻写"海判南天"4个大字。"海"指南海,"判"是指一剖两半。此处就是"天南海北"的分界。刻写"海判南天",其用意是"以为标志,并须永久保存"。

岁月荏苒、沧海桑田,几百多年过去了,它依旧立于海边,听涛声、观人潮、看人间悲欢离合。

其实,天涯海角,不只是地理意义的尽头,而是一种文化意境,是千百年来凝成的文化底蕴,也是一种"天涯情结"。

唐代文学家韩愈在祭奠侄儿十二郎的祭文《祭十二郎文》中写道"一在天之涯,一在地之角,生而影不与吾形相依,死而魂不与吾梦相接",其悲痛之情令人唏嘘不已。后人把"天之涯""地之角"引申为"天涯海角",比喻遥远到不能再遥远,到了天地的尽头。一说起天涯海角,马上想到尽头,前面再也无路可走了。于是不同的人会有不同的心态,有人想到要走到天地的尽头,还有什么放不下的呢;有人想到要跟心爱的人,携手走到天涯海角,见证爱情的忠贞;有人想到,天的尽头都到了,人生还有什么意义,于是一种悲凉的情绪弥漫开来。

正是因为它的遥远,"天涯海角"成了皇帝流放跟其意见相左的"逆臣"之所。唐代名臣李德裕、宋代名臣胡铨、宋代大文豪苏轼等都曾被贬至海南。他们来到"天涯海角",想起不幸的人生际遇,想起万里之遥的亲人,想起这辈子可能都无法再相见,顿时感慨万千。李德裕的"一去一万里,千之千不还",胡铨的"区区万里天涯路,野草若烟正断魂",都道出"天涯茫茫无归路,海角渺渺有断肠"的悲凉。

在我的想象中,天涯海角是一个浪漫的地方。你想想,相亲相爱的人相携相拥来看天涯,看海角,立下一生相守的誓言,然后两人慢慢变老,走完人生路。这是一件多么浪漫的事!

在传说中,"天涯石"和"海角石"正是爱情的化石,跟我的想象不谋而合。很久很久以前,有一对青年男女相亲相爱,可是,他们不能结合,因为,他们的家族是世仇,祖辈的仇恨,要他们拿生命来偿还。既然今生不能在一起,那么就来世继续相爱吧!他们满怀爱情的信念,携手跳进汹涌的大海,化作两块磐石。人们被两人忠贞的爱情感动了,在两块磐石上分别刻下"天涯""海角",象征着"天涯海角永远相随"。它成了很多热恋男女的爱情誓言。正如林子祥、叶倩文在《选择》中唱道:"希望你能爱我到地老到天荒,希望你能陪我到海角到天涯。"

带我们来天涯海角的王导游说,来到"天涯海角",一

天涯海角,是千百年来凝成的文化底蕴

我愿意相信这是爱情的化石

定要给自己的家人、爱人或是恋人打个电话报个平安，说一声"我爱你，我想你"。他说得声情并茂、情意绵绵，非常感人。是啊，亲情、爱情、友情、乡情，总有一种情在你心底落地生根，酿成一壶美酒，醇香伴你走天涯海角。如果在天之涯，在海之角，有一个人叫你牵肠挂肚，或是有一个人把你深深想起，于你，于他/她，是一件多么幸福，多么浪漫的事！

听了王导游的话，团里那些情侣情不自禁地紧紧相拥。很多游客都转过身打电话，发短信。阿琼拨通了她老公的手机，柔情蜜意地说："老公，我想你！"大概电话那头回应说"老婆，我也想你"吧，阿琼笑得花枝乱颤、面若红霞，令我羡慕不已。

我也给阿明致电，含情脉脉地说："我在天涯，念着你；我在海角，想着你。你

想我吗?"手机那头传来他有些懒洋洋的声音:"你什么时候回来?"而我想要的答案却是"我也想你"。这就是生活吧!你要的浪漫、你要的诗情画意并不都如你所愿,你的生活往往被打磨得平淡无奇。因为无论多么热烈、浪漫的爱情,总要回归于生活的平淡,平平淡淡才是生活的真谛。

有些情,有些人适合深深地埋在心底,默默地想念,不为人所知,不在口中走出。

有些话就对着大海喊出吧!

我站在海边浮想联翩。一对情侣在沙滩上画了一颗大大的"心",又画了一个穿"心"而过的"丘比特之箭"。身后的海浪不断向前涌,不知会不会把这颗"心"冲走。

海口:热辣的佤山风情

提起佤山,我就想起根据小说《七进佤山》改编的老电影《孔雀飞进阿佤山》,想起传唱了半个世纪的《阿佤人民唱新歌》:"村村寨寨哎打起鼓敲起锣/阿佤唱新歌/毛主席光辉照边疆/山笑水笑人欢乐/社会主义好哎架起幸福桥/哎/道路越走越宽阔越宽阔。"新歌唱出了阿佤人民对社会主义祖国的感激之情,唱出了对幸福生活的向往。

电影、歌曲唱响了阿佤,阿佤从此走进了我的心中。

佤族是云南省西南部的一个古老的民族,佤族人生活在阿佤山地区,是古代"濮人"的后裔。他们自称"阿佤""佤"或者"巴饶克",意思就是"住在山上的人"。

几年前,我曾到过云南省的阿佤地区,领略过佤山风情。今年,在热辣辣的夏天,我在海口,又一次近距离接触佤族人,观看了他们热情奔放的歌舞,领略了热辣辣的佤山风情。

表演舞台的装饰充满了佤族风情。舞台背后是一堵墙,上面铺有稻草,写着"佤山风情"4个大字,中间是一个红色的牛头。在佤族创世史诗《司岗里》和古代神话《达惹嘎木》中,都记录着牛是人类始祖的传说,还讲述了牛是佤族人救命恩人的感人故事。牛在佤族人民心目中,是吉祥、神圣、高贵、庄严的象征,是庇佑自己的神灵,是勤劳和富足的象征。在佤族,谁家牛头挂得越多,谁家的权力就越大,经济也越富足。佤族人对牛的崇拜产生了一系列与牛有关的文化现象,形成了独特的佤族图腾崇拜。

跟雷州半岛人崇拜狗,又吃狗肉一样,佤山人一方面崇拜牛,视牛为神灵,另一方面又有剽牛习俗，而且剽牛的过程让人感觉很血腥。在外人看来，这很不可思议。在佤山人心目中，牛是人与神灵议和的最佳使者，只有牛血才能抵达神灵的世界，于是牛在这个习俗中，扮演的是伟大的献身者角色，也只有牛才有资格充当这种重要角色。这跟我们平时所看到的屠宰不可一概而论。

舞台的绿色背景布里还画着各种图案，展示了阿佤人的各种图腾崇拜。表演者是一群年轻的佤族男女。

他们身上有着明显的山里人特征，个子普遍不高，无论是男是女，都在1.5米左右，皮肤黝黑光亮，长长的头发，又黑又浓，有些人头发甚至长过腰部。不光是女子长发飘飘，连男子也是。如果光是从背后看，真分不清是男是女。

我就弄错过。在表演开始前，我看到舞台旁边的屋子有人进进出出，都穿着红色的裤子，有的人只穿胸衣，全身的皮肤大部分暴露在外；有的人甚至不穿上衣，裸露着上身。我吓了一大跳，心想：这里的人怎么这么开放，大庭广众之下也敢穿成这样！等其转过身一看，原来是长着胡子的男子！我这才松了口气，又不禁偷笑自己的迂腐。

舞台上的佤山男女随着强劲的音乐热烈地舞动，飘逸的长发上下翻飞，不停地左右前后甩动，散发着热情，舞动着如火的青春，如春风拂杨柳，如瀑布纵情倾泻。舞蹈节奏明快浑厚，舞姿刚劲有力，充满了让人激情燃烧的"动感风情"。整个舞蹈又给人原始、粗犷的感觉。

佤族是个能歌善舞的民族，歌舞能力似乎是与生俱来，"会说话就会唱歌，会走路就会跳舞"，是佤族风情的真实写照。自古以来，聪明的佤族人民创造了丰富多彩、别具民族特色的歌舞，有古老的祭祀舞蹈、舞姿优美的表演性舞蹈、

阿佤姑娘的"甩发舞"

反映生产场面的劳动舞蹈、喜庆场合跳的自娱性舞蹈，等等。所以，他们的歌舞不只是属于舞台，在生产生活中，在喜庆或悲伤中，在宗教祭祀中，他们的歌舞无处不在，随口而歌、随地而舞。歌舞成了佤族人表达心声的极佳形式。

"吞火""喷火"表演叫人心惊肉跳。一个小伙子拿着一支燃烧得正旺的火把，在全身上下来来回回地烧着，又故意将火把停在胸部良久，表情怡然自得，似乎很享受。我的神经猛地收紧，头皮发麻。他又就着矿泉水瓶喝一口，努力向烧着的火喷去，一个通红的火团熊熊升起，台下有观众"啊"地惊叫着。他把火把放进嘴里吞火。胆小的观众马上捂着眼睛不敢再看了。接着，他将火把从嘴里拿出，张开嘴给观众看完好无伤的，观众鼓掌，大声叫好。

最激情奔放的是"甩发舞"表演。几个健美的长头发姑娘，手拉着手，唱着、跳着出来。随着音乐的进行，姑娘们将长长的头发有节奏地向前甩，向后甩，左右甩，转身甩，双膝跪地甩，单人甩，集体甩。形式多种多样，动作矫健而优美，场面热烈而奔放。观众情不自禁地随着头发的甩动而鼓掌。

最后的互动节目竹竿舞，更是让游客热血沸腾。不少游客情不自禁地跟着舞之蹈之，热辣辣的激情在竹间欢快地跳跃。

"舞蹈何须必锦罗，春风拂夜不簪螺。佤乡儿女多豪放，一曲新歌倾玉阿。"阿佤人民唱的新歌，不只是在佤族山寨传唱了，它早已飞出深山老林，飞进繁华的都市，带来热辣辣的佤山风情。

有一种遇见在岭南
YOU YIZHONG YUJIAN ZAI LINGNAN

港澳:直抵心底的刺激

有 一 种 遇 见 在 岭 南

马湾海峡:车过青马大桥

　　第一次去香港,同游者是我的好友阿娟,时间是8月中旬。这时,在节气上已是立秋,但在南国依然酷热难耐、热浪滚滚。我的"港澳游"就是在灼人的热浪中度过,我的热情一如这天气。因为是第一次去香港,我心情很激动。

　　香港毗邻广东省。无论是从散发着火药味的历史书上,还是在充满时尚现代气息的电视剧里,抑或身边人的嘴里,"香港"这个名字早已如雷贯耳。于是我梦想有一天能踏上这块热土,凭吊一下曾经铁蹄"嘚嘚"作响的古迹,观看星光熠熠、光芒四射的大道,感受花花世界的繁华气派。如今,我要让昔日的希冀、梦想尽情地放飞。

　　这天早上,我们从深圳皇岗入关,然后乘专车到香港海关口。

　　按原计划,这一天的行程是先乘旅游车游青马大桥,再前往迪士尼乐园,最后从太平山居高临下欣赏香港全景和夜景。

　　但是在过关时,有一个团友的签证出了问题,需要补办有关手续后才可放行。全团40多号人统统按兵不动在大厅里等她。这时正是过关的高潮,人山人海。天热,人多,最难受的是那些小孩,心早已飞到迪士尼,人却还要在关内煎熬。有些人不免有些微词。这也难怪,一个人的失误,全团人受"株连",而且这样的失误是事前可以避免的。1个多小时后,她终于通过了香港海关的严格检查。

　　香港的导游早已在等我们。导游是个年轻的姑娘,姓王,人很秀气,我们叫她"王美女"。她口才很好,说话轻声柔气,广东话和普通话都说得很漂亮。她对香港的人文地理、历史典故都了如指掌,在旅游车上她一路不停地给我们介绍香港。

　　香港原属广东省宝安县。19世纪鸦片战争爆发，战败的清政府被迫跟英国签署一系列不平等条约，割让香港岛和九龙半岛给英国，新界被强租。整个香港地区由英国人管理。1997年，香港才回到祖国的怀抱。

　　从地理位置看，香港位于珠江口东侧，面朝南海，是珠江内河与南海交通的咽喉，北接深圳，西邻澳门，是南中国的门户，还是亚洲及世界的航道要冲，又是世界上最繁忙的港口之一。香港由香港岛、九龙半岛、新界和离岛组成。

　　我们当时在香港的新界。我们坐在车上不断看到一座座的山。山不挺拔，也

从车上看气势恢宏的青马大桥

不峻峭,但很翠绿、清秀。加上山上清新的空气,让人感觉特别舒服。在我的印象中,香港往往跟高楼大厦、闪耀的霓虹灯联系在一起,没想到还有这样的青山绿水,简直就是天然氧吧。

"青马大桥就在前面了!"王美女指着前方。远远地,我们望见青马大桥模模糊糊的轮廓,似在云雾中,又像用轻纱罩着悬挂在半空中,有一种朦胧的美。

青马大桥是香港的标志性建筑之一,也是香港观光的一个景点。它横跨于青衣岛至马湾的海面上,是连接大屿山香港国际机场和市区的主要桥梁。王美女告诉我们,这座桥兴建于1992年5月,1997年5月开放通车。桥身长2.2千米,主跨长度1377米,距离海面62米,是全球最长的公路及铁路悬索两用吊桥。它采用双层设计,露天上层是三线双程分隔快速公路,下层是机场快线以及港铁东涌线。

青马大桥渐渐近了,渐渐清晰起来。它与连接马湾、大屿山的汲水门大桥一起,从车上望去,就像两道美丽的彩虹横跨海面,气势恢宏,雄伟壮观。海面上有来来往往的船只。蔚蓝的天、碧蓝的海,车子就如轮船在大海中航行。这一切真的很美。

壮观恢宏的青马大桥,让我想起美国的金门大桥,二者难分伯仲。难怪青马大桥被美国建筑界评为"20世纪十大建筑成就奖"得主之一。

迪士尼乐园:不只是欢乐

一

来到迪士尼乐园已是正午,正是太阳最猛时,如火的阳光刺得眼睛几乎睁不开。

在高大的绿色门廊上,卡通人物米奇老鼠微笑地站在最上面,张开双臂,好像在说:"欢迎您,来自五湖四海的朋友!"它的脚下分别用英语和繁体中文写着"欢迎光临香港迪士尼乐园度假区"。许多游人顶着灼人的烈日,纷纷在此拍照留念。

走在迪士尼迎宾大道,听着欢快的迎宾曲,所有的烦躁渐渐离去,我很快受到感染,融入这欢乐的气氛中。在迎宾大道的尽头,是一座星形喷水池。水池中心有一条巨大的鲸鱼塑像,它不断地喷出伞形的水花,而米奇老鼠随着音乐在水花上表演冲浪。米奇老鼠的朋友米妮、唐老鸭和黛丝则站在池边欢迎游客。

乐园的入口处,工作人员除了验票,还有一项工作是别处少有的——检查游客的袋子。在车上导游早就告诉我们,迪士尼乐园禁止游客带食物进去,一个人只允许带一瓶矿泉水。这其实就是要求游客在里面消费,你不得不佩服迪士尼人的精明。迪士尼乐园内什么东西都有得卖,但就是非常贵,一瓶在外面只卖两三元的矿泉水在里面卖到10元,其他东西更不用说了。中午我在里面就餐,只要了一份荷叶包饭和一碗米羹,就花了100多元钱。

可爱的米奇老鼠欢迎四方来客

　　进入乐园,首先见到米奇老鼠。这是用花木修整成的米奇头像,非常逼真、可爱。

　　香港迪士尼乐园面积仅有126公顷,是全球第五个以迪士尼乐园模式兴建、第一个根据加州迪士尼(包括睡公主城堡)为蓝本的主题乐园。整个游乐园分为4个主题区:美国小镇大街、明日世界、幻想世界、探险世界。有关资料介绍说,进入香港迪士尼乐园的游客将会暂时远离现实世界,走进缤纷的童话故事王国,感受神秘奇幻的未来国度及惊险刺激的历险世界。

　　我觉得这个介绍一点也不夸张。的确,身处迪士尼乐园,我仿佛走进梦幻般的童话世界,在乐园内不时见到的迪士尼卡通人物米奇老鼠、小熊维尼、花木兰、灰姑娘、睡公主等,让我有重回童年的感觉。这一天置身于各个主题区,我不断感受到惊喜、震撼。

热闹的"美国小镇大街"区

处处可见米奇老鼠造型

迪士尼巡游表演

　　我们首先走进"美国小镇大街"区。这是根据典型的美国小镇设计的，富有怀旧色彩。它展现的是20世纪初美国典型的市镇面貌，那个年代煤气灯刚刚被电灯取代，马车被汽车替代。小镇是名副其实的小镇，它只有一条大街。大街中间是一条红砖铺展的大路，人来人往，非常热闹。两旁则是别具特色的商店和餐厅，商店里面的商品琳琅满目，而且往往跟迪士尼的主题有关。沿街的房屋建筑颇具欧美风情，楼房一般只有两三层高。每座形态各异，各具特色。可以说每座建筑都是一件精美的艺术品。我被这些独特的建筑深深地吸引了，相机不停地忙碌着。

　　在规定的时间可以看到不少精彩的表演，"迪士尼巡游表演"就是其中一个非常出色的节目。巡游表演分为好多个主题，造型五彩纷呈，有卡通人物，有神话传说及童话故事中的人物,如白雪公主、七个小矮人等。所有参加花车大巡游的歌舞演员随着音乐翩翩起舞,且边舞边唱。演员表演非常卖力、精彩,有些演员还跟围观的游客友好地握手。其场面之壮观、阵容之庞大、内容之精彩,令人叹为观止。表演时间虽然只是短短的10多分钟,却令在场的游客如同走进缤纷的童话王国中,叫人流连忘返。

二

迪士尼每天开放时间为上午10点至晚上9点,实行"一票制"。一张大门票可以随意看园内各种杂耍、娱乐表演及巡游,玩遍各种游乐设施。

在迪士尼乐园,我觉得时间太短了,一天时间根本不能玩遍所有的游乐项目。主要原因一个字:多。一是项目多。整个乐园分为4个主题区,每个主题区内又有许多游乐设施,玩不完。二是人多。在这里不仅有小朋友,还有大朋友;不仅有黄皮肤,还有白皮肤、黑皮肤,甚至棕色皮肤,人如潮水、摩肩接踵。玩每个项目都要排队,时间短的也要二三十分钟,长的排上一个小时也轮不到你,非常考验人的耐心。这天,香港的气温高达30多摄氏度,天热、人多,处处可见到汗流浃背的人,闻到刺鼻的汗味。幸亏我生长在南方,对暴日酷热早就有了耐受力,要不早就中暑了。这样的天气真是难为北方人了。

虽然排队很烦人、累人,但人们都很讲公德。在香港短短几天,我排过不少次队,但没见过有人插队。主办方只是用一条绳子象征性地挡着,你只需猫一下腰,低一下头,就可以轻易地从绳子下面钻进来,但没有一个人愿意这样做,大家都是老老实实、中规中矩地排队。人的素质由此可见一斑。

睡公主城堡广场的"歌舞青春热跳传递"表演很给力,历时30分钟。它的创作源自迪士尼著名歌舞电影《歌舞青春1》及《歌舞青春2》,表演元素为强劲的音乐加上连场街头热舞,载歌载舞兼有高尔夫球、排球、篮球、足球等体育运动动作。表演者为一群20岁左右的俊男美女。他们不时热情地邀请游客参与。看着他们充满青春活力的倾情演绎,我感到热血沸腾、热力澎湃、激情燃烧,青春

这样的卡通人物最受小朋友欢迎

青春热跳

劲舞跳不停

的元素在不停地扩张。受感染的游客情不自禁地跟着演艺人员唱起来、跳起来，全身心投入到劲歌热舞的气氛中。看到这样的场面，我的内心不停地发出这样的声音：青春真好！年轻真快乐！

下午4点，艳阳依然高照，"米奇水花巡游"开始了。在全世界所有迪士尼乐园中，"米奇水花巡游"是香港迪士尼乐园独有的。据说是派对主人米奇为夏日宾客附送的额外礼物，用活力来灌溉整个夏天。巡游由"飞雪"矿物质水呈献，由七辆漂亮的全新花车组成。伴随着美妙的乐曲，迪士尼朋友以及演艺人员载歌载舞。他们不时向围观的游人喷洒水花，四溅的水花引得观众阵阵惊叫。那种叫声充溢着喜悦、欢欣，听起来十分和谐、悦耳。洒出的水花还散发出幽幽的清香，一路弥漫，一路氤氲，直沁心肺。

我撑着花雨伞，一边观看，一边不停地拍摄，一不小心给飞来的水花溅湿了衣服、头发，幸亏相机只是湿了一点点，无大碍。虽然全身湿漉漉，但感觉十分清爽、舒坦。

"米奇水花巡游"给游客送来清凉一夏

三

在香港迪士尼乐园，我和好友阿娟先后玩了3个游乐项目："疯帽子旋转杯""小熊维尼历险之旅""小小世界"。当时玩"疯帽子旋转杯"我还觉得有些刺激，有点好玩，但跟后来在海洋公园所玩的项目相比简直是小巫见大巫。现在回忆起来，停留在我脑海中的只有杯子快速旋转时那种微微的凉意，还有人们的惊叫声。

最叫我难忘的是"小小世界"。它在迪士尼乐园是最受欢迎的经典设施。

"小小世界"外墙有钟楼，由大积木搭成。钟楼高24米、宽107米。钟面像一个人的脸。楼身点缀着金叶，镌刻着阿拉伯数字、数学图形等，很像小孩子的玩具。每隔15分钟，钟楼就会有玩具木偶出来报时。在外墙上还可以找到不同国家的地标，例如摩洛哥的尖塔、巴黎的铁塔、伦敦的大笨钟等等。

　　在里面排队将近1个钟头，快轮到我们时，我心中正暗喜，突然听到分别用广东话、普通话、英语播送的通知：游船出了点故障，请游客们稍等。于是人群一阵骚动，我也感到挺沮丧，好不容易要轮到自己，偏偏这时出故障，还不知什么时候才能恢复呢！幸好不到1分钟的时间，工作人员就宣布排除故障了，我转忧为喜。

　　小小的船载着不小的我们驶入小小的河里，进入盼望已久的"小小世界"。

　　"小小世界"是一项微缩景观，由华特迪士尼跟一群幻想工程师共同创作，于1964年在纽约举行的世界博览会面世。它是全球首个采用环绕立体声处理"小小世界"场内音响效果的迪士尼乐园，宣扬和平、和谐的理念。

　　船一驶进"小小世界"，悦耳的歌声如清风般扑面而来。那歌声就是"小小

各种可爱的造型

小小的动物世界

世界"的主题曲。

在小河的两边,是一个世界风情展示场,游客坐在船上就可以欣赏到融入各种场景中的迪士尼卡通人物。在这里我们"走进"了大洋洲、欧洲、亚洲、北美、非洲、中东……一会儿是冰天雪地,一会儿是炎热的大沙漠,一会儿又是热带雨林;一会儿看到海狮、海象、北极熊,欣赏因纽特人一边钓鱼,一边高唱"小小世界"主题曲;一会儿沉浸在灰姑娘和王子的浪漫爱情中;一会儿随哥伦比亚的海狮、智利的企鹅、秘鲁的小朋友翩翩起舞……一会儿听到小鸟在啁啾,一会儿听到雨在淅淅沥沥,一会儿听人鱼和她的姐妹们在海底歌唱……

这些场景有些是静态的,有些是动态的,里面的人偶和动物在不断地活动,而且左右两边同时进行。我左拍右摄,精神高度集中,唯恐漏了哪个场景。刚刚看到左边的阿拉丁在神毯上飞行,马上又见到右边的小鹿斑比在溜冰;刚刚见到花木兰在放风筝,马上又见到史迪奇在冲浪……

在短短的9分钟内,我们"走遍"了全世界,看到了不同气候的变化,领略了各种文化。每进到不同的场景,我们都会听到童声用相应语言演唱的主题曲《小小世界》,还有看到UV灯光和荧光漆制造的效果。

迪士尼乐园,一个名副其实的奇妙乐园。我恍如回到童年,忘记了时光。

海洋公园:直抵心底的刺激

迪士尼乐园让我感受到的是奇妙,而海洋公园则让我感受到刺激。那是一种直穿心底的刺激。

香港海洋公园位于香港南部香港仔海洋公园道,东濒深水湾,南临东博寮

俯瞰香港海洋公园

海洋剧场，这里有好多表演

海峡，西接大树湾，三面环海，是亚洲最大的海洋公园，也是世界最大的海洋公园之一。公园分为低地与高地两部分。低地部分名为"黄竹坑公园"，是海洋公园的正门入口处；高地部分名为"南朗山公园"。

我们是午餐后前往海洋公园的。那时正是午休时间，瞌睡虫不停地爬来爬去，扰得我昏昏然。一路上导游不断介绍住在这一带的香港名人贵族发家史、逸闻、物业等。每到一处她就告诉我们，哪里是前特首董建华及其夫人的住处，哪里是李嘉诚的，哪里是成龙的……虽然他们的楼房外表看起来不怎么样，但是我等工薪阶层穷尽几世都难望其项背，唯有阵阵感叹。在感叹声中，汹涌的睡意没了踪影，海洋公园已在眼前。

海洋公园可玩的东西很多，其重要标志是驾空缆车(吊车)，全长1.4千米，它将山下低地与南朗山高地连接起来，游客在高空可俯瞰深水湾、浅水湾和低地公园的景色。还有其他景点，比如海洋馆、海洋剧场、海涛馆、鲨鱼馆、疯狂过山车、登山电梯、太平洋海岸、海洋摩天塔、超动感影院、雀鸟天堂、蝴蝶屋、恐龙径、儿童工国、极速之旅、古国历险迷程等，都值得玩或是赏。

惊险的游戏，刺激直抵心底

　　我和好友阿娟拿着海洋公园的地图，按图索景。

　　我们在大树湾乘坐登山电梯上山，进入高地。海洋公园有几部登山电梯，一部接一部延伸到山的最高处。这是世界第二长的户外有盖扶手电梯，长225米。电梯沿着30度角的山坡上升。登上电梯往下望去，人如悬在半空中，颇为刺激。

　　我们先到"滑浪飞船"。人很多，排成的队伍弯曲成无数个"S"形。我们排队的位置刚好面对"滑浪飞船"最惊险的一段。那是一段又狭又陡又长的水道，几乎成80度角倾斜。船行至这段，从高处猛向下俯冲，扬起的浪花有几丈高。坐在船上的人狂叫高呼，外面观看的人更觉得刺激有趣，恨不得快快轮到自己，好好尝试一下冲浪的滋味。

　　排队大约1个小时后轮到我们了。我坐在船头，阿娟坐在船尾。小船沿着水道徐徐行驶，穿隧道、过树林。水流一会儿缓，一会儿急；小船一会儿上山，一会儿下坡。不算长的行程，由于设计得曲折有致，让我们欣赏了沿途的怡人风光，很是令人惬意。水流渐渐湍急了起来，快到那段最惊险的水道了，我和阿娟打赌说看看到时候谁最先害怕。到了！我感到有股东西抵住胸口，好像有人狠狠地把我往山下推。阿娟叫得鬼哭狼嚎,非常惨烈。我没有叫,其实我也想叫,只是努力控制,不让自己叫喊。船在最陡处往下冲的时候,开始我觉得有点难受,后来觉得非常刺激、过瘾。我们的头发、衣服全部被飞起的水花打湿了,似落汤鸡。下船后,阿娟惊魂未定,直怪我带她玩这种吓人的东西。

休息了10多分钟,香港热情洋溢的阳光早已把我们的衣服吻得找不到一点水分了。我们走到紧靠"滑浪飞船"的"太空摩天轮"。我问阿娟还敢不敢玩,她勇敢地说有什么不敢的。

在"太空摩天轮"排队不到30分钟就轮到我们了。这是在香港这3天里排队所花时间最短的一次。

"太空摩天轮"呈一个大圆形结构,躺在蓝天白云下,青山绿水间。上面大约有20个舱位,每个舱位可容1至2人。我和阿娟分别坐一个舱位。太空舱只有门扣,没有安全带。我很纳闷:当摩天轮升到高处时,人会不会掉下来?我反复检查门扣扣紧没有,还不断地问工作人员我扣得对不对、安全不安全。

"太空摩天轮"缓缓起动,升高,呈弧形转动起来。渐渐地,我的胸口有些憋闷,呼吸也跟着困难起来。离地面远时,胸口犹如被什么东西挤压,我几乎喘不过气来;离地面近时,呼吸稍为舒畅些,人也舒服些。在这种挤压与松弛的轮轮回回中,"太空摩天轮"与地面成垂直角度!人的头部朝下,脚朝上。这时,地面的景物模糊成一片,我直感觉头晕眩不已,内脏如翻江倒海,似掀起万丈波涛,胸口窒息得想呕吐,呼吸几乎要停止,非常难受。我不敢睁开眼看了,只觉凉风不停地在耳边呼啸。不知过了多长时间,感觉风渐渐地变小了,呼吸正常了。我睁开眼睛一看,原来"太空摩天轮"回到地面了。

从太空舱里出来,只觉双腿发软,人有点虚脱。阿娟更惨,要我扶着才走得动。

我们找了一个地方休息。休息时,阿娟问我,刚才在"太空摩天轮"上有没有想她。我说,没有啊,当时很难受,只想到自己会不会停止呼吸,会不会壮烈"牺牲"在摩天轮上。她就大声喊不公平。她说,在摩天轮她那么难受还不停地想我,难不难受,害不害怕,而我一点也不想她。我很感动,伸过双臂搂搂她。

我们继续欣赏风景,寻找目标。

我们来到了"极速之旅"。"极速之旅"又叫"跳楼机",有20层楼那么

玩累了,坐在海洋公园山顶看香港的繁华如梦

中间最高者为"极速之旅"

沉浸于山脚下香港海之蓝,忘却尘世的浮躁

高,有人戏称其为"死亡之旅"。不是每个人都适合玩或者敢玩这个游戏,像有恐高症或有心脏病的人千万不要玩这种游戏。海洋公园附加的游客须知就规定"任何人如有因高空下坠而晕眩或有呼吸系统疾病的病历,则不得乘坐'极速之旅'。"

在车上导游就说过,在海洋公园,刺激的游乐设施很多,最刺激的莫过于"极速之旅",她坐过一次之后就再也不敢玩了。在来香港之前,我也听人说过坐"极速之旅"的感受,那人拍着胸口说:"太刺激了,太可怕了!""极速之旅"真的那么可怕吗?只有试过再说,不试又怎么知其滋味?这时我的好奇心占了上风,忘记了在"太空摩天轮"几乎窒息的经历。

又是排队等候。过了许久终于轮到我们了。

"极速之旅"速降机四面坐乘客,一人一位,每人的双脚都悬空。我坐在面朝大海的一面,只是这时没有春暖花开,只有蔚蓝的海、碧绿的山。保险杠扣好后,速降机开始缓缓垂直上升,整个人都飘了起来。速降机大约25秒后升至塔顶,然后停留在空中。我胆怯地往下面看,只见下面的游客如同蚂蚁一样渺小,我有点晕了。突然速降机急速下降,我赶快闭上眼睛,紧紧抓住防护栏不敢松手,心如打鼓般狂跳不已。有人在尖叫了。我们被放下到最低处时停了数秒,然后又被迅速地提起。这时的叫喊声连成一片,而且带有哭腔,恐惧至极。这回我再也无法像在"太空摩天轮"那样控制自己,也害怕地叫起来。我真的很害怕,感到心已离开自己,只剩下一个躯壳了。

从"极速之旅"下来,我几乎走不动路,胸口闷,想呕吐,休息了很久仍然心有余悸。这回,我算是领教到什么是"死亡之旅",什么是致命的刺激了。

此后,我们只是坐在海洋公园的山顶上看风景。站在高处,脚下、远处的风景一览无余。这是一个以蓝绿为主色调的世界。青青的山,蓝蓝的天,还有蓝蓝的海。最让我惊叹的是,香港的海如同铺上蓝色的绸缎,那么蓝,那么静。蓝得叫人醉心,静得让人舒心。

我沉浸于这醉人的蓝里,忘却了刚才刺激的恐惧,还有尘世的浮躁。

维多利亚港：幻彩咏香江

　　香港又名香江，素有"东方之珠"之美誉。白天我们领略了她的繁华与热闹，夜晚，维多利亚港则让我们领略了她的璀璨、绚丽与浪漫。

　　船游维多利亚港原本不在原计划的旅游行程中。导游说，香港的夜景最美丽、最迷人。最经典的莫过于坐游轮夜游闻名遐迩的维多利亚港，不但可以欣赏到港岛两旁的夜景，还可以欣赏精彩纷呈的灯光会演。到香港不夜游维多利亚港，等于白来香港，90%以上的中外游客都会选择这个项目。导游的精彩介绍让我们心驰神往，美丽的维多利亚港顿时在心头荡漾不已。于是全团人，除了两名晕船的老者外，其余的纷纷自掏腰包踊跃报名。

　　晚饭后，导游带领我们坐上旅游车前往尖沙咀天星码头，搭乘"辉星轮"游船。游轮船舱呈开放式构造，游客可以坐在座椅上闲适地欣赏两旁的风光，也可以站在船栏旁观看。我为了拍摄方便，整个航程一直站着。

　　灯火辉煌的"辉星轮"如同披满星光，缓缓地前行在波光微荡的维多利亚港。美丽的香江如同一幅幅浓墨重彩的油画，在我们面前，在我们身后，在我们左右，逐一展开，让我们恍如航行在画卷中。

　　是晚，夜空漆黑如泼墨，一颗星星也没有。不，不是没有星星，是天上的星星都耐不住寂寞，凑热闹跑到香江了。你看，维多利亚港两岸连绵不断、鳞次栉比、直逼云霄的高楼大厦不都是星光闪闪吗？

繁华香港一隅

　　8点，灯光会演开始。这个会演有一个动听的名字，叫"幻彩咏香江"，据说这是全球最大的灯光音乐会演，是香港旅游发展局耗资4400万港元于2004年建起的一个宣传香港的旅游项目，于2005年11月正式列入《吉尼斯世界纪录大全》。

　　会演包括音乐、灯光和镭射。镭射和探照灯光束交相辉映，在两岸的摩天大楼间不断地旋转、收束，放射出万丈光芒，绽放出幻彩，漆黑的夜空被映射得熠熠生辉、璀璨艳丽。

　　伴随着燃亮夜空的镭射和探射灯束，还有美妙的音乐，以及一路的精彩旁述，会展中心、国际金融中心、"奥运五环"等一一展现在我们眼前。

　　维多利亚港的海水缓缓地流动，海风柔柔吹拂，撩动着我的长发，让我感觉非常惬意。灯光倒映在海里，如同打翻的颜料泼进水中，构成了一个五彩缤纷、绚丽多姿的水上世界。这时已是时近中秋，圆盘般的明月高挂于空中，倒映在水里。夜空、海里，波光粼粼、金光闪闪，把夜幕下的香江打扮得光彩夺目，无与伦比。置身于这样的夜晚，恍如仙境，又似梦幻中，怎不叫人心旷神怡、激情澎湃！快意人生，莫非如此？

　　船上的游客目不转睛地欣赏着这浪漫迷人的夜色。一个5岁左右的小女孩

迷人的香江之夜

躺在妈妈的怀里,母女拍着手动情地唱起《东方之珠》:

> 小河弯弯向南流,
> 流到香江去看一看,
> 东方之珠,
> 我的爱人,
> 你的风采是否浪漫依然。

　　此情此景跟歌词太切合了,周围的游客被她们的歌声吸引,深受感染,情不自禁地拍着手掌,和着节奏,跟着她们一起深情地唱起来。顿时,热情的歌声在船舱里回荡,随着香江水起伏。
　　灯辉、波光、歌声、笑语,维多利亚港之夜是如此迷人!

香港:时尚与传统并肩

港澳游结束返回后,不少人这样问我:香港好玩吗?到澳门赌钱了没有?买了什么东西回来?

问这样的问题一点也不奇怪。在许多人印象中,像香港这样一个中西合璧的社会,不但是娱乐王国、购物天堂,还是一个风月无边的花花世界。

香港的确是一个娱乐天堂,我们这个团的行程就是以玩为主。像迪士尼乐园、香港海洋公园等都是很不错的游玩景点。

香港还是一个购物天堂。全世界的商品都跑到香港来了,琳琅满目,令人眼花缭乱,令你只恨自己的荷包太瘦,太不争气。

到香港的第二天,导游就带我们去购物,一个上午就去了3个地方,据说这是旅行社的行规。

香港是一个免税港、自由港,是"亚洲四小龙"之一,还是世界最富裕的地

区之一。香港本是一个人多地稀的弹丸之地，其自身的自然资源非常匮乏，所以十分依赖对外贸易，政府就用免税的政策来吸引世界各地的人来此消费，由此拉动旅游业的大力发展。香港政府更是把旅游业确立为"香港四大经济支柱产业"之一。

因为免税，有些东西在香港购买就比在内地便宜得多，例如汽车、摩托车、数码器材等。导游带我们到九龙土瓜湾一个政府指定的免税商店购物。一下车就有专人带我们进去听讲解、看产品。店里的数码摄影器材几乎都是世界各地的名牌产品，且全部是批发价，如果是团购还可以优惠。一部在内地要价5000元左右的摄影机，团购只需2000元左右就可以了。我们就有好几个团友当场成交，乐得导游笑得见牙不见眼。

最受团友欢迎的还是药品，我们每个有消费能力的人都购买了，而且数量还不少。那些师奶平时节俭得要命，一分钱也要掰开来花，到了香港个个变得豪气十足，一掷千金，眼也不眨一下。

我来香港之前就有不少人托我买药。广东跟香港很近,只有几个小时的车程,两地往来比较频繁。从香港回来探亲的人往往带药品做手信(礼物),有些人试过之后觉得效果好,就托人到香港购买。到香港游玩的人也喜欢买药回来自己用或是送人。于是香港的药就有了口碑。我这次到香港就买了2000多元的药,其他的东西则很少买,甚至连衣服也不买。这点让熟悉我的人十分吃惊。在他们的印象中,我追求时尚,爱穿时髦的衣服,去香港这样的国际大都市怎么会不弄点漂亮的东西武装武装自己?因为,在车上导游提醒我们不要在香港购买衣服。出于资源、人工费用等方面的考虑,香港的制衣业都搬迁到内地,尤其是广东珠江三角洲地区。在这些地方制作的成衣再运到香港当然比在内地购买贵得多了,在香港购买的衣服说不定就是内地生产的。如果要购衣不如到东莞的虎门实惠。

在香港有世界各地的牌子货。香港人比较讲面子,品牌意识比较强,买就买牌子货,宁可吃差一点也要有牌子货装饰门面。导游小姐就叫我们猜她的手袋值多少钱,我看那个袋子跟地摊上10元20元的差不多,一点也不好看,白送给我也不要。你猜多少钱?6000元!就因为是牌子货。当然,有些牌子货还是不错的,我就购买了几种味道的法国巴黎香水。

香港走在世界前列,跟世界接轨程度非常高。一方面,香港人思想意识非常超前,有创新精神;另一方面,他们又很迷信、传统,二者矛盾而又和谐地统一在一起。在这里,我们看到不少豪华气派的酒店、公寓里都设有神位。

在香港,香火最旺的地方就是黄大仙庙。黄大仙庙原名啬色园,始建于1921年,是香港人的精神寄托,在香港及海外都久负盛名,是香港一个著名景点,也是到香港旅游必去的地方。我们的行程当然也少不了这个地方。

黄大仙庙供奉的黄大仙,又名赤松仙子,原来是个牧羊人,后来经路过神明的指点,学会治病救人,后人为此建祠供奉。据说黄大仙很灵验,求事业的、保平安的、问姻缘的等等,都可以在此得到神灵指点迷津。第二次世界大战时,日本鬼子的炸弹把香港炸得破败不堪,人们逃难到黄大仙庙里,而投到庙里的炸弹怎样也无法爆炸,于是人们深信是黄大仙在庇护。

下车后,我们在黄大仙庙周围有许多卖香的人,20元钱一束,是人民币。在香港,人民币与港币同时使用,人民币很受欢迎。10元人民币可当11元港币使

用,在银行兑换更合算。我们
开始没兑换成港币,人民币
跟港币一对一使用,乐坏了
那些卖家。

　　我和阿娟各买了一束
香。黄大仙庙里人山人海、摩
肩接踵、香气萦绕、袅袅不绝。
在里面有人指导你在哪上香,
怎么拜,如何求。我本是一个
无神论者,但入乡随俗吧,我
十指合拢,心中默默祈祷:黄
大仙显灵,保佑爱我的人和我
爱的人都幸福安康。愿幸福缠
住我,痛苦远离我。

摩天大楼

古老的街道

澳门:让我抚摸你的沧桑

　　提起澳门,你可能马上会想到"赌博"。不错,澳门向来有"赌埠"之称,被称为"东方蒙地卡罗",是世界三大赌城之一。有些人来澳门就是为了一搏。所以,这里每天每夜上演着"神话",有人一夜富甲天下,有人一无所有,从跨海大桥上纵身一跳。赌博业往往滋生色情业,澳门的风情属于暧昧的夜色,她的风情在闪烁的霓虹灯下,在朦胧的夜色中放纵地展示,释放着人类最原始的激情。

　　掀开澳门风情赌埠的面纱,我看到的却是她那有形无形的沧桑。

一

我们是从香港港澳码头,乘坐"路氹金光大道——金光飞航"前往澳门的。

从澳门海关出来,澳门导游早已在等我们。她40岁左右,很苍老,穿着打扮很土气。她显得很匆忙,风尘仆仆,忘了介绍自己姓甚名谁。我们也没问。在我的想象中,澳门女子应该很时尚、很风情,没想到第一个见到的澳门女性如此沧桑,如同澳门的历史。

她先带我们到指定的酒店用餐,然后去购物。

行走在澳门的大街小巷,目之所及,随处可见颇有欧洲风味的葡萄牙式的建筑。

如果说香港是时尚的,那么澳门便是历史的;如果说香港是繁华的,那么澳门便是沧桑的。澳门的风物写满了历史的沧桑,见证了它的厚重。在这个阳光特别明媚的日子,行走在澳门灰色的巷巷陌陌中,寻找历史的痕迹,那又是异于香港的别样行程。如果这时你牵手亲爱的,穿行于历史与现代中,你的澳门之行会平添几分别样的浪漫。

澳门的楼房、街道以灰色为主。楼房一般不高,古色古香,少见鳞次栉比的摩天大楼,缺少香港那样的豪华气派,不像在香港令人不时发出"哗"的惊叹声。

澳门属半岛地形,地面起伏不平,弯道多,街道多且很短。街道很逼仄,两旁整整齐齐地停放着汽车、摩托车,只有中间很狭窄的空间可行车,所以澳门的车开得不快。许多地段为单行车道,但交通秩序良好。有些古老的街道是用石子铺成的,似乎还散发着大西洋咸咸的海水味。据说这些石子是从欧洲运来的。17世纪欧洲殖民者远航到中国澳门,怕空船易沉,就用石子装船压舱,再把中国的金银财宝运回本国,这样,留下来的石子别无他用,就用来铺路了,于是就有了这些见证殖民主义掠夺史的石子路。

路上的行人不多,行走的车辆也很少,显得很静谧。这跟香港有很大的不

逼仄的街道

同。香港的白天黑夜都是车水马龙、熙熙攘攘、热闹非凡，显现一个国际大都市的繁华大气。而澳门，与其说它是一个现代大都市，不如说是一个风情十足的欧洲小镇。

大白天不少店铺关着门，显得冷清。我们很纳闷，请教导游。原来澳门是凭借博彩业闻名世界，有些游乐场所白天休息，夜晚才展示它们的风情与诱惑。如果说白天的澳门是一个安娴的少妇，那么夜晚则是一个浓妆艳抹的妖娆舞女，澳门的风情在月色中暧昧。

对在澳门购物，团友没表现出多大的热情，因为大家购物的热情已慷慨大方地奉献给被称作"购物天堂"的香港了。跟精明的香港人相比，我们感受到澳门人的纯朴。吃的东西，你可以尽情地尝，大方地试，满意了再购买，不买也没有人给你脸色看。有些贪小便宜的游客不停地试，似乎没有一样东西令其"满意"。

二

按照原计划，购物完毕，我们便去莲花广场、大三巴、妈祖庙观光，每个景点给出的时间都非常短。

我们先到莲花广场。

广场不大，约有两个篮球场大小，"盛世莲花"雕塑傲然玉立于广场中央，在灿烂的阳光下发出耀眼的光芒。红色的国旗和墨绿色的区旗并立于蓝天白云下，在微风中飘扬。

莲花是澳门特别行政区区花，为庆祝1999年澳门主权移交，中央人民政府赠送澳门人民这座"盛世莲花"雕塑。"盛世莲花"用青铜铸造，表面贴金装饰，重6.5吨，高6米。主体部分由花茎、花瓣和花蕊组成，基座部分形似莲叶，由23块红色花岗岩相叠组成，象征澳门半岛、冰仔岛和路环岛三岛人民团结一致。

站在这个昔日见证澳门回归祖国的特殊地点，我想起了澳门回归祖国那激动人心的时刻，同时也回忆起澳门耻辱的历史。

澳门，自古以来就是中国的领土，16世纪中叶以后被葡萄牙逐步占领。1887年，葡萄牙政府与腐败的清朝政府签订了《中葡和好通商条约》。条约规定"葡国永驻管理澳门以及属澳之地，与葡国治理他处无异"。从此，澳门沦为葡萄牙的殖民地。经过中国人民的不懈努力，1999年12月20日，历经沧桑的澳门终于回到祖国母亲的怀抱。

从莲花广场出来，我们接着前往大三巴。没到澳门之前，我早已看过大三巴

盛世莲花广场

大三巴牌坊

的图片,知道它是澳门的标志性建筑。曾几何时,它的雄伟壮观根植于我心底,精美绝伦地浮现在我脑海,而如今它真真实实地立于我眼前。

我们到达大三巴时,已是午后2点,正是阳光最热烈时。牌坊前游人如织,熙熙攘攘。有人在细细观看,似在凭吊历史,发思古之幽,更多的人是走马观花,匆匆忙忙地拍个照片就离开了。

阳光很猛烈,晒得我要眯着眼,不敢睁开。可是我不能闭上眼睛,我要睁大眼睛,好好看看大三巴,品味它的辉煌、它的沧桑。

大三巴其实只是一个牌坊,一个孤零零的、精美巍峨、充满沧桑感的牌坊。

大三巴牌坊是1637年竣工的圣保禄大教堂的前壁。教堂自建成后,与火结下不解之缘,先后三次被大火焚烧,重修又重烧,重烧又重修,最后只剩下这个教堂的前壁。这个前壁颇像中国的牌坊,因此获名。澳门回归前,澳葡政府曾将牌坊申报为世界文化遗产,没有成功;2005年,由中国政府出面申报世界文化遗产,大获成功,大三巴牌坊遂成为澳门文化遗产的一部分,成为澳门游必到之处。

大三巴牌坊由巨石砌成,共分5层,精雕细刻,显得古朴典雅。每层的壁龛都有一座铜像。最顶端竖有十字架,下面嵌有象征圣灵的铜鸽。往下一层是耶稣圣婴的雕像,像的旁边刻有钉死耶稣的工具。无论是从历史角度,还是艺术角度,大三巴牌坊都有较高的欣赏保留价值。它融合了欧洲文艺复兴时期建筑与东方建筑的风格,是东西方艺术交融的杰作。几百年来,它历经磨难、屹立不倒,见证着澳门的兴旺衰落,成为澳门的一面镜子,澳门的象征。

三

澳门是一个中西文化交融汇合的地方,是世界看中国,中国看世界的一扇窗口。在澳门,各种宗教和谐相处,粤语与葡语同用,庙宇与教堂并存。在林林总总的庙宇和教堂中,可以这样说,大三巴体现了西洋式的教堂文化,而妈祖阁则传承着中国的庙宇文化。

妈祖阁

妈祖阁俗称天后庙,是澳门最著名的文化名胜古迹之一,位于澳门东南边,临山靠海,迄今已有500多年历史。它环抱于苍翠欲滴的劲松古柏中,雕梁画栋、翘角飞檐,一对石狮紧紧守护于庙前,非常气派。阁门口镶有一副歌颂妈祖娘娘功德的镏金楷书对联,"德周化宇,泽润生民",横额是"妈祖阁"三字。镏金的"妈祖阁"在阳光的照耀下,发出耀眼的金光,令人肃然起敬。

在中国,每一座著名的庙宇都有它的来历及古老而动人的传说。妈祖阁也不例外。

关于妈祖阁的来历有许多版本的民间传说,其中最广为流传的是跟妈祖的家乡福建莆田人有关。据说,福建莆田商人驾船前来澳门做生意,途中突然狂风怒号,掀起万丈波涛,眼看船就要被波浪吞噬了,绝望之际,他们想起了家乡的神灵妈祖娘娘,于是大家齐齐跪在船上,祈求妈祖娘娘大发慈悲,拯救他们脱离灾难。说来也怪,奇迹出现了,风平了,浪静了,船稳了。大家认为这是妈祖显灵,帮助他们脱离危险。为了彰显妈祖娘娘的功德,他们集资建起了这座妈祖阁。

我很清楚地记得,在澳门即将回归祖国的那段日子,有一首歌唱遍了神州大地，那就是闻一多先生写的《七子之歌·澳门》：

> 你可知"Macau"不是我真姓？我离开你太久了，母亲！但是他们掳去的是我的肉体，你依然保管我内心的灵魂。三百年来梦寐不忘的生母啊！请叫儿的乳名，叫我一声"澳门"！母亲！母亲！我要回来，母亲！母亲！

在葡文中澳门叫作"Macau"，这个名称的来历跟妈祖阁有关。传说，16世纪中叶，漂洋过海的葡萄牙人首次到达澳门，最先停泊在妈祖阁前的海滩。他们询问当地人这个地方的名称，当地人以为问这个庙叫什么名字，就答道"妈祖"。在广东话中"妈祖"的发音跟"Macau"很相近，于是葡萄牙人就叫澳门为"Macau"。

这些古老而美丽的传说，一方面说明妈祖在澳门有着重要的地位，是澳门人精神世界的"神灵"，另一方面又增加了妈祖阁的神秘性。到澳门旅游不可不拜谒一下秉承古老东方文化的妈祖阁。

庙里的游客、信男善女不少，但跟香港黄大仙庙比起来略冷清些。在这里，烧香的、做法事的、算命的都有。跟许多庙堂一样，妈祖阁外有许多叫卖香火的人。我和同游的阿娟各买一束，价钱跟香港差不多。我们点燃香火，心中默默祈祷：妈祖，保佑历经沧桑的澳门吧！

威尼斯水城:扑面的意大利风情

午后4点的澳门依然晴空万里、阳光灿烂。从空调车出来,滚滚的热气扑面而来,如同火烧般的疼痛瞬时传遍全身。

在炙烤中,一座金碧辉煌的豪华建筑耸立在眼前,这就是传说中的澳门威尼斯人度假村酒店。

澳门威尼斯人度假村酒店坐落于澳门氹仔岛,于2007年8月底开业,由世界排名第一的WAT&G规划设计,耗资逾20亿美元。它的总建筑面积达951000平

走进澳门威尼斯水城

方米，是集酒店、娱乐、会展、餐饮及购物等于一体的商务旅游休闲之地，可谓是澳门首间真正意义上的综合旅游度假村，成为澳门游不可遗漏的新景点。其建筑特色依照美国拉斯维加斯的威尼斯人度假村酒店，但面积较美国拉斯维加斯的同名度假村大一倍，相当于五六个维多利亚公园。酒店以意大利威尼斯水都为主题，主要设施有意大利总督府、室内运河及拱桥、圣马可广场等。

　　走进酒店大堂，习习的凉风瞬时驱散了刚才灼人的热气，优美的音乐阵阵飘来，如同天籁。在走廊，放眼望去全是超大规模、豪华气派的赌场。有些游客或驻足观看，或参战，更多的是伴着飘飘的音乐继续前行。

　　我们跟着导游一直走到三楼。导游宣布，在这里自由活动，6点钟准时在此集合。

　　三楼的大运河购物中心的设计可谓匠心独运。站在广场放眼望去，它的豪华、浪漫、气派，让人情不自禁地发出阵阵赞叹。

　　站在这里，我感到了时差的错乱。刚才还是阳光明媚、热浪灼人，现在已是华灯闪闪如繁星，凉爽的风让人心旷神怡。而运河上方的天空跟外面一样是蓝

澳门威尼斯水城上空永远是蓝天白云

天白云,蓝得叫人醉心,白得令人静心。那云朵千姿百态,像棉花,像羊群,像绵绵的山,只是一动不动的。来到这里的人无不暗暗叫奇,不断仰视蓝色的天空,想探个究竟。原来这不是真正的蓝天白云,而是由电脑控制的仿真天幕,那千娇百媚的几千朵白云是人工绘制的杰作。这个仿真天幕调制出的天气永远是最怡人的、最舒适的,无论外面是红日高照,还是繁星点点,这里依然是蓝天白云,凉风习习。置身其中,有时光停滞之感,令人流连忘返。

在三楼共开凿了3条人工大运河,分别是中国大运河、马可波罗运河和圣路卡运河。 运河水碧绿、澄静,缓缓地流动。在河底,游人投掷的银币可以看得清清楚楚,据说在此处许愿很灵验。运河的上方建有座座造型各异的拱桥,每座桥都是一幅画,都是一件匠心独运的艺术品。

穿梭于河里的威尼斯贡多拉船,让人领略了意大利式的风情,心中涌起了许多浪漫的情愫。月牙儿样般的贡多拉船两头尖尖,高高地翘起,看上去十分精致、考究。贡多拉源自希腊语的"kondyle,"意为"轻快小舟"。据说它的制作严格而又讲究:长11米,宽近1米半,以栎木板做材料,要用黑漆涂抹7遍才成。

撑船的全是白肤、碧眼的白种人,且多是年轻帅哥,间或有几个漂亮的姑娘。他们穿着统一的制服、蓝白横条的紧身针织上衣、黑色裤子,头戴草帽。"船哥"脖子上、腰间的红绸带很醒目,平添了几分戏剧效果,也令他们更加俊朗、迷人。他们一边划船一边很陶醉地唱着意大利歌剧,不时向两岸的游客挥手致意,引起游客特别是年轻人阵阵兴奋的尖叫。我被这样的情景深深地吸引了,跟着贡多拉游动。如果不是受时间限制,我定然会租一艘贡多拉,坐在小小的船里,看着缓缓的流水,近距离倾听那动人的歌声,让美妙温馨的异域情调在我的心河里荡漾成一段最美的回忆。

运河两岸是颇具欧洲风味的建筑,金碧辉煌,充满浓郁的艺术气息。一楼是咖啡厅、商场、餐饮场所等,二、三楼是酒店。这里的购物中心几乎集中了全世界的名牌产品,给人带来震撼性的享受。对那些商品,我没有过多的停留,我的目光被那些充满欧洲情调的建筑深深吸引了。

我独自拿着一张地图一边走一边拍摄。澳门威尼斯水城无处不在的浪漫温馨,让我丝毫感觉不到一个人游走的孤独。

后记

　　走读大地,增长知识;走读大地,丰富人生;走读大地,赏心悦情。

　　我喜欢旅行,湖光山色、名胜古迹、风土人情,叫我陶醉。因为这种喜欢,我走了不少地方。长途的、短程的,都有。行走了大半个中国,也走出过国门,看过异国的山水,感受过异域的风情。

　　"在文字中行走,于山水间阅读"是我的座右铭、行动的指南。在旅行中,我不只用镜头定格瞬间,还写旅行文化散文,记录所见、所闻、所悟,而且都是系列式的散文。从地域上看,有江南系列、岭南系列、边境系列、东南亚系列等;从主题上看,有"海上丝路"系列、踏访苏东坡在岭南的足迹系列、"秋日恋曲"系列等。

　　我写旅行散文,开始是传统的移步换景、定点换景。到后来,我探索起旅行文化散文的写法。到一个地方旅游,可写的东西很多,这就需要作者精心选材、剪裁,不要面面俱到,眉毛胡子一把抓。旅行是用眼睛看,写作则要有"灵魂"。挖掘其深厚的历史,关注其背后的人文情愫。在写景、叙事中,展开个人独特的感悟,丰富文章的内涵,从而升华文章的"格",这才是旅行散文的"灵魂"。

　　我的旅行文化散文有不少发表在国内外的报纸杂志上,如《散文选刊》《中国文学》《粤海散文》《青春美文》《中国妇女报》《人民代表报》《旅游》《华东旅游报》,新西兰中文《先驱报》,泰国《中华日报》等;获得"美丽中国""大爱兆雪杯·张爱玲散文奖""行走天下""美文天下""和谐杯"等全国性的散文大奖。因此,我曾被以女性散文和旅游散文为主的《散文选刊》(中旬刊)聘为特约编辑,被《中国文化旅游》聘为特约记者(作家),被中国左翼作家联盟的机关刊物《文学月刊》聘为散文编辑。

《有一种生活叫"江南"》是我写江南的旅行文化散文集,于2014年6月出版、发行。在纸媒出版日渐萎缩的今天,它的出版,无疑是对我多年写旅行散文的肯定。事实证明,看中此书的编辑眼光独到。《有一种生活叫"江南"》在当当、亚马孙、京东、淘宝等网站上架后,颇受欢迎。此书还获得广东省湛江市第13届文艺精品奖。

由此,我整理自己自2007年以来写的岭南文化旅行散文。

岭南,古为百越族聚居之地,是中国一个特定的环境区域。历史上,岭南是指中国南方的五岭之南的地区,相当于现在的广东、广西及海南全境,以及湖南及江西等省的部分地区。后来,由于历代行政区划的变动,岭南所包括的范畴有所变动。按照百科的界定,现在所提及的岭南,是指广东、广西、海南、香港、澳门五省(区)。

本书写的正是我在这五省(区)的行走。据我了解,这是当代第一本写岭南五省(区)的旅行文化散文集。

这本书中,不仅描绘了岭南的自然风光,还从人文历史的角度挖掘了岭南文化。在古代,中原地区处于经济、文化的先进地位,而偏远的岭南被当时的中原人称为"南蛮之地"。千年的沧海桑田,经过时代的更替、社会的发展,岭南再也不是以前那个落后的岭南。尤其是自20世纪以来,岭南得改革之春风,发展迅速,无论是经济上,还是文化上,都有长足的发展。但是,由于惯性思维的影响,在某些人意识中,岭南还是"南蛮之地",无文化可言。这是一种偏见。

事实上,岭南有深厚的文化。历史上,中原人口的几次南迁,带来了先进的中原文明,影响了岭南本土文化。苏东坡、刘禹锡、寇准、秦观、汤显祖、柳宗元、韩愈等历史文化名人、诗人,或是被贬,或是经过岭南,他们或开学堂办学,或教化老百姓,影响了当地文化。

古代"海上丝绸之路"始发港就在岭南。汉代史学家班固所著的《汉书·地理志》有记载:"自日南障塞徐闻合浦,船行可五月有都元国,又船行可四月有邑卢设国。"汉武帝的船队从广东的徐闻港、广西的合浦港出发,把一船船的丝织品、黄金等运往南海,把大汉雄风吹到东南亚、南亚,把中国文明一路传播,最远到今天的斯里兰卡;返航时,把一船船异国文化带回岭南,带回中国。"海上丝绸之路"孕育了岭南文化。最近,中央提出"推进丝绸之路经济带、海上丝绸之路建设,形成全方位开放新格局",岭南正处于"一带一路"中,这个国家倡议,对岭南来说,是个大好消息。岭南更值得前来探访,更值得写。你来,或许有惊喜的遇见。

书中所用图片绝大部分为本人所拍摄,少量系友人作品。感谢为我提供图片的朋友!感谢国家一级作家、获国务院特殊津贴专家洪三泰老师为此书写序。感谢安徽文艺出版社的编辑为此书付出的努力。

《有一种遇见在岭南》收录我在2007—2017年写的岭南旅行散文,可谓精挑细选。为使此书做得更精美,我几度重游故地,补拍图片,反复修改文章。十年辛劳为一书,真可谓呕心沥血!